독서의 태도

The Art of Reading

독서의 태도

The Art Of Reading

데이먼 영 지음 | 손면영 옮김

차례

나에게 책을 읽어 주면서 또 읽어 주지 않으면서

모든 것을 시작하신 부모님을 위하여

누구도 노예를 위해 쓰지 않는다.

– 장 폴 사르트르의 〈왜 쓰는가?Why Write?〉 중에서

책은 상징하는 바에 걸맞은 독자를 만나기 전에는

무관심한 우주를 채우는 여러 책 사이에서

길을 잃은 사물 중 하나일 뿐이다.

– 호르헤 루이스 보르헤스의 〈사적인 서재A Personal Library〉
도입부 중에서

자유롭게 하는 페이지들

나의 오른편에 놓여 있는 작고 얼룩진 소나무 책장에는 다른 것들과 더불어 어린 시절이 담겨 있다.

　《이솝 우화Aesop's Fable》 같은 고전들은 차분한 자주색과 카키색 버크럼 천으로 싸인 채 책장에 꽂혀 있다. 이 책들은 네 살짜리에게는 잘 와닿지 않을 격언("평화를 보장하려면 무엇보다 전쟁에 대비해야 한다"와 같은)으로 가득 차 있다. 거기서 그리 멀지 않은 곳에는 외설적인 이야기들("그가 그녀의 왼쪽 겨드랑이 아래에 손을 집어넣자 두 사람의 생식기는 성교를 열망했다"와 같은)을 점잖게 적어둔 리처드 버턴의 번역본 《아라비안 나이트The Book of the Thousand and One Nights》가 있다. 원래 어머니 책이던 옥타보 규격의 《신발 속에 사는 깐깐 여사The Magic Faraway

Tree》는 출간된 지 70년이 지났지만 오늘날에도 독자가 있다. 이 신비한 모험 이야기에는 가벼운 체벌 장면도 나온다. 어머니는 본인이 태어나신 해에 출간된 《곰돌이 푸Winnie the Pooh》도 나에게 물려주셨다. 70년이 지난 지금은 어머니의 손자가 이요르처럼 우울한 나날을 보낸다("좋은 아침이야, 곰돌이 푸. 정말 좋은 아침은 어떤 건지 …… 나는 그걸 잘 모르겠어"). 하지만 나에게 중요한 책은 따로 있다. 검은색 인조 가죽 위에 금박을 입힌 책등이 눈에 띄는 《셜록 홈스 걸작선The Celebrated Cases of Sherlock Holmes》이다.

《셜록 홈스 걸작선》은 처음 만난 문학적 세상이었다. 코넌 도일이 지은 그 묵직한 책은 800페이지에 달했고, 초등학생 시절 또래가 읽는 어떤 책보다 컸다. 나는 이 자랑스러운 책을 버팀목 삼아 우월함을 과시하려 했다. 당시에는 그 오래된 문자 뭉치를 읽는 나 자신이 특별하게 느껴졌다. 진지한 느낌이 나는 세리프 서체로 보건대 나는 다른 열한 살짜리 아이들보다 똑똑했고, 멋지게 장식된 책 표지로 봐서는 선생님들보다도 지적으로 대담했다.

한편으로는 옷을 입어 보면서 치수를 확인하듯이 나 자신을 존재적인 면에서 셜록 홈스라는 성인으로 변장시켜 보기도 했다. 홈스와 나는 인간관계에서 퉁명스럽고 감정적으로 제멋대로이며 병적으로 호기심이 강하다는 공통점이 있었고, 그런 유사점들은 곧 유니폼이 되었다. 물론 코넌 도일의 글에서는 이런 공상이 내가 어릴 적 어설프게 상상한 페르소나보다 훨씬 세련되게 나타났다. 《네 개의 서명The Sign of the Four》의 문을 여는 구절을 보자.

"셜록 홈스는 벽난로 위에 놓인 선반 구석에서 병을 집어 들었고 작은 모로코가죽 상자에서 피부밑 주사기를 꺼냈다."

나의 탐정 셜록 홈스는 위풍당당한 중독자였다(동시에 나는 '모로코'나 '위풍당당' 같은 단어를 찾으려고 사전을 붙들고 있었다).

그러나 《셜록 홈스 걸작선》은 단순히 과시용 책은 아니었다. 나는 코넌 도일의 여러 추리 소설을 읽으며 사교적인 수완은 그다지 배우지 못했지만, 독립적인 정신에서 풍겨 나오는 매력적인 자유를 얻게 되었다. 그림자와 피로 얼룩진 빅토리아 시대 런던을 오롯이 '갖게' 된 것이다. 나는 홈스가 "날카로운 주삿바늘을 제 위치에 찔러 넣고 작은 피스톤을 눌렀다"라고 하면 놀라서 움찔거렸지만, 주삿바늘이 세차게 움직이는 모습은 나의 머릿속에서 만들어진 장면이었다. 왓슨은 신사답고 영웅적이며 레스트레이드 경감은 평범해 보였는데, 이 또한 양모 러그에서 잠자코 누워 있는 어느 작은 소년이 그려 낸 인상이었다. 물론 셜록 홈스의 이야기를 읽으면서 일반적인 상식을 조금 얻기도 했다. 쿠 클럭스 클랜이 보내는 상징적인 씨앗의 의미라든가 황야 지대의 분위기, 추론의 원리 같은 것들이다. 그러나 결정적으로 《셜록 홈스 걸작선》을 읽는 것은 나 자신의 정신력을 발휘해 보는 일종의 훈련이었다. 나는 코넌 도일의 도움을 받으면서 의지력을 발휘해 낯선 세상을 존재하게 했다. 그는 그런 점에서 유쾌한 삼촌이라기보다는 공모자에 가까웠다. 코넌 도일과 나는 아무도 없는 곳에서 만나 따분한 학교와 폭력적인 분위기가 감도는 집에서 어린 소년을 완벽하게 해방했다.

내가 처음 읽은 책이 《셜록 홈스 걸작선》은 아니었다. 나는 이미 블라디미르 나보코프가 《말하라, 기억이여Speak, Memory》에서 "단어들이 그 뜻을 의미하기로 되어 있는 곳"이라고 표현한 "약속된 땅"에 있었다. 나는 모험담인 《아스테릭스Asterix》 시리즈로 읽는 법을 배웠다. 부모님은 이 만화의 말풍선을 소리 내 읽으려고 하지 않으셨다. 그래서 말장난이나 주먹다짐을 하는 부분을 읽고 싶을 때는 혼자서 본문을 이해해야 했다. 침대 옆에는 토끼 대신 채소 수프를 삼킨 사자, 환경 오염에 반대하는 공룡, 평화주의자 소 퍼디낸드가 나오는 책도 있었다. 나는 이 책들을 처음에는 훈련 삼아 읽었지만, 점점 그 속에서 재미를 찾게 되었다. 나는 어린 시절 "탐욕으로 읽던" 저메인 그리어처럼 계속해서 종이에 적힌 단어들과 분주히 시간을 보냈다. 그것은 호기심보다는 욕심에 가까운 충동이었다. 《가필드Garfield》에서는 이런 욕망이 모두 나타나면서 라사냐를 먹어 치우듯이 만화를 읽어 내려가기에 이르렀다.

나는 《셜록 홈스 걸작선》을 읽으면서 더 넓은 의미를 파악하게 되었음을 새롭게 실감했으며, 그런 발견에 기뻐했다. 한편으로는 홈스를 전설적이며 역사적인 영웅으로 보기도 했다. 소설가 마이클 셰이본이 말한 사실과 허구 사이의 "행복한 혼란"을 즐긴 셈이었다. 그와 동시에 나는 빠르고 부산스럽게 성장하면서 책에 경의를 표하는 태도를 그만두었다. 종이에 적힌 어두운 글자들이 결국 나의 것이며 그 글자들을 무시해 버리거나 자세히 살피거나 내용을 더욱 풍부하게 하거나 회피해 버릴 수 있다는 사실을 깨달았기 때문이다. 어느 마약 중독자 탐정과 함께 나는 처음으로 나 자신을 독자라는 강력한 존재로 인식하게 되었다.

마법

30년 후인 오늘날 나의 책장을 살펴보면 그처럼 홀로 상상하며 발견한 책들이 간간이 눈에 띈다. 이런 저자들의 글

은 더욱 드높은 의식으로 생각하고 인식하거나 느낄 새로
운 자유를 고양시켰다. 10대 시절 읽은 소설가 윌리엄 깁슨
의 책은 차고 안에 있는 책장에 꽂혀 있다. 정확한 위치는
이언 플레밍이 쓴 사춘기 아이들 대상의 스릴러와 은하계
를 배경으로 한 해리 해리슨의 풍자 소설 사이다. 깁슨 역시
소년일 적에 셜록 홈스 시리즈를 읽고 자극을 받았다. 그는
머릿속에서 주변의 단조로운 교외 지역을 벽돌 하나하나 차
근차근 빅토리아 시대 영국으로 탈바꿈시켰다. 깁슨은 《파
리 리뷰The Paris Review》에서 "나는 비슷하게 생긴 건물들
이 모든 방향으로 끝없이 늘어선 풍경을 그려 낼 수 있었으
며, 셜록 홈스가 사는 런던에 있었다"라고 말했다. 코넌 도
일이 쓴 이야기들은 그에게 단순한 현실 도피나 오락 이상
의 의미였다. 깁슨은 그 이야기에서 자신을 창작으로 이끄
는 손짓을 보았다.

　윌리엄 깁슨 책이 꽂혀 있는 선반 두 칸 아래에는 튀르키
예 소설가 오르한 파묵의 책이 있다. 그에게 독서는 권태로
운 나머지 잠기게 되는 비탄을 완화하고 고통스러운 실상
을 마주치지 않게 하는 행위였다. 《다른 색들Other Colours》
에서 이 소설가는 내가 그랬듯이 "읽지 않는 사람들보다 더
깊은 깊이를 지닌" 자신을 자랑스러워한다. 이런 말에는 유
치한 허풍도 약간은 섞여 있다. 그러나 이런 발언은 독서

와 연관된 작업인 검은색으로 적힌 본문을 조명 아래의 연극으로 변모시키는 일에 따르는 수고를 알아주는 말이기도 하다. 파묵은 어린 독자로서 단어를 다루는 이런 작업에 정신을 몰두하며 "창작자의 행복"을 즐긴 경험을 글로 썼다.

파묵의 책이 놓인 선반에서 두 칸 옆으로 가면 그보다 한 세기 이전 미국 소설가인 이디스 워튼 책이 있다. 워튼은 어릴 적 아버지의 서재에 매료되어 그곳에서 내밀한 안식처를 찾았다며 그곳을 "왕국"으로 표현했다. 워튼은 《뒤돌아보며 A Backward Glance》에 "나의 내면에 있는 비밀스러운 은둔처를 누구도 침범하지 않기를 바란다"라고 적었다. 이 왕국은 단순한 도피처 이상이었다. 워튼은 앨프리드 테니슨, 알렉산더 포프, 앨저넌 찰스 스윈번의 시와 존 러스킨의 비평, 월터 스콧의 소설을 읽으면서 흥미롭고 새로운 주제와 리듬을 이용해 유희를 즐겼다. 그녀는 독서를 "기묘한 내적 세계에서 흘러나오는 복잡한 곡조"라고 일컬으며 자신의 인격을 독서로 함양하고 기념한다고 말하기도 했다. 이 소설가는 색이 바래 가는 페이지들 속에서 스스로가 더욱 완전해져 간다고 믿었다.

워튼의 책이 꽂힌 선반에서 왼쪽으로 60센티미터 떨어진 칸에는 18세기 철학자 장 자크 루소의 저작이 꽂혀 있다. 루소는 홀아버지와 함께 늦은 밤까지 낭만주의 소설을 읽곤 했다. 그는 그 이야기들을 읽으며 처음으로 자신의 마음을 깨닫게 되었다. 루소는 《고백록Confessions》에 "처음 책을 읽기 시작할 무렵부터 나는 나 자신의 존재를 계속해서 의식하기 시작했다"라고 적었다. 여기서는 루소가 소설을 읽으면서 고양된 감정을 '자신의 것'으로 인식했다는 점이 중요하다. 이 철학자는 특유의 성격대로 자기 작품의 극적인 경향을 어린 시절 읽은 소설 탓으로 돌렸지만, 사실 그런 멜로드라마는 어린 장 자크의 내면에서 생겨난 것이었다.

루소의 책이 놓인 선반 아래 칸에는 현대 철학자인 장 폴 사르트르의 책이 놓여 있다. 사르트르는 파리가 내려다보이는 공동 주택 6층에서 할아버지의 책을 읽으며 자신의 문학적 권위를 발견했다. 소년은 단어들을 통해 특정한 방식으로 자신에 대해 통달하게 되었다. 그는 언어로 세상에 생명을 부여하는 조물주였다. 사르트르는 "우주가 나의 발치에 펼쳐져 있었으며, 사물 각각은 공손하게 이름을 간청했고 사물에 이름을 지어 주는 일은 그 사물을 만드는 동시에 취하는 것과 같았다"라고 적었다. 그는 미국 서부극과 추리 만화를 수집하기도 했는데, 이런 이야기에 나오는 세상에 홀로 용감하게 맞서는 남자 영웅의 특징적인 모습은 수십 년 뒤 그의 철학에 녹아들었다.

실제 삶에서 그랬듯이 나의 서재에서도 사르트르 가까이

에 있는 시몬 드 보부아르는 책이 지닌 안전한 속성을 깨달았다. 이는 단지 책에 유순한 중산층 계급의 도덕률이 포함되어 있기 때문만은 아니었다. 그런 책들이 그녀에게 머리를 조아렸기 때문이다. 보부아르는 《얌전한 처녀의 회상 Memoirs of a Dutiful Daughter》에 "책은 해야 할 말을 했고 그밖의 다른 것을 말하려는 척도 하지 않았으며 내가 없을 때면 고요히 머물렀다"라고 적었다. 그녀는 책을 쓰는 저자뿐만 아니라 읽는 자신에게도 어떤 신념과 예술적 기교가 필요함을 알아차렸다. 보부아르는 이를 "인쇄된 기호들을 이야기로 변화시키는 마법"이라고 일컬었다. 독자가 없으면 마법은 멈춘다.

문학이 가진 힘을 발견하는 방법이 누구에게나 두루 적용되지는 않는다. 독서는 독자가 사는 시대 특유의 별난 점이라든가 그의 가족 및 심리적 요소 등과 더불어 이루어진다. 루소와 같은 이는 낭만적인 충동을 찾는다. 사르트르 같은 이는 깨우침에 사로잡히기도 한다. 누군가는 과시하거나 자기애에 빠지거나 겁을 먹기도 한다(나의 이야기는 이쯤에서 그만하자). 많은 사람이 보통 상태에서 벗어나기를 갈망한다. 철학자 허버트 마르쿠제는 이를 "휴가 같은 현실"이라고 이름 붙였다. 찰스 디킨스는 그런 갈망을 어린 시절에 품는 "그 장소와 시간 너머의 무언가를 향한 희망"으로 표현했다. 이후 디킨스가 얻은 인기가 암시하듯이 어릴 적에 책을 사랑한 시기를 보낸 사람은 그 안에서 어떤 영향력을 발견하게 된다. 아이는 탐정과 갈리아인 혹은 황소로 가득한 여러 세상뿐만 아니라, 자신과의 합의와 독창성으로 이런 세상들을 존재하게 하는 독자로서의 '나'를 의식하게 된다. 독서는 좀 더 야심 찬 마음으로 들어가는 길이다.

두 자유

장 폴 사르트르는 《문학이란 무엇인가What is Literature?》에 "예술은 타인을 위해서만, 타인에 의해서만 존재한다"라고 적었다. 사르트르는 이 책에서 저자들이 스스로 글쓰기를 즐기지 못한다고 주장하지는 않았다. 저자는 결국 포악한 편집자들과 독자들을 위해 그 모든 단어를 아픈 손으로 휘갈겨 쓴다고 말한 것도 아니다. 헨리 제임스는 한 편지에서 이를 "나는 뒤늦은 원고를 …… 마구 집어삼키는 구렁텅이에 쏟아붓는다"라고 묘사했다. 사르트르가 하고 싶은 말은 작가는 언제나 텍스트의 절반만을 마친다는 것이다. 독자가 없다면 텍스트는 어둡고 밝은 모양들로 이루어진 감각의 흐름에 불과하다.

그렇다고 해서 평범한 삶이 꼭 해야만 하는 어리석은 일들로 이루어진 연극이라는 뜻은 아니다. 감각은 늘 인간에게 '어떤' 중요성을 지닌다. 사람은 의미와 관련된 생명체이며 우주는 한 번도 적나라한 사실로 파악되지 않았다. 세상은 명백해 보이지만 사물들을 이해하기 쉽게 언급하지는 않으며, 암시한다고 해도 역시 모호하게 시사한다. 사르트르는 일상적인 감각에 대해 "어둑하고 작은 의미가 그 안에 살고 있으며 주위에서는 가벼운 기쁨과 소심한 슬픔이 곧 닥쳐올 상태이거나 짙은 안개처럼 떨린다"라고 적었다. 평범한 삶은 일상적인 감각 쪽으로 연무를 끼게 하지만, 언어는 그 감각을 밝고 선명하게 비춘다.

문자들은 그들 자신 너머를 가리킴으로써 이런 일을 해낸다. 우리는 텍스트를 '지나서' 읽을 뿐 텍스트에서 벗어나지는 않는다. 사르트르는 시인 폴 발레리의 말을 빌려서 "응시 속으로 단어를 지나가게 할 때 산문이 존재하는데, 이는 유리가 태양을 가로지르는 것과 같다"라고 말한다. 단어들은 어떤 점에서는 입구와 같다. 그들은 현실을 틀 속에 넣으며 우리가 눈여겨보면 보이지 않게 된다.

모든 텍스트가 사르트르가 말한 이상적인 산문처럼 투명하게 들여다보이지는 않는다. 시는 더 불투명할 수 있다. 셰이머스 히니의 〈책장The Bookcase〉을 예로 들어 보자. 이 시는 제목 그대로 시인의 서재를 묘사하지만, 한편으로는 영어라는 언어를 놀랍게 전시하기도 한다. "물푸레나무일까, 참나무일까? 부드러울 만큼 대패질했고 / 연귀를 이었으며, 충분한 시험을 거쳤고, 양피지처럼 옅은 색의 것 / 자리한 책장에 승선해 구부러지는 일이 없네"라는 이 시는 두운법, 리듬, 은유법으로 한 사물과 그 공명을 다루지만, 언어와 관련되어 있기도 하다. 그림이 색을 전시하고 음악이 소리를 내보이는 것처럼 시는 단어들로 공연을 선보인다. 독일 철학자 한스게오르크 가다머가 적은 바에 따르면 시는 "방향을 바꾸어 돌아와, 그것 자체 너머를 가리키며 스쳐 지나가는 단어를 낚아챈다".

언어는 호박(琥珀)처럼 반투명하거나 발레리의 유리처럼 투명할 수 있지만, 그것을 관통해 응시하는 일에는 늘 노력이 따른다. 책에 적힌 글이나 투영된 것들은 이야기가 되면서 의미와 어조와 억양을 동시에 지니게 된다. 나는 셜록 홈스 시리즈를 읽으며 독서는 언제나 감각을 의미로 탈바꿈한다는 사실을 처음 알아차렸다. 시인 데니스 넉시는 "당신은 죽은 개미의 더듬이와 같은 구불구불한 선들에서 의미를 이끌어 내야 한다"라고 적었다.

독서는 독자가 한 세상을 만드는 일이며, 이 세상은 곧 페이지 너머에 자리한 복잡한 앙상블이다. 코넌 도일이 "대도시 위로 드리워진 흐릿한 베일 사이로" 태양이 보인다고 적은 부분에서, 나는 런던을 재현한다. 하늘에 흩뿌려진 노랗고 불투명한 색조뿐만 아니라 수도 런던을 '대도시'로 거듭나게 한 석탄과 그곳의 상업도 머릿속에서 되살린다. 셜록의 의뢰인 부고가 담긴 신문은 콘월에서 노섬벌랜드에 이르는 지역에 살며 같은 신문을 받아 보는 상상 속 중산층 독자 공동체를 떠올리게 한다. 피해자가 서둘러 향한 워털루역은 영국 전역을 가로지르던 증기 기관차를 암시한다. 이 기관차는 승객들은 물론이고 왓슨 같은 독자를 위한 《타임스The Times》 소포를 싣고 달린다. 나는 이 모든 것을 산문의 전경 뒤에 투영한다. 사르트르는 "예술이 표현한 대상들은 우주를 배경으로 나타난다"라고 말했다. 나는 저자가 만든 조각들을 이어 맞추어서 우주를 만든다.

　지금까지 한 이야기는 쓰는 일이 그 무엇도 일어나게 '하지' 못한다는 주장을 뒷받침한다. 나는 아주 어린 시절에는 《셜록 홈스 걸작선》 구판을 전적으로 이해할 수 없었다. 그 책은 그저 입에 넣어서 씹어 볼 수 있는 사각형 물건이었다. 그러나 열한 살 무렵에는 자발적으로 "벨벳 안감의 안락의자"에 앉아 혈관에 코카인을 찔러 넣는 홈스를 머릿속에 그렸다. 나는 텍스트에 몸을 맡겨야만 했고, 적극적으로 수동성을 받아들이며 코넌 도일의 이야기들을 이해했으며, 그 이야기들에 어떤 완전성을 부여하는 책임을 졌다.

읽는 일에는 어느 정도의 자율성이 필요하다. 그 누구도 저자의 이야기들을 마음속에 그려 보라고 강요하지 않기 때문이다. 저자는 기껏해야 초대할 뿐이다. 사르트르는 이것을 "호소"라고 표현하는데, 이런 견해를 미루어 봐도 독서에는 아주 적은 강제만 작용함을 알 수 있다. 읽는 일은 언제나 두 자유, 즉 예술가와 독자의 자유의 만남이다.

희미한 가능성에 반해

이렇게 생각해 보면 나의 어린 시절이 소나무 책장 '속'에 있다고 말하기는 어렵다. 물론 오래된 두꺼운 책들은 향수를 불러일으키기 때문에 그처럼 볼 수 있기는 하다. 마르셀 프루스트가 《독서에 관하여On Reading》에서 언급했듯이 어린 시절의 일부 기억은 일상에서는 잊히지만 그 시절에 읽은 페이지들 속에서는 되살아난다. 프루스트는 "페이지들은 사라진 날들에 대해 우리가 간직해 온 유일한 달력이다"라고 적었다. 그 책들을 다시 펼쳐 드는 일이 없다면, 기억은 프루스트의 "잃어버린 시간"이 될 수도 있다. 한나 아렌트의 표현에 따르면 이야기 속에서 가장 생기 넘치는 생각만이 "그것을 부활시키고자 하는 생명체가 죽은 글자와 접촉하게 될 때" 되살아난다.

그러나 지금 말하는 의견이 조금 더 일반적이다. 나의 책들은 다른 사물 옆에 놓인 마찬가지의 사물일 뿐이며 색소, 풀, 죽은 섬유소, 소가죽으로 이루어져 있다. 이 책들이 글을 읽고 쓸 줄 아는 인간이라는 어느 특정한 대상과 특정한 관계를 맺지 않는다면 읽는 행위는 결코 일어나지 않는다. 읽는 일은 언젠가 완전히 중단될지도 모른다. 스스로가 호모 사피엔스라는 사실을 아는 종이 멸종된다면 책, 신문, 트위터 메시지, 광고판, 표지판, 구리의 원소 기호 등 온갖 읽을 수 있는 것 또한 엄밀히 말하면 더는 텍스트가 아니게 될 것이다. 계속 이용되고 먹히고 묻히고 밟히고 산화되겠지만, 읽히지는 않을 것이다.

우리는 어디에서나 글자를 접하기 때문에 진귀하면서도 취약한 독서의 속성을 알아채기 어렵다. 우주적인 관점에서 말하자면 당신은 지금 희미한 가능성에 반하는 일을 하는 것이다.

천재와 성인

당신이 이처럼 있을 법하지 않은 활동을 즐긴다고 가정해 보자. 대다수 독자는 독서에 근심 없이 헌신한다. 극작가 톰 스토파드를 살펴보면 독서가 무엇인지 쉽게 확인할수 있다. 그는 헌책을 사는 데 버스비를 모두 쓰고서는 "책이 없는 30분을 견디는 어느 깊고 푸른 바다로 들어가기보다는 끔찍한 히치하이크를 택하는" 사람이었다. 그러나 한편으로 우리가 책에 관심을 기울이는 '이유'를 확인하는 일은 더 복잡하다.

분명한 점은 독서가 교육적이라는 사실이다. 그래서 부모님은 밤마다 나에게 블라이턴이 쓴 이야기를 읊조려 주셨고, 나는 여러 날 동안 《미술관에 간 미피Miffy at the Gallery》를 딸에게 소리 내 읽어 주면서 오후를 보냈다. 글로 적힌이야기를 일찍 접하면 개인적으로나 정치적으로나 엄청난이점을 얻게 된다. 연구자 앤 커닝햄과 키스 스타노비치는아동 문학이 다량의 어휘로 쓰여 있다는 사실을 발표했다.놀랍게도 아동 문학에서는 대학생들의 수다나 유명 텔레비전 프로그램보다 절반가량 더 색다른 단어가 사용되었다.이런 풍부한 어휘를 접하면 아이는 '더더욱' 고무되어 읽는다. 그렇게 학교에 들어가기 전부터 시작되는 긍정적인 피드백은 평생 지속된다. 그런 과정에서 독자는 읽지 않았다면 이해하기 어려웠을 방대한 양의 사실들을 축적하게 된다. 정치적 전략과 과학적 가설, 역사 속 극적인 사건들은 시민이라면 누구나 당연히 이해할 수 있으리라고 여겨지는 토대가 되는데, 텍스트를 읽으면 어린 시절에 이 토대를 쌓는 데 도움이 된다.

또한 글로 적힌 이야기는 정신 건강과 사회적 관계를 증진시킨다. 연구에 따르면 일생에 걸친 독서는 교제 및 운동과 더불어 치매에 걸릴 위험을 줄여 준다고 한다. 에머리 대학교 연구진은 소설을 읽는 참가자들이 그러지 않는 사람들보다 뇌의 언어 및 감각 운동 영역 신경 연결도가 더 높다는 사실을 발표했다. 연구 논문의 주 저자인 그레고리 번스는 "당신은 소설을 읽음으로써 주인공의 몸속으로 들어가게 된다"라고 적었다. 독자는 영묘해 보이기도 하는 이런 취미 활동을 통해 본능적으로 주인공과 조화롭게 섞이게 된다. 또 다른 연구에 따르면 소설 문학이 '마음 이론', 즉 다른 사람의 정신 상태에 관한 우리의 생각에 기여한다고 한다. 사회 연구 뉴 스쿨New School for Social Research에서 진행한 실험(낯선 사람의 눈을 보고 그 사람의 기분을 추측함) 결과 돈 드릴로 혹은 안톤 체호프와 같은 저자의 책을 읽으면 잠시지만 눈에 띌 정도로 감성 지능이 높아진다는 사실이 밝혀졌다.

애서가들이야 독서에 확실한 성과가 따른다고 믿으면 기쁘겠지만 회의적인 태도에도 일리가 있다. 규칙적으로 달린다면 무라카미 하루키가 달리기에 관해 쓴 책을 읽는 것보다는 더 확실하게 정신적 쇠퇴가 예방될 것이다. 일부 연구는 표본 크기가 작거나 평가 기준이 모호하다. 뇌 스캔 검사에서는 다른 취미 활동과 비교했을 때 독서가 미치는 색다른 양상이 나타나지 않는다. 어떤 연구에서는 장르를 과도하게 일반화하기도 한다. 체호프가 가즈오 이시구로나 아이리스 머독과 같은 효과를 불러일으킬까? 또한 드릴로의 책이 누군가의 기분을 짐작하는 데 도움이 된다고는 하지만, 사람은 공감하거나 배려하는 마음이 없더라도 타인의 감정을 알아차릴 수 있다. 때로 저자를 포함한 무례한 이들도 소설을 읽는다. 독서에는 분명한 혜택이 따르지만 그렇다고 해서 독서가 천재나 성인을 만들어 내는 기계는 아니다.

이런 관점에서도 독서는 어떤 목적을 향한 수단으로 평가된다. 이 같은 관점 역시 역사적, 철학적, 성적 혹은 요리와 관련된 다양한 가치를 다룬다는 점에서 중요하다. 나는 빅토리아 시대의 런던에 대해 알고자 코넌 도일의 책을 고르거나 현대 도덕 이론을 보다 잘 이해하고자 이마누엘 칸트의 저서를 집는다. 어떤 이는 상징 자본을 알기 위해, 누군가는 저녁을 준비할 무렵 급하게 조리법을 찾기 위해, 몇몇은 오르가슴을 얻기 위해 읽는다. 18세기 프랑스에서 출간된 베스트셀러《철학자 테레즈Thérèse the Philosopher》의 여자 주인공은 "한 시간 정도 읽고 나니 일종의 황홀감이 밀려왔다"라고 말했다. 직설적이든 교묘하게든 학문적으로든 생물학적으로든 텍스트가 주는 혜택을 강조하는 일은 무해하다. 그러나 이렇게 접근하면 독서가 어떻게 그 자체로 경험할 기회가 되어 목적이 되는지를 살피지 못할 수 있다.

변명 없이

살아가려면 말 그대로 경험해야 한다. 철학자 존 듀이가 주장했듯이 나의 근본적인 존재는 곧 경험이다. 경험은 생명이 있는 존재와 주위 환경 사이에서 오가는 어떤 일이다. 나는 주변 환경에 따라 행동하고 그 환경에 영향을 끼치며, 환경 역시 역으로 그러하다. 내가 어떤 인상을 받으면 내 정신은 그 인상에 색과 모양, 의미를 부여한다. 이런 색과 모양, 의미는 어떤 발현과 습관 또는 선택을 불러일으키고, 세상은 그것들에 응답을 보낸다. 그런 과정이 계속된다. 듀이는 "생명의 경과와 운명은 그것이 속한 환경과의 교류와 밀접하게 연관되어 있으며 …… 이는 가장 친밀한 방식에서 행해진다"라고 적었다. 나 자신과 우주 사이에서 일어나는 모든 상호 작용은 혼란하지도 완벽한 조화를 이루지도 않는다. 다만 규칙적으로 반복되는 변화 속에서 펼쳐질 뿐이다. 우리는 이 우주가 무엇인지 확실하게 알 수 없으며, 철학적 의심을 그만두는 소박실재론을 받아들일 수도 없다. 그러나 소박실재론에서조차 경험이 가장 중요하다는 사실은 분명하다. 경험은 생명체 고유의 작용으로 나 자신과 다른 것과의 사이에서 일어나는데, 여기서 이 둘 각각의 경계는 혼란하다.

읽는 일은 경험하게 한다. 나로 하여금 베이커가에서 범죄 사건을 해결하고 스스로에게 마약 주사를 놓는다든지 고대 로마 지휘관을 주먹으로 한 대 치도록 하는 것이 아니라, 감각하도록 기호들을 묶어 둠으로써 그렇게 한다. 쓰는 일은 일상의 무언가를 가져다가 자신과 세상에 대한 창의적인 관점으로 엮어 내는 행위이다. 사르트르가 평범한 감각에서 목격한 "어둑하고 작은 의미"는 새롭게 중요해진다. 여러 생각은 놀라운 방식으로 합쳐지고, 다양한 감정은 기억에서 공상으로 옮겨 가며, 인식은 활기를 띠거나 수정된다. 우리는 팔다리나 몸속 장기로 책을 읽지는 않지만, 생명이 지닌 충만함으로 무언가를 읽은 후에 그 충만함을 선명하고 생생하게 오래 지속되도록 새로이 제시한다. 듀이는 "모든 예술 작품은 어느 완전한 경험이 품은 계획과 양식을 따르며, 그 경험을 더욱 강렬하고 농축되게 느끼도록 해석해 보인다"라고 적었다.

여기서 말하는 예술 작품이 반드시 문학적 소설이나 운문을 의미하지는 않는다. 뛰어난 소설과 시에는 분명 변형시키는 힘이 존재하지만, 철학과 같은 학문 역시 경험을 제공한다. 아리스토텔레스의 《니코마코스 윤리학Nicomachean Ethics》이 띠는 음색은 호메로스의 《일리아드Iliad》 음색과는 사뭇 다르지만, 그럼에도 아리스토텔레스는 독자에게 정서적 분위기를 가미해 독특하게 우주를 묘사해 보인다. 우리의 행위와 경험은 하나의 문학적 형식에 국한되지 않는다. 우리는 소셜 미디어에 올리는 재미난 말 한마디부터 《성서》에 이르기까지 무언가를 씀으로써 더 큰 집단뿐만 아니라 세상, 다시 말해 글자 너머의 우주에 손짓하게 된다. 독서에 어떤 혜택이 따르든 그 혜택은 사물과 더욱 총체적으로 섞이는 일의 일부인 경험 '속'에서만 얻을 수 있다.

독자는 이런 경험을 그 자체로 소중히 여기곤 한다. 먼저 분투하는 데 따르는 기쁨이 있다. 데이비드 흄이 《인간 본성에 관한 논고A Treatise of Human Nature》에서 언급했듯이 정신적으로 노력하면 즐겁다. 그의 글에 따르면, 우리는 "진리를 만들고 발견하는 데 사용되는 재능과 능력"을 지녔기에 진리를 추구한다. 이는 철학 탐구와 마찬가지로 소설을 읽는 일에도 적용된다. 어느 쪽에서든 정신의 근육을 움직이게 되는 것이다.

그러나 이런 분투 끝에 보게 되는 세상도 경험 못지않게 중요하다. 읽는 경험은 정제되고 복원된 삶의 환영과 마주하는 일이다. 나는 그 경험이 즐거워서 읽는다. 책 속에 보이지 않는 가치의 핵심이 들어 있다는 뜻은 아니다. 그저 즐겁게 읽다가 마른 셀룰로오스와 프린터 잉크 속에 묻혀 있는 거룩하게 부여된 가치에 빠르게 도달할 수 있다는 말도 아니다. 내가 경험을 '위한' 경험을 즐기며, 그 이상의 의도가 없다는 뜻이다. 그 경험이란 앨프리드 화이트헤드의 책을 읽으며 사색적인 지성이 살아나는 것일 수도 있고, 데버라 레비의 구절이 주는 간결한 아름다움일 수도 있으며, 홈스 이야기가 불러일으킨 향수일 수도 있고, 조지 오웰의 《엽란을 날려라Keep the Aspidistra Flying》에서 나 자신을 부끄럽게 인식하는 것일 수도 있다. 어쩌면 《스타 트렉Star Trek》 소설을 가벼운 마음으로 읽으며 고통에서 잠시 벗어나는 짧은 휴가일 수도 있다. 그래서 버지니아 울프는 〈책은 어떻게 읽어야 하는가?How Should One Read a Book?〉에서 문학적 영혼을 질투하는 신을 그려 냈을 것이다. 신은 천국에 있는 베드로에게 "이들에게는 보상이 필요하지 않구나. 이곳에서 우리는 저들에게 줄 것이 없다. 저들은 읽는 일을 사랑하는 구나"라고 선언한다. 독서는 그 자체로서 가치가 있으며, 어딘가에 해를 끼치지 않는 한 변명할 필요가 없는 일이다.

춤

독서는 당연한 일이지만 실천하기는 쉽지 않다. 문학적 가치는 행하는 중에만 실현되며, 수동적이지 않고 능동적이다. 그렇다. 듀이가 표현했듯이 독서에는 텍스트에 대한 일종의 '항복'이 따르기 마련이다. 그러나 의식적으로 분투도 해야 한다. 그저 얽매이지 않는 것으로는 충분하지 않다. 나의 자유를 발휘해야 한다. 정교하게 읽으려면 생각과 감정, 자발성과 관습, 존중과 비평, 서두름과 느림, 대담성과 신중함, 헌신과 초연함 같은 여러 기질 사이에서 섬세하게 균형을 잡아야 한다.

프랭크 밀러의 고전 그래픽 노블 《배트맨 : 다크 나이트 리턴즈The Dark Knight Returns》를 예로 들어 보자. 이 작품에서 배트맨은 전투 중 괴물 같은 갱단의 리더를 때려눕힌다("이해를…… 못…… 하는군. 여긴 진흙탕이 아니야…… 수술대지. 나는 집도의고"). 독자는 양식화된 폭력에서 쾌감을 맛보지만 이 싸움에는 정의라는 의미가 담겨 있다. 그러니 이야기가 살해가 아닌 감옥행으로 끝났을 때 나는 부루퉁하지 않고 만족한 것이다. 나의 열정은 이야기와 그 구상에 집중하도록 조율되어 있다. 밀러의 이야기 역시 분석할 여지가 있는데, 예를 들어 그의 자유 지상주의 정치관이나 아이들을 자경주의 속에서 훈련시키는 일과 관련해서는 윤리학을 논할 수 있다. 나는 소설을 즐겁게 읽어야 해서 이런 비평 활동을 계속할 수는 없다. 가면을 쓴 키 크고 근육질인 억만장자를 알아보지 못할 것이며, 머리로 들이받는 범죄자들 각각이 범죄 예방 계획의 일환이라고 생각하는 척해야 한다. 나는 변하는 기분과는 관계없이 이렇게 계속해서 주의해야 한다. 내가 피곤하거나 신경이 과민한 탓에 《배트맨 : 다크 나이트 리턴즈》에서 정치적이거나 윤리적인 뉘앙스를 놓쳤을 경우 밀러를 탓할 수는 없다. 나의 동요하는 마음이 내린 결론에 굴복하지 않은 채로 그 동요를 확실히 내 것으로 만들어야 한다. 이런 마음의 균형은 기쁨과 혐오, 철저한 조사와 맹신, 몰두와 거리 두기 사이에서 긴박하게 이루어지며, 같은 장르의 다른 작품을 읽을 때도 적용된다. 론마즈의 《그린 랜턴 54화Green Lantern 54》에서는 섬뜩한 여성 살인 사건이 영웅을 움직이게 하는 단순한 동기로 쓰이는데, 밀러의 남자다움을 과시하는 권투 장면과는 달리 이런 작품에서는 자연스레 혐오감이 든다. 독자로서 나의 반응은 하나의 협상이며, 이는 곧 계속해서 동향을 살피고 추세를 바꾸는 일이다.

이런 균형에는 '덕(德)'이라는 단어가 걸맞다. 이 단어에는 이제 레이스 커튼에서 풍기는 고루한 느낌이 깃들어 있다. 혹은 엄숙하며 교훈적인 이야기를 들을 때나 어느 가장이 불만에 차서 손가락을 까딱거릴 때의 분위기도 어려 있다. 덕에 대한 독창적인 이론을 펼친 아리스토텔레스는 분명 보수적인 요소들을 지니고 있다. 철학자 알래스데어 매킨타이어는 그를 "거만하며 융통성 없는 사람"으로 부르기도 했다. 그러나 이는 아테네 학자가 지닌 귀족적인 불손함을 일컬은 것일 뿐 그의 이론 전체가 독선적이고 오만하기 때문은 아니다.

고대 그리스어에서 덕을 가리키는 말은 '아레테arete'였는데, 이는 '탁월성'을 뜻한다. 아리스토텔레스가 주장했듯이 탁월성은 정신 상태가 아니다. 탁월성에 도달하려면 한순간이 아닌 평생에 걸쳐 노력해야 하기에 탁월성은 계속해서 변하는 정신 상태가 아니다. 탁월성은 이성적이기는 하지만 개념적이지는 않다. 덕은 느낌을 수반하기는 하지만 그저 하나의 감정인 것은 아니다. 또한 어떤 면에서는 일종의 관습이기도 하지만 단순한 반사 작용은 아니다. 아리스토텔레스는 각각의 탁월성을 '헥시스$_{hexis}$'라고 일컬었다. 이는 어떤 경향이나 기질 혹은 성향을 뜻하며, 준비나 각오가 되어 있는 상태를 암시하기도 한다. 나라는 사람은 변화하는 환경 속에서 규칙적이면서 의도적이고 자발적으로 잘 응답할 때 덕이 있는 상태이다. 그러니 '아레테'는 그야말로 타고나는 특성도 인위적인 성질도 아니다. 읽는 일 자체가 그렇듯이, 뛰어난 '헥시스'는 우리가 타고나는 잠재력이지만 규칙적인 고역을 치러야만 실현할 수 있다.

아리스토텔레스에게 모든 덕은 부족과 과잉이라는 두 극단 사이의 중용이다. 표도르 도스토옙스키의 《죄와 벌》 내용이 불편하게 느껴진다고 해서 읽기를 단념한다면 너무나 소심한 처사이다. 그러나 그 책을 읽음으로써 집주인 아주머니를 미친 듯이 때리려는 충동이 인다면 계속 읽는 일이 오히려 신중하지 못한 처신일 것이다. 용기는 곧 중도이다. 나는 그 소설을 읽으며 마음속 중산층 특유의 평정심에 위협이 가해짐을 알아차렸지만, 심리적으로 풍부한 경험을 하게 될 것이 분명하기에 계속해서 읽었다. 아리스토텔레스가 말하는 세 종류로 나뉘는 탁월성의 체계가 늘 납득할 만하지는 않고 절제나 정의와 같은 덕목은 청사진에 깔끔하게 들어맞지도 않는다. 그러나 이처럼 신앙심 없이 탁월성을 말하는 의견을 살피면서 글로 쓰인 이야기가 지녀야 할 균형을 이해할 수 있다. 이는 버지니아 울프가 제임스 조이스에 관해 적은 메모 중 독서를 "기질을 위한 학교에 가까운" 일이라고 일컬은 이유다. 독서는 덕을 함양할 기회가 된다.

여기에는 어떤 법칙도 없는데, 텍스트와 문맥에 따라 함양되는 덕이 다르기 때문이다. 아리스토텔레스의 관점이 지닌 장점은 여기서도 드러난다. 이는 바로 그가 원칙을 세우기를 거부한다는 점이다. 아리스토텔레스는 "교육자는 사물의 본성이 인정하는 정도까지만 각각의 대상에서 정확성을 추구할 것이다"라고 적었다. 아레테는 경험으로만 성장한다. 그것은 재주이자 노하우일 뿐 자명한 이치가 아니다. 잘 읽으려면 자신의 능력과 책임을 염두에 두면서도 폭넓고 세심하게 '이해해야' 한다.

이 말은 나 자신을 둘로 나눠서 하나는 구절을 읽고 다른 하나는 그 독서를 검토하듯이 스스로 관찰해야 한다는 뜻이 아니다. 철학자 길버트 라일이 언급했듯이 '나'는 언제나 뒤늦게야 정밀 검토에 들어간다. 우리는 자신이 한 행동을 조사받고 비판받고 칭송받거나 무시되어야 하는 무언가로, 즉 다른 누군가의 행동으로 여긴다. 그러나 실제로는 하나의 의식만이 존재하며 그 의식은 의식 자체에 집중할 수 없다. 의식은 "논리적으로 영원히 끝에서 두 번째로 선고받은" 기억에 주의를 기울인다. 독서의 덕목에 이르려면 정신이 분열된 감시 상태가 되어야 하는 것이 아니라 정직하게 기억하고 사색해야 한다.

그러나 나는 결코 완전히 편향에서 벗어날 수는 없을 것이다. 아리스토텔레스가 말하는 요점은 나 '자신'이 편향 그 자체라는 것이다. 이 편향은 경쟁하고 공모하는 어떤 성향의 얽힘이다. 아리스토텔레스의 표현에 따르면 이런 편향을 되돌아볼 수는 있지만, 나의 영혼의 "비이성적인" 부분에서 영영 자유로워질 수는 없다. 사색 자체는 노력을 기울이면 강화되거나 약해지는 일종의 성향이자 취향이다. 독자는 오늘 방해받지 않고 읽음으로써 내일 지니게 될 편견을 발전시키는 셈이다. 여기서는 그 편견들을 진지하게 발전시킨다는 점이 중요하다. 프리드리히 니체는 언젠가 최고의 학문과 글은 곧 "유연성과 힘"의 춤이라고 말했는데, 그렇다면 독서에는 격렬하면서도 가벼운 발걸음 같은 민첩성이 필요하다.

판권 페이지를 향한 추종

문명사회에서는 기호가 넘쳐 남에도 불구하고 독서의 미덕은 좀처럼 뛰어난 것으로 예찬받지 못한다. 잘 읽는 일은 가장 기본적인 기술로 여겨질 뿐 일생에 걸친 야심이나 끈기 있게 강화하고 길러야 하는 창의적인 능력으로는 생각하지 않는다.

하지만 글쓰기와 관련된 산업의 인기는 이와 대조적이다. 관련된 학위나 단기 과정, 워크숍, 고급 과정 수업과 글쓰기 센터, 축제 패널 등을 그 예로 들 수 있다. 신문과 잡지에는 글쓰기 요령과 관련된 내용이 여러 페이지에 실린다. 예컨대 조지 오웰의 명료한 산문, 조지 R. R. 마틴의 판타지 소설, 필립 풀먼의 독서 목록에 관한 글("나의 주요 규칙은 나의 참된 작품에서 멀어지게 하는 무언가를 거부하는 것이다") 등이다. 심지어 제인 오스틴의 문학적 성공에 관한 글도 있다(고백하자면 내가 썼다). 이런 글 대다수가 기술적인 노하우뿐만 아니라 편집자들로 하여금 책을 출판하고 책을 사도록 독자들을 설득하는 요령까지 알려 준다.

이런 글에서 독서법은 출판이라는 꿈같은 상상에 비해 그다지 중요하지 않다. 미국에서 실시한 어느 설문 조사에 따르면 열 명 중 여덟 명꼴로 책을 쓰고 싶다고 응답했다. 이는 절반만 맞는다고 하더라도 놀랄 만한 수치이다. 그러나 저자로서의 정체성을 갈망하는 모든 사람 중 대다수가 애서가가 아니다. 퓨 리서치 센터Pew Research Center의 조사에 따르면 미국인의 25퍼센트가 이 설문에 응답한 시점에서 이전 해에 한 권의 책도 읽지 않았다고 답했다. 작가이자 번역가인 팀 팍스가 언급했듯이 저술은 어떤 기술이라기보다는 매력적인 직업성 페르소나가 되었다. 팍스는 "이는 흡사 19세기 시인 특유의 즉흥적 낭만주의가 직무 기술서가 되어 버린 것과도 같다"라고 말했다. 이런 생각은 전문 작가들의 일상적인 훈련과는 상충하지만, 여전히 누군가는 작가들을 서투르게 모방한다. 소설가인 플래너리 오코너가 짓궂게 관찰한 바가 맞는 것으로 보인다.

"그들은 작가가 되는 일에 관심이 있을 뿐 글쓰기에는 관심이 없다. 어떤 인쇄물의 상단에서 자기 이름을 보는 데 관심이 있을 뿐 그 내용은 상관하지 않는다."

이는 판권 페이지를 향한 추종이다.

어쩌면 이는 문자가 존재하면서 한가로운 사회라면 마땅히 나타나는 징후일지도 모른다. 로마 제국에는 읽고 쓰는 문화가 존재했는데, 규모는 작았어도 활기가 넘쳤다. 1세기 시인 마르티알리스는 출세를 염원하는 저자에게 괴롭힘을 당한 일을 두고 하소연했다. 그는 성난 어조로 이렇게 내뱉었다.

"내가 서 있을 때도, 앉아 있을 때도, 달릴 때도, 똥을 눌 때도 계속해서 읽어 대는구나."

마르티알리스는 끊임없이 제멋대로 이어지는 글과 연설

을 이처럼 느꼈다. 그러나 한편으로는 그 자신도 천 편이 넘는 에피그램(경구 또는 2행이나 4행으로 된 풍자시-옮긴이)을 썼다. 그는 이따금 기존 저자들의 작품에 관한 흥미로운 논평을 쓰기도 했다. 마르티알리스보다 젊은 당대 시인 유베날리스는 무언가를 쓰려는 해로운 욕구인 "끝없는 집필욕"에서 느껴지는 메스꺼움을 풍자했다. 그는 로마의 후원자들이 칭찬만 할 뿐 돈을 내놓지는 않는다고 넋두리했다. 영광으로 포도주 값을 치를 수는 없었다. 유베날리스는 "그러나 여전히 우리는 쟁기로 먼지투성이 고랑을 일구고 풀 베는 날로 해안을 뒤적이고 있다"라고 적었다. 그로부터 18세기가 지난 후 미국의 의사이자 시인인 올리버 웬들 홈스는 어느 시에서 유베날리스와 비슷한 진단을 내리며 그의 의견에 동의했다. 홈스는 〈끝없는 집필욕Cacoethes Scribendi〉에서 이렇게 말했다. 만약 온 세상이 문방구이고 모든 바다가 잉크로 가득 찼다가 고갈되더라도 "글쟁이들은 여전히 벼랑 끝에 모여들어 / 더 많은 펜과 종이, 잉크를 달라고 할 것이다".

"끝없는 집필욕"이 옛일이든 현대의 일이든 글쓰기 자체가 문제는 아니다. 저자들에게 등을 돌리면서 독서에 갈채를 보낸다면 부조리할 것이다. 또한 취미 삼아 쓰는 글도 큰 가치를 지닐 수 있다. 철학자 R. G. 콜링우드가 주장했듯이 글쓰기는 쓰는 이를 치유해 줄 수 있다. 쓰는 사람은 시 속에서든 철학 속에서든 감정 표현을 함으로써 마음의 평정을 찾을 기회를 얻는다. 이렇게 감정을 표현하는 일은 무의식적이지도 늘 재미있지도 않지만, 이로써 콜링우드가 "의식의 변질"이라고 부른 현실에 대한 거부감을 극복할 수 있다. 편지와 일기 같은 텍스트로도 이런 실험이 가능한 만큼 치료 과정이 반드시 공개될 필요는 없다. 글쓰기를 배우면서 다른 이들의 재능과 성취를 존중하는 마음을 키울 수도 있다. 여기에 숙달되면서 감식안이 생긴다. 독일 철학자이자 시인인 요한 볼프강 폰 괴테와 프리드리히 실러는 안식이 넓은 자들은 예술에 깃든 수고를 존중하는 반면, 딜레탕트(예술이나 학문 따위를 직업으로 하는 것이 아니고 취미 삼아 하는 사람을 이르는 말-옮긴이)들은 쉬지 않고 작품을 수집하기만 한다고 지적했다. 딜레탕트들은 다른 사람들의 보이지 않는 수고를 그저 수집하는 이들이다. 그리하여 애호가로서 사소한 취급을 받게 된 딜레탕트들은 스포츠나 회화에서 그렇듯이 문학에서도 비판만 하려 든다. 나는 글쓰기를 배움으로써 나 자신이나 최소한 나의 착각들을 더 잘 알 수 있으며, 다른 이들의 분투를 대할 때도 더 관대해진다.

문제는 이런 열의가 독서에는 좀처럼 적용되지 않는다는 점이다. 내가 보부아르가 말한 "마법"에 능숙할지 모르지만, 그럼에도 이 마법을 '잘' 사용하는 데 실패한다는 사실을 이해하는 이는 드물다. 이 말은 곧 내가 작가로서의 재능이 있을지는 모르지만, 독자로서는 어색하거나 불완전하게 자유를 누린다는 뜻이다.

기억 상실과 현기증

독서는 어떤 점에서는 아주 간단하게 도외시된다. 글을 읽고 쓸 줄 아는 능력은 대개 어린 시절에 자동으로 이루어진다. 우리는 아무것도 알아보지 못하는 채로 세상에 태어나지만, 서서히 특정한 색과 모양과 움직임을 사물들과 연관시켜 생각하게 된다. 검은색과 금색의 부드럽게 굽은 직사각형은 크림 같은 흰색과 연한 청록색의 무수한 직사각형들과 더불어 '책'이 된다. 각각에서 받는 인상은 사실 새롭게 다가오지만, 우리는 그 흐름 속에서 규칙적인 패턴을 발견한다. 독서에서도 이는 마찬가지이다. 독자는 인식과 사물을 연결하는 요령을 습득하게 된다. 선들은 먼저 이름('아아!', '벌', '보다')이 되고, 그런 다음 소리가 되며, 이 소리가 결합해 생각과 감정을 불러일으킨다. 올리버 색스는 《마음의 눈The Mind's Eye》에 "우리는 어떤 신성한 개입에서 얻은 덕목이 아니라 …… 기존의 신경 성향을 새롭고 훌륭하게 사용하게끔 하는 문화적 발명과 선택 덕분에 읽고 쓸 줄 아는 것이다"라고 적었다. 읽고 쓸 줄 아는 성인에게는 이런 과정이 빠르고 손쉽게 일어나기 때문에 그 과정의 새로움과 경이로움을 잊기 쉽다. 읽고 쓰기 시작할 무렵에 품은 열정은 새로운 감각을 기꺼이 더 발달시키려는 마음과 함께 어디론가 사라진다.

또한 독서의 기술은 대체로 다른 이들에게는 보이지 않는다. 알베르토 망구엘은 《독서의 역사A History of Reading》에 "그 누구도 …… 내가 읽는 공간에 들어올 수 없으며, 내가 그렇게 하려고 해야만 이 공간의 존재를 다른 이에게 알릴 수 있다는 사실을 깨달았다"라고 적었다. 고대 그리스와 로마, 그리고 중세 시대 관습을 따라 청중을 앞에 두고 크게 소리 내 읽는다고 해도 이런 공연은 보기와는 딴판이다. 독서는 그것을 정신적으로 풍요롭게 만드는 대부분의 요소가 사적이라서 누군가의 공개된 페르소나와는 어울리지 않을 수 있다. 물론 대중을 휘어잡는 매력을 지닌 사람이 이런 공연을 펼친다면 겉으로 보기에는 능수능란한 낭독을 선보일 수 있다. 제인 오스틴의 《맨스필드 파크Mansfield Park》에 나오는 헨리 크로퍼드를 그 예로 들 수 있겠다. 그러나 낭독이라는 연기와 문장을 분석하는 일 사이에는 깊은 골짜기가 있다. 나는 조심스럽게 혹은 들뜬 채로, 잘 알거나 무지한 채로, 찬성하거나 조소하면서 어느 소설에 관해 떠들고 그 소설을 해석해 보일 수 있다. 그러나 검열 과정에서 독서 대부분이 중단된다.

그래서 독서는 뽐내거나 멋을 부리는 표현 방식으로는 적합하지 않다. 물론 나는 피에르 부르디외가 암시했듯이 텍스트를 나의 지위를 나타내는 상징물로 사용할 수도 있다. 내가 소장하고 있는 금박 테를 두른 《셜록 홈스 걸작선》을 보면 문화 시장에서 내가 어떻게 성공적이지 못한 투자를 했는지 알 수 있다. 그러나 이런 종류의 권력 놀이는 내가 이야기를 '어떻게' 해석하는지를 드러내지는 않는다. 이런 이유로 독서는 좀 더 고요한 재주이다. 문화적 자산을 찾는 이들에게 글쓰기는 좀 더 약삭빠른 착수금이다.

그러나 독서의 기술이 중요하게 여겨지지 않는 이유는 일찍이 시작된 독서의 기원이나 보이지 않는 내적인 성질 때문만은 아니다. 독서는 불안을 촉발하기도 한다. 단순히 《베어울프Beowulf》의 그렌들이나 《롤리타Lolita》의 험버트 험버트와 같은 괴물들 때문에 불안해진다는 뜻이 아니라, 자유는 본래 혼란하기 때문이다. 나의 삶은 스스로 해명해야 하는 나의 것이며, 누구도 그것을 대신해 줄 수 없다. 나는 부르디외가 "사회적 공간"이라고 일컬은 곳에서 벗어날 수 없으며, 특정한 생리학적 욕구를 지닌 독특한 동물이다. 그러나 이것들로, 혹은 나 자신으로 무엇을 만들 수 있을까? 삶에서 죽음에 이르는 길을 가리키는 웅장하며 무한한 상형문자는 없다. 인류에 관한 질문의 궁극적인 답도 없다. 철학자 마르틴 하이데거가 《존재와 시간Being and Time》에서 주장했듯이 이런 생각은 '불안'이나 걱정을 불러일으킨다.

불안은 단순히 두려운 것이 아니며, 이 위협과 저 위협을 마주하며 주춤하는 것도 아니다. 불안은 온 세상으로 퍼져나가는 어떤 기분이다. 문득 존재가 거짓이고 환상에 불과하며 그저 무의미한 것으로 보인다. 나는 여러 계획으로 바빠서 이런 예감을 아주 드물게 느낀다. 그러나 때때로 개인에게 완벽하게 확실한 무언가는 없다는 점을 떠올린다. 그리고 나의 이상과 가치는 스스로 나의 소유임을 주장하거나 비판하고 찬양하거나 조롱하는 대상인 나의 것이라는 생각도 든다. 하이데거가 표현했듯이 "일상적인 낯익음이 붕괴된다". 이런 기분일 때면 나는 신이나 자연에 기댈 수 없다. 삶의 무게는 내가 짊어져야 할 나의 것이다. 이런 짐과 함께 현기증이 온다. 이 현기증은 나의 내면에는 거의 어떤 것도 없다는 어지러운 자각이다. 걱정은 곧 침체와 온화, 공포와 환희의 묘한 결합이다.

글을 접하면 이런 불안이 떠오르는데, 이는 글이 세상을 해석해야 하는 나의 역할을 드러내기 때문이다. 글은 내가 안전한 현실을 택하고자 무시한 모든 가능성을 들추어낸다. 독자가 작가만큼 자유로운 위치에 있다면 이런 가능성 놀이에서 벗어나는 길은 없을 것이다. 페이지는 단지 인간의 애매모호한 말들 사이에 놓인 잠깐의 확실성이다. 하나의 세상을 확정하고 다른 것들은 택하지 않는 나의 책임과 어떤 세상을 택했든 그 세상이 지니는 취약성에 대해 알게 되면 현기증이 찾아온다. 모든 일련의 문자는 실존주의적 도전이 될 수 있다.

이런 현기증은 작가를 추종하는 또 다른 이유가 되는데, 그렇게 함으로써 기호 놀이를 멈출 수 있기 때문이다. 철학자 미셸 푸코가 언급했듯이 '작가'는 독서를 안전하게 만드는 방법이 될 수 있다. 여기서 작가는 인세로 수표를 받고 요추 통증을 겪는 실제 인간이 아니라 푸코가 "저자 기능"이라고 일컬은 개념이다. 저자 기능은 어느 한 사람이 아니라 의미를 관리하는 방식으로 사회적이며 심리학적인 힘에서 생겨난다. 《잃어버린 시간을 찾아서Remembrance of Things Past》의 '마르셀'이 실제 마르셀 프루스트이거나 니코스 카잔차키스의 신화적인 회고록인 《영혼의 자서전Report to Greco》에 나오는 '나'가 콧수염을 기른 분재 혐오자라고 믿는 편이 간단하다. 작가는 텍스트를 단순화하는 하나의 방식이 된다. 그 프랑스인이나 그리스인에게서 나온 이야기들은 단순히 그의 동성애 성향 혹은 생식 불능을 반영하는 것일 뿐이다.

그렇다고 해서 푸코가 작가의 삶과 작품의 모티브가 늘 무관하다고 주장한 것은 아니다. 플라톤의《국가The Republic》속 전염병,《슈퍼맨Superman》속의 유대주의와 이민자 무리, 프리드리히 니체의《이 사람을 보라Ecce Homo》속 매독 등 창작의 주요 대목과 얽힌 모든 것은 서로 밀접한 관계를 맺는다. 롤랑 바르트가 표현했듯이 작가는 분명히 텍스트라는 "카펫 위에서 어떤 인물로 나타날" 수 있다. 푸코가 말하고자 하는 바는 저자는 수많은 읽는 방식 중 하나일 뿐이며, 어떤 의미는 강조하고 또 다른 의미는 숨기며 머무른다는 것이다. 그는 이를 "의미의 확산 속 검약의 원칙"이라고 일컬었다. 저자에게 집착하면 작품이 그저 이런 의미일 뿐이라는 안일한 생각에 빠지게 되고 스스로에게 명백함이라는 선물을 줄 수 있다.

그러니 독자의 자유는 잊힐 뿐만 아니라 대수롭지 않게 취급되기에 이른다. 이는 이야기가 야기할 수 있는 골치 아픈 의구심 때문이다.《성서》에서든 신문 칼럼에서든 그래픽 노블에서든 페이지 안에서 쉬운 확신을 찾는다. 이야기는 다른 누군가의 일이 된다. 작가는 외로운 천재로 칭송받거나 그러브가(Grub street, 19세기 초까지 런던의 빈곤 지역 무어필드

인근에 존재했던 했던 거리로, 가난한 삼류 작가들과 저급 출판사와 서점이 밀집된 구역으로 유명했다. 런던의 문학계와 언론계의 변두리에 속했던 곳–옮긴이)의 저널리즘을 지녔다며 비난받는다. 독자의 영향력은 허락되지 않고, 그 영향력을 예술적으로 표현할 기회도 사라진다.

흥겨움

이 책은 이런 억압에 응하는 답장이며 세상을 현실로 만드는 독자의 힘을 상기시켜 주는 편지이다. 각각의 장에서는 특정한 덕목을 조명하는데, 호기심, 인내, 용기, 금지, 자제, 정의 등이다. 여러 고전적인 미덕이 정당한 사유로 이 목록에서 제외되었다. 아리스토텔레스의 장엄함은 애서가들보다는 부유한 상류층에게 더 걸맞으며 관대함 역시 문학적으로 타당하지 않다. 아리스토텔레스는 자신의 진실성이 가려질 만큼 긍지에 차 있었고, 심지어는 걸핏하면 화를 내는 그의 성미조차 곳곳에서 찬사를 받았다. 아우구스티누스는 훌륭한 기독교도들에게 사랑을 위해 《성서》를 집어 들라고 권했지만, 다른 글은 대부분 멸시했다. 그는 신을 경배하는 데 실패하느니 글을 피하는 쪽을 택했다("저주는 희망을 사람 안에 둔 이에게 선고된다"). 마찬가지로 믿음과 희망이라는 덕목 역시 종교적인 우주론과 도덕률에 매우 인접해 있어 세속적인 독자들에게는 도움이 되기 어렵다. 주요 덕목 중 겸손은 건강한 자부심의 일부이며, 문학에서의 정숙은 자제와 닮았다. 그렇지만 나는 책과 다애인 관계 맺기를 추천한다. 이교도와 기독교도 편람과 마찬가지로 이 덕목의 목록은 부분적이고 독특하나 임의적이지는 않으며, 내 생각을 반영한 것이다.

또한 이 책은 글의 본질에 대해 되돌아본다. 그러나 서양의 형이상학을 완강하게 살펴보고 파헤치는 자크 데리다의 《그라마톨로지Of Grammatology》와는 판이한 책이다. 나는 '나'가 얼마나 모호하고 불안정해지든 존재의 역사가 아닌 글자에 관심이 있다. 이 책에서 나는 일부 해석이 다른 해석보다 낫다고 주장하지만, 그렇다고 해서 이 책이 아우구스티누스의 《기독교 교양On Christian Teaching》 형식으로 된 해석상의 설명서는 아니다. 나는 정직한 전기를 쓰고자 백과사전적으로 통달하려 하지 않았다. 내가 읽은 책과 그 책을 읽은 방식이 나의 일부를 이룬다. 나는 사변적 실재론부터 슈퍼히어로가 나오는 암울한 작품, 하이데거와 하인라인에 이르기까지 무척이나 대담하게 읽어 왔지만, 그런 나에게도 편애하는 저자와 장르, 스타일이 있다. 때로 나는 이런 편향을 뛰어넘어 나의 불확실한 자아를 드러내기도 하고, 나의 취향을 정당화하기도 한다. 그러나 무엇보다 중요한 점은 종종 사적인 예술에 대한 공개적 의견을 내놓으면서도 최종적인 자신의 해석을 방어하지 않는 태도이다.

이렇게 의견을 내놓는 고백이 중요한 이유는 알래스데어 매킨타이어가 언급했듯이 미덕은 공동체를 통해 가장 잘 발달하기 때문이다. 만약 독서가 두 자유 사이의 대치라면 독서에는 '마땅히' 다른 독자라는 세 번째 대상이 따라올 것이다. 나는 다른 독자에게서 경쟁의식을 느끼거나 색다른 인상을 받는다.

이는 문학 비평이 그토록 본질적인 이유가 되기도 한다. 비평가들은 오만한 문지기, 세세한 것에 얽매여 헤어 나오지 못하는 사람, 기생 동물 등으로 희화화된다. 몇몇은 그런 정형화된 이미지에 부응하기도 한다. 그러나 최고의 비평가들은 독서의 기술이 무엇인지 몸소 보여 주는 본보기가 된다. 그들은 작품을 단순히 조명하는 데 그치는 것이 아니라 읽는 이가 작품에 투영하는 편견, 즉 명료함 또는 모호함, 관대하거나 심술궂음, 호기심을 갖거나 새로움을 느끼지 못하는 태도 등을 드러내기도 한다. 최고의 비평가들은 또한 그 편견들이 고취하는 삶의 모습도 밝혀낸다. 미국 수필가 헨리 루이스 멩켄은 평론가를 "촉매제"라고 주장했다. 평론가는 텍스트와 독자들 사이에서 반응하기 때문이라는 것이다. 멩켄은 "예술 작품과 관중 사이에서 반응을 유발하는 것이 평론가의 일이다"라고 적었다. 이는 평론가가 정식 교육을 받지 않았거나 확신이 없는 독자를 도울 때 진실이 된다. 낯선 시대와 언어와 감정에 당황한 독자들은 그 덕분에 작품과 친밀해진다. 평론가는 학식 있고 자신감 있는 독자에게서도 반응을 유발할 수 있다. 왜냐하면 그 독자들에게는 학식이 있고 확신도 있기 때문이다. 그들은 자만심을 내려놓아야 한다. 비평 연구가 정교하게 이루어지면 당연시되는 것들을 유연하게 생각하게 되어 철학적으로 기여할 수도 있다.

전문가들만 이 역할을 독차지하지는 않는다. 물론 뛰어난 비평가들은 냉철한 태도와 유희, 나와 당신, 텍스트와 맥락 사이에서 아슬아슬한 줄타기를 하는 동시에 경치를 즐기려고 한다. 그들이 그렇게 하는 이유는 이야기를 더욱 기민하게 접하고 그에 반응하려는 기본적인 욕구 때문이다. 그것이 바로 평론가가 그 직업을 택한 이유이다. 그들은 글쓰기 기술만큼이나 독서의 기술을 음미한다. 평론가 조르디 윌리엄슨이 표현했듯이 위대한 재능에 기꺼이 "유창한 경의"를 표하려는 마음은 부분적으로는 그들 자신이 열중한 끝에 도달한 숙련도에서 생겨난다. 이런 유쾌한 재능은 잡지 부스나 학문적 세미나 너머에서도 발휘된다. 작품을 해석하려는 노력은 대도시의 문학 축제, 교외 독서 모임, 카페의 벤치 혹은 저녁 식사 중인 식탁 위에서도 행해진다. 모두가 비평가는 아니지만 모든 독자는 사람들 앞에서 자신만의 비평을 내보일 수 있다. 이는 단순히 작가의 무지를 들추어내려는 것이 아니라 그들 자신을 계속해서 지켜보려는 목적에서 나오는 행동이다.

이 책은 자유와 그 자유를 모험적으로 펼칠 때의 보람을 일깨워 주는 사교적인 독서 연습이다. 또한 자유에 대한 나의 개인적인 호소이기도 하다.

호기심

무한한 도서관

이번 장은 내가 태어나기 전부터 존재했다.

영어에는 스물여섯 개의 문자와 몇 안 되는 문장 부호가 있다. 이만한 분량의 여느 글에서는 자형을 뒤섞는 수많은 방식이 있을 뿐이다. 그 경우의 수는 셀 수 없을 정도로 많겠으나 한정된 방식이다. 그중 대부분은 이해할 수 없는 뒤죽박죽일 테지만, 한편으로는 많은 조합이 읽을 수 있고 그럴듯하기도 할 것이다. 그 조합 중에는 이 단락도 포함돼 있을 텐데, 다만 '장'이라는 단어는 '정어리'로 읽힌다. 다른 조합에서는 '뒤죽박죽'이라는 단어를 제외한 모든 글자가 '제트'이고, 또 다른 조합에서는 '시네스트로(sinestro : 이탈리아어로 '왼손잡이의'라는 뜻으로, '왼쪽의, 비뚤어진, 불리한'의 뜻을 가진 라틴어 형용사 'sinister'에서 유래했음-옮긴이)'라는 단어가 열세 번째마다 반복될 것이다. 내 안에서 아무리 혁신적인 생각과 글이 떠오른다고 해도 온전하게 새로운 것을 만들어 낼 수는 없다. 나는 늘 끝이 없어 보이는 카탈로그에서 기호들의 조합 하나를 골라낼 뿐이다.

문학이라는 위대한 레스토랑에서는 모든 글이 특별히 주문된 요리이다.

아르헨티나 작가 호르헤 루이스 보르헤스도 그의 단편 소설 〈바벨의 도서관The Library of Babel〉에서 이를 시사했다. 이 소설에서 보르헤스는 똑같이 생긴 방으로 이루어진 무한한 도서관을 그려 냈는데, 이 육각형의 방에는 네 벽을 따라 책장이 놓여 있다. 한 방의 책장에 꽂혀 있는 책만 육백 권이 넘는다. 그리고 이런 방이 끝없이 이어진다. 여러 세대가 이 도서관 안에서 태어나고 죽는다. 보르헤스의 묘사에 따르면 방에서 방으로 배회하는 이들 중 상당수가 '그' 책을 찾아 헤매는데, 바로 세상 전부에 대한 지침서가 되어 주는 '완전한 책'이다. 몇몇 사람은 광적으로 즐거워한다. 완전한 과학과 예언이 담겨 있고 우주를 경이로 묘사하고 자신들 삶을 진솔하게 그려 내는 책들이 필히 있을 것이기 때문이다. 우울하거나 화가 난 이들도 있다. 무수한 페이지 가운데 시시하거나 무의미하지 않은 무언가를 발견할 가능성이 과연 있겠느냐는 생각 때문이다. 서술자는 지쳐 있고 희망도 거의 품고 있지 않다. 그는 "수년에 걸쳐 늘어만 가는 자살은 이미 언급했다고 생각한다"라고 적었다. 그는 인류는 머지않아 절멸하고 도서관만이 "홀로 불빛을 밝힌 채로 무한하며 어떤 미동도 없이" 존속할 것으로 추측한다.

보르헤스의 작품은 듀이 십진분류법부터 착란 상태에 이르기까지 무한성을 보여 주는 기묘한 상상으로 도서관의 장서 목록에 어린 평온을 조롱한다. 또한 모든 걸작은 결국 유일한 종합적 설계에서 나온 하나의 사본일 뿐이라며 저자 지상주의를 비웃는다. 실은 보르헤스가 꾸며 낸 이야기 자체도 오래된 생각을 새롭게 만든 형태이다. 그가 《완전한 도서관The Total Library》에서 밝혔듯이 근본적 개념은 적어도 2000년 동안 존재해 왔다. 아리스토텔레스가 이 개념을 제시했고, 키케로가 전제를 빚어냈으며, 블레즈 파스칼에서 토머스 헉슬리와 루이스 캐럴에 이르는 이들이 이 주장을 발전시키거나 거슬렀다. 〈바벨의 도서관〉은 금욕적인 산문체로 오랜 반복의 개념을 반복할 뿐이다. 같은 이미지가 보르헤스의 어린 시절과 소설에서 되풀이되었는데, 바로 증식에 대한 두려움이다. 그는 〈틀뢴, 우크바르, 오르비스 테르티우스Tlön, Uqbar, Orbis Tertius〉에 "인간의 수를 늘린다는 점에서 거울과 성교는 가증스럽다"라고 적었다. 보르헤스는 "하위 공포"라는 말로 이런 전반적인 상황을 일컬었는

데, 영원한 부조리라는 이 우주에는 우주 자체의 희귀성을 뒤틀리게 할 정도의 아름다움만이 존재한다. 그리고 그 우주의 중심에는 단어들이 있다.

낙원

보르헤스는 이런 두려움을 지니고 있었음에도 한편으로는 탁월한 애서가이기도 했다. 그는 〈실명Blindness〉에서 "나는 늘 낙원을 일종의 도서관으로 상상해 왔다"라고 말했다. 보르헤스의 문학적 독자성은 아버지의 서재에서 시작되었다. 전기 작가 에드윈 윌리엄슨은 이와 관련해 "보르헤스는 아버지의 도서관을 놀이터로 삼았다"라고 적었다. 보르헤스는 몇몇 공식적인 직업에 종사하고 도서관에서도 두 번 근무했는데, 젊은 시절에는 지역 도서관에서 일하면서 도서 목록을 너무 빠르게 작성한 탓에 동료들의 원성을 샀다. 50대에는 부에노스아이레스에 자리한 국립 도서관의 관장직을 맡기도 했다. 시력을 잃은 이 작가는 보통 집에만 머물렀지만 헌책방만은 꾸준히 찾았다. 소년 시절 그중 한 서점에서 일을 한 아르헨티나 태생의 알베르토 망구엘(부에노스아이레스 출신의 캐나다 작가-옮긴이)은 보르헤스가 서점을 찾아온 일을 선명히 기억해 냈고 "보르헤스는 거의 앞을 볼 수 없었는데도 끝내 지팡이만은 들고 다니지 않았으며 손가락으로 책의 제목을 읽어 내듯이 책장의 칸에 손을 뻗곤 했다"라고 기록했다. 그는 국립 도서관에 회전식 책꽂이 두 개를 두고 늘 같은 순서대로 특정한 책들을 채워 넣었는데, 그 책장에는 손때가 묻고 기워 낸《웹스터 영어 백과사전Webster's Encyclopedic Dictionary of the English Language》부터 노르웨이어 시집에 이르기까지 다양한 책들이 꽂혀 있었다. 나이가 예순에 가까운 이 눈먼 관장은 학생들의 도움을 받아 가며 앵글로·색슨족을 연구하기 시작했다. 그는 다음과 같이 적었다.

"가시적 세계를 잃은 지금, 나는 또 다른 세계를 되찾으려 한다. 풍랑이 거센 북부 바다를 노를 저어 건너온 나의 먼 조상들의 세상이다."

보르헤스에게 책은 곧 모험이었다.

서술자, 작가, 실재 인물을 하나로 보지 않는 일은 중요하다. 보르헤스 그 자신도 한 인간과 문학적 페르소나 사이의 묘한 분할을 언급한 적이 있다. 〈보르헤스와 나Borges and I〉에서 그는 문학적 페르소나에게 "일들이 일어난다"라고 하며 실재하는 자신은 작가가 나아가게 하는 생물학적 건전지와 같다고 고백한다. 실재하는 그는 중요했지만 계속 살아남은 것은 작품이었으며 작품 너머에는 언어가 있고 언어 너머에는 어떤 신비한 영원이 있다. 보르헤스는 또 다른 글에서 이런 관념을 숙고하면서, 단테가 자신에게 쓰도록 주어진 시를 완벽히 이해하지 못했음을 지적했다. 그는 〈지옥편 1곡 32행Inferno, I, 32〉에 "세상이라는 기계는 단순한 인간에게는 너무나 복잡하다"라고 적었다. 보르헤스는 같은 방식으로 셰익스피어와 신, 두 창조자의 "공허"에 관해서도 적었다. 보르헤스의 많은 작품을 관통하는 주장은 개인들은 겉보기보다 덜 중요하며 더 변덕스럽다는 것이다. 문학은 정연한 자서전이 아니며, 책의 페이지에 단순히 '호르헤 루이스 보르헤스'가 적혀 있지는 않다.

보르헤스의 여러 에세이와 이야기에는 한 독서광이 그려지는데, 이런 글 속에서 그의 페르소나는 거짓말을 하지 않는다. 그는 한 인간으로서 대화를 즐겼고, 훗날 미국 순회강연에서 보여 준 유쾌한 입담으로 널리 알려지기도 했다. 친구들이나 학생들과 사담을 나눌 때도 한담보다는 자신의 서재와 침실에서 고독히 한 일을 이야기했는데, 다름 아닌 읽기였다. 그는 《더 뉴요커The New Yorker》에 "나는 늘 책에 이르게 된 후에야 어떤 것들에 이른다"라고 적었다. 보르헤스는 학문을 사랑에 빠지는 일에 비유했다.

보르헤스의 여러 저작에서도 이런 애정을 엿볼 수 있다.

책을 향한 애정은 그의 근엄한 고전풍 문체가 아닌 작품과 작품, 작가와 작가 사이를 유쾌하게 넘나드는 글쓰기 방식에서 드러난다. 〈책을 향한 추종에 대하여On the Cult of Books〉에서 보르헤스는 텍스트가 서서히 성스러운 인공물이 되어 가는 과정을 그려 낸다. 플라톤과 같은 고대인들은 종종 문자로 적힌 글에 관해 의혹을 품었으나, 프랑스 시인 스테판 말라르메는 "세상의 모든 것은 책 한 권에 이르기 위해 존재한다"라고 적었다. 로저 베이컨 같은 이들은 자연이 생명체라는 알파벳들로 적힌 일종의 책 한 권일 때가 '있었다'고 분명하게 말했다. 보르헤스는 이 글을 전개하면서 호메로스에서 시작해 세르반테스와 버나드 쇼, 히포의 아우구스티누스, 《코란Koran》, 유대 신비 철학 저작, 토머스 칼라일 등으로 주제를 옮겨 간다. 보르헤스는 이 에세이에서 문학의 신성함을 주장하는 논의를 펼칠 뿐만 아니라 그에게는 경이로운 우주나 다름없던 도서관을 숭배하는 태도를 드러낸다. 그는 또 다른 에세이 〈콜리지의 꿈Coleridge's Dream〉에서는 쿠블라이 칸의 궁전을 묘사한 콜리지의 시를 중심으로 꿈을 기원으로 하는 여러 작품을 다룬다. 보르헤스는 쿠블라이 칸의 실제 궁전 역시 전하는 바에 따르면 꿈속에서 시작되었다는 사실에 주목한다. 그는 인류가 각각의 몽상으로 "아직 드러나지 않은 하나의 원형"에 더욱 가까이 다가서

게 된다고 암시하며 글을 끝맺는다. 여기에서 원형은 이상적인 청사진이다. 인류는 이 청사진과 더불어 자신들의 공상을 꿈꿔 나간다. 보르헤스는 자신의 주장을 펼치면서 시인 존 키츠와 찰스 스윈번, 인류학자 해블록 엘리스, 사학자 베다 베네라빌리스, 철학자 앨프리드 화이트헤드를 다루었다. 그리고 놀랍게도 내가 가진 책에서는 이 모든 일이 네 페이지 안에서 이루어졌다. 우리는 보르헤스가 문학적 자료를 제시하는 방식에서 생각과 구절로 이루어져 있으면서 낯선 장소와 시간을 이어 주는 연관성을 보게 된다. 그렇게 생각과 구절들 사이에서 기분 좋게 도약하면서 보르헤스는 고립된 실제의 배후에 존재하는 원칙을 밝혀낸다.

플라톤과 석가모니로 도약하기

이는 부분적으로는 철학적인 헌신이다. 보르헤스는 물질보다 정신에 더욱 신빙성을 부여했는데, 실제보다 추측을 더 믿은 셈이다. 그는 기꺼이 서로 다른 나이와 국적 사이의 간격을 뛰어넘으려 했는데, 더욱 커다란 가능성을 인식했기 때문이다. 풍요로운 우주에 시선을 두는 사람은 관심사가 남다르기 마련이다. 자형 하나가 문장을 바꿀 수 있고 독자 한 명이 그 증인이 될 수 있다. 오로지 바벨의 도서관만이 존속된다. 바벨의 도서관 속 인간들이 안절부절못하며 책들 사이를 돌아다니는 것도 당연하다. 그들은 어떤 작품도 완벽하다고 믿지 않기 때문이다.

이렇듯 보르헤스 작품에서는 플라톤의 철학적 경향뿐만 아니라 실재의 근본적인 무용에 대한 믿음인 허무주의 역시 나타난다. 그가 자아에 관해 의혹을 품고 단테 및 셰익스피어와 마찬가지로 자신을 공허하다고 본 것도 이런 이유 때문이다. 문학 연구가 제이슨 윌슨은 자신의 저작인 보르헤스 평전에서 "우리는 모두 본질적으로 독자성이 없는 굶주린 유령이다"라며 보르헤스의 세계관을 함축적으로 정리했다. 보르헤스는 완전한 불교 신자는 아니었지만, 그의 글은 '나'라는 개념을 포함하는 확실하고도 항구적인 것들을 향한 아시아 철학의 회의론을 상기시킨다.

관념론과 불교라는 두 전통은 보르헤스가 특히 관심을 둔 철학자이자 에세이에서 "우주의 수수께끼"에 관해 고심하던 아르투어 쇼펜하우어의 사상에서 하나로 만났다. 보르헤스는 세상을 이런 시선으로 바라보았기 때문에 글을 향한 애정을 드러낼 때도 복잡하지 않은 현실을 거부하고 자신의 중요성에 대해 겸손해하곤 했다. 보르헤스는 텍스트뿐만 아니라 텍스트가 야기한 결과를 결코 당연시하지 않았다.

보르헤스의 여러 저작을 읽으면 전반적으로 그가 즐거워한다는 인상을 받을 수 있다. 그는 독서로 얻은 통찰력에서 전율을 느낀 것이다. 이 전율은 특정한 '종류'의 통찰력으로 정치적이거나 과학적이라기보다는 형이상학적이며 심리학적인 이해이다. 여러 벽으로 둘러싸인 보르헤스의 거대한 서고 속에는 '군중'이 존재했다(그는 월트 휘트먼의 팬이었다). 보르헤스는 지적인 발견에서 느끼는 즐거움에 관해 적었으며 "생각하는 기쁨"을 찬미했다. 그는 범죄 소설이 중요하다고 주장하기도 했는데, 그런 이야기에 나오는 자극적인 선혈이 아닌 지적인 분투를 중요성의 근거로 들었다. 보르헤스는 에드거 앨런 포에서 코넌 도일에 이르는 종류의 탐정 소설이 상상의 세계에 전념한다고 믿었다. 추상적인 추론이 중요하게 다루어진 것이다. 그는 〈탐정 이야기The Detective Story〉에 "이는 혼란한 시대에서 안전장치가 되어주는 질서이다"라고 적었다. 보르헤스의 작품에서는 일반적으로 정신이 또 다른 정신의 탄생으로 이어지는 일에 초점이 맞추어진다. 이는 그렇게 해야 해서가 아니라 그럴 수 있기 때문이다. 그는 실질적인 지성이나 실험적인 정밀함이 아닌 수수께끼와 게임, 엉뚱한 생각과 농담을 애호했다. 보르헤스는 원문이라는 디딤돌에서 다른 원문으로 뛰어넘는 와중에도 불어나는 강물을 보고 웃음을 지으며 지적 능력을 기꺼이 발휘했다. 그는 한마디로 호기심에 차 있었다.

특별한 재능의 발휘

보르헤스가 면밀하게 탐구한 스코틀랜드 철학자 데이비드 흄은 《인간 본성에 관한 논고》에서 장 하나를 할애해 호기심을 다룬다. 흄은 호기심을 "진리에 쏟는 사랑"이라고 일컬었다. 그러나 이 표현에는 오해의 소지가 있다. 호기심은 사실이나 진실을 향한 열망이 아니라 사실과 진실을 발견하려고 애쓰는 갈망이다. 흄은 "가장 즐겁고 기분 좋은 것은" 우리가 "주의를 집중하거나 자신의 특별한 재능을 발휘할 때"라고 썼다. 물론 우리가 여느 사실을 접할 때 늘 이런 상태가 되지는 않는데, 쉬운 수수께끼는 따분하기 때문이다. 예를 들어 보르헤스는 콜리지가 여러 시에서 꿈과 관련해 언급한 부분을 세고 점수를 매길 수도 있었을 것이다. 이는 완벽하게 맞아떨어지겠지만 지루했으리라. 보르헤스의 호기심을 자극하고 그 호기심에 응답해 온 것은 어느 몽골황제와 레이크 지방의 한 시인 사이, 혹은 신과 토머스 드퀸시와 스위프트 사이에 매여 있는 어느 이상적인 맥락의 암시였다. 흄은 이런 성취가 경력이나 돈을 위해서가 아니라 그 자체로 소중하다고 보았다.

그렇다고 해서 호기심이 사회와 정신의 기본적인 성질을 넘어선 '순수한' 관심이라는 뜻은 아니다. 흄은 즐거움이라는 개념을 결부함으로써 지적인 호기심에 따르는 성향을 드러냈는데, 바로 편애이다. 우리는 편애하기 때문에 더 유심히 면밀하게 보거나 분명한 것에 대해서는 넘어가게 된다. 소위 '객관적인' 연구라고 해도 여전히 일종의 편향이 들어 있기 마련이다. 여기서 중요한 점은 흄이 말하는 호기심이 실용적이지도 반드시 의무적이지도 않다는 사실이다.

이런 호기심은 문학적 긍지와는 뚜렷하게 다르다. 예를 들어, 어느 학자는 보르헤스의 이야기들 속 거울에 관한 연구를 즐기지 않으면서도 자신의 면밀한 분석을 자랑스러워할 수 있다. 그녀에게 이 일은 그저 성실하게 끝마친 하나의 직업적인 의무이자 그해 필수로 발표해야 하는 논문 수에 집계될 비평이다. 반면 흄이 뜻하는 호기심은 진실을 진실 그 자체를 목적으로 두고 추구하는 일이며 그것을 추구하는 '나'가 목적이 되지 않는다. 진실을 추구하는 중에는 황홀감이 생기게 마련인데, 이런 황홀감은 곧 진실 추구를 '위한' 것이다.

또한 흄은 호기심이 집중하는 데 도움이 되기 때문에 중요하다고 주장했다. 그는 "경솔하며 부주의할 때는 똑같이 이해에 이르는 행동을 하더라도 전혀 영향을 받지 못한다"라고 말했다. 이런 가치 판단 감각은 사람마다 다르다. 보르헤스의 문학적 가치는 남자다움을 과시하는 도서관 동료들에게서 한참 벗어난 것이었다. 그들 중 한 명은 도서관 저자목록에서 동료와 이름이 같은 호르헤 루이스 보르헤스를 발견하고 흥미로운 우연이라고 생각하기도 했다. 어찌 되었든 흄의 요점은 분명한데, 호기심에 연관된 진리의 위대함이 호기심을 부추긴다는 것이다. 보르헤스는 무한성과 공상의 세계, 수 세기 묵은 오래된 비밀들 같은 생각들 때문에 두꺼운 책들에 계속해서 코를 박고 있었다. 흄의 말에 따르면 이런 생각들이 실제로 크고 중대한 문제인지 아닌지는 중요하지 않다. 이런 생각들의 형이상학적 위엄 혹은 정치적 유용성은 아마도 전적으로 꾸며진 것일지도 모른다. 중요한 것은 그런 생각들의 심리학적 중대성이다. 이런 '무게'가 정신을 계속해서 끌어당긴다.

보르헤스는 끊임없이 열정적으로 읽었지만, 소문에 대해서는 거의 신경 쓰지 않았다. 그는 늦은 나이에 엘사 아스테트 밀란과 결혼했는데 그러잖아도 불운하던 이 결혼은 엘사가 가십에 관심을 가진 탓에 더욱 불편한 관계가 되었다(보르헤스의 한 친구는 그가 엘사와 결혼한 이유는 단지 어린 시절부터 그녀를 알았기 때문이라고 넌지시 말하기도 했는데, 이는 마치 어느 소설의 줄거리 같다). 데이비드 흄은 《인간 본성에 관한 논고》에 참된 호기심과 "이웃의 행동 및 형편을 알고자 하는 결코 채울 수 없는 갈망"을 구분하는 데 도움이 되는 설명을 덧붙였다. 가십은 새로운 것을 좇는 행동으로 희화화되곤 하지만 흄은 그런 갈망이 실은 새로움에 대한 두려움에서 나온다고 주장한다. 그들이 사는 작은 세상에서는 모든 것이 정돈되어 있으며 멈추어 있고, 변화는 골칫거리가 된다. 흄은 "갑작스럽고 격렬한 변화는 불쾌하게 다가오며, 본래 중요하지 않은 사물이라고 해도 어떤 대상이든지 변하면 거북함을 느끼게 된다"라고 적었다. 이런 관점에서 보면 풍문이나 스캔들을 갈망하는 일은 혼란스러운 불확실성을 피하려는 하나의 방법이다.

보르헤스가 단테의 《신곡 : 연옥 편The Divine Comedy : Purgatorio》이나 허버트 조지 웰스의 《투명 인간The Invisible Man》을 집어 들었을 때 그는 신뢰할 만한 사실에서 얻는 위안인 가십을 좇은 것이 아니다. 보르헤스는 불교 신자처럼 인생무상을 강조했고 물질에 대해서는 관념론적 경계심을 품었다. 그리하여 그는 불안해졌다. 보르헤스는 집무실에서는 예측 가능성을 추구했지만, 서재에 있는 책의 내용에서는 그러지 않았다. 이런 이유로 그는 수년 후 예전에 읽은 책들로 돌아오곤 했다. 이는 여러 책 사이에 놓인 새로운 관계를 밝혀내는 방법이었다. 보르헤스는 메인 대학교에서 청중들에게 "나는 읽는 일보다 다시 읽는 일을 더 좋아하는데, 다시 읽을 때면 더 깊이 파고들게 되기 때문입니다"라고 말했다.

바벨에서의 모험

보르헤스의 문학적 아름다움을 과하게 치장하지는 말아야 한다. 보르헤스는 존 업다이크가 〈사서로서의 작가The Author as Librarian〉에서 표현한 바에 따르면 "지독하게 편협"했다. 보르헤스는 특히 여성 작가가 쓴 여러 뛰어난 작품의 가치를 낮게 평가했다. 그가 선정한 영문학 주요 목록에는 제인 오스틴, 조지 엘리엇, 버지니아 울프, 아이리스 머독의 작품이 빠져 있다. 어떤 여성 작가들을 훌륭히 여기느냐고 질문을 받은 보르헤스는 "에밀리 디킨슨, 그 한 명으로 한정하고 싶습니다"라고 답했다. 보르헤스는 사회적이거나 정치적 의미의 학문에는 거의 관심을 보이지 않았다. 그는 아르헨티나 사회를 서투르게 파악한 탓에 교묘하게 약삭빠른 태도를 보이는 것으로 여겨졌는지도 모른다. 보르헤스는 군사 정부 아래에서 살해당한 동포들을 무시했다고 비난받았을 때 "나는 신문을 읽지 않습니다"라며 자신에게 아주 불리한 답을 내놓았다. 전기 작가 제임스 우달은 보르헤스를 "끔찍한 사학자"라고 묘사하기도 했다. 보르헤스가 독자로서 느낀 기쁨은 대체로 별나고 때로 바보 같아 보였으며, 고대 그리스 시대 관점으로 보면 결핍을 드러내며 자기중심적인 특성이 있었다.

그러나 보르헤스는 이런 한계 속에서도 모범적인 호기심을 나타내 보였다. 그런 까닭에 보르헤스를 처음 읽는 독자들은 클라이브 제임스가 "분명 젊은이들을 열광하게 할 지적인 모험"이라고 일컬은 그의 매력을 느낀다. 보르헤스는 자기 작품들을 통해 호기심이 중요한 이유를 흄의 이론에 한 가지 더 보탰다. 호기심은 모든 확실한 구절 너머에서 발견되기를 기다리는 '가능성' 때문에 중요하다. 이는 다시 말해 '다른 경우'의 중요성이다. 진정으로 호기심을 갖는 일에는 약간의 초조함이 따른다. 이는 곧 당시에 읽는 페이지를 여러 가지 가능성에서 해석된 다양한 가능성 중 하나로 보는 일이다. 이런 일은 서두르거나 오만한 상태로 이루어지지 않는다. 호기심은 보르헤스에게 그랬듯이 인내심이나 긍지와 더불어 작용한다. 물론 반드시 조금은 겸손해야 한다. 왜냐하면 이런 가능성에는 사실상 끝이 없으며, 궁극적인 읽기라는 것은 존재하지 않기 때문이다. 독자는 호기심으로 가능성을 발견하고 기뻐하면서 탐구에 열중한다. 움베르토 에코는 "바벨의 도서관에서 진정한 영웅은 도서관 자체가 아니라, 계속해서 움직이며 모험적이고 끊임없이 독창적인 그곳의 독자이다"라고 적었다.

실제의 매혹

호기심에서 가장 중요한 점은 이미 존재하고 있는 바를 당연하게 여기는 방식에 대한 저항일 것이다. 호기심 많은 독자는 텍스트를 여러 선택지 중 하나의 우연적인 것으로 취급한다. 이는 작가가 '잘못된' 소설이나 시를 썼다고 비난하는 진부한 비평가의 수법이 아니다. 대신 호기심은 창작의 유연성이 지닌 진가를 알아보는 세심함이며, 모든 인공물이 작은 부분이라는 의식이다.

예를 들어 배트맨은 시대적 토테미즘 영웅으로 매우 중요한 작품의 주인공이라는 영향력을 지닌 데다 지난 수십 년 동안 각색되고 풍자되며 단순히 모방되기도 했다. 슈퍼히어로 장르에서는 그린 애로, 문 나이트, 아이언 맨과 같은 여러 종류의 인기 많은 주인공들이 있지만, 그들은 배트맨보다 못한 영웅으로 하찮게 취급되곤 한다. 중국, 러시아, 프랑스, 오스트레일리아의 프랜차이즈 공식 세계관에 있는 다크 나이트의 도플갱어들은 말할 것도 없다. 한 세기를 거슬러 올라가면 쾌걸 조로는 물론이고 장 폴 사르트르가 사랑한 닉 카터[《닉 카터 : 위대한 미국인 형사Nick Carter : Le Grand Détective Américain》의 주인공]와 같은 영웅들을 만나볼 수 있다. 그리고 이런 영웅들 뒤에는 탐정 소설이라는 더 폭넓은 장르가 존재한다. 탐정 소설에는 셜록 홈스 시리즈와 보르헤스가 좋아한 작가들인 윌리엄 윌키 콜린스와 에드거 앨런 포의 작품들이 포함되어 있다. 배트맨은 그처럼 유명하지만 결국에는 초자연적 위력과 값비싼 도구를 지녔으며 가면을 쓴 채 밤에 활동하는 자경단원이나 형사 주인공들이 나오는 책들 가운데 한 페이지만을 차지할 뿐이다.

이런 사실을 인식하고 보면 배트맨은 원본이라기보다는 다른 영웅을 주조하는 데 쓰인 금속판으로 여겨진다. 대신 그 영웅은 독자들의 욕구에 응하는 하나의 답을 나타낸다. 물론 배트맨이 여러 방식으로 쓰였기 때문에 더 정확히는 여러 답을 나타낸다고 할 수 있다. 배트맨은 캐릭터라기보다는 특성들로 이루어진 가문을 위한 이름이다. 이 특성들은 본질적인 영혼을 공유하는 것이 아니라 루트비히 비트겐슈타인이 《철학적 탐구Philosophical Investigations》에서 "가족 간의 닮음"이라고 일컬은 성질을 공유한다. 다크 나이트가 구체화된 캐릭터 대부분은 어릴 적 부모를 여의었다. 그러나 배트맨 토머스 웨인은 아들을 잃었다. 대부분 살인을 하지는 않지만, "빌어먹을 배트맨"이라는 유행 문구를 남긴 배트맨은 폭력배들을 불타 죽게 하고서는 연기가 피어오르는 시체 옆에서 섹스를 한다. 배트맨 대부분은 과묵하며 인정사정없지만 1960년대 텔레비전 실사 드라마에 나오는 배트맨은 말이 많고 장난기도 있었다. 배트맨 대부분 검은색, 파란색, 회색 코스튬을 입었지만 다채로운 코스튬을 입은 '무지갯빛 배트맨'도 있다. 이런 이야기들은 여러 각색 가운데 하나의 각색을 그 나름대로 약간 다르게 만든 것에 불과하다. 진정성은 태고의 본질이 아니라 사실성에서 나온다.

호기심이 반드시 이런 영향이나 반복의 자취를 추적하는 일로 이어지지는 않는다. 누군가는 호기심을 품고 사실을 찾기도 한다. 예를 들어 누군가는 자경단원이 실제로는 얼마 동안 일하는지를 찾아볼 수도 있다(신경 과학자 E. 폴 제르에 따르면 심각한 다리 부상을 입기 전 몇 년 동안일 것이다). 혹은 배트맨이라는 브랜드 뒤에 자리한 법적·윤리적 분쟁을 다루는 일을 할 수도 있다. 물론 슈퍼히어로에게 전혀 호기심을 품지 않을 수도 있다. 다만 이런 상징적 등장인물들을 이용하면 더욱 명확하게 새로운 예시를 들 수 있다. 호기심은 종종 예상하지 못한 결과로 이어지기도 한다. 여기서 요점은 배트맨을 다룬 앨런 무어, 자유를 말하는 존 스튜어트 밀, 상류층 부르주아의 뉴욕을 묘사한 이디스 워튼, 용을 그린 어슐러 K. 르 귄의 책들 중 어느 것을 읽든 문학적 세계의 한계로 호기심을 뻗어 나가게 해야 한다는 것이다.

호기심은 문학적인 기쁨을 약화시키는 것처럼 보일 수도 있다. 호기심을 품으면 주문에서 풀려나듯이 작품이 독특하고 완벽하다는 생각에서 깨어나게 되기 때문이다. 호기심은 작품의 전례, 유사점, 안건, 단순한 오류를 밝혀낸다. 나는 이제 확실히 예전처럼 황홀하게 H. P. 러브크래프트를 읽을 수 없는데, 그의 소설에 포함된 저속한 외국인 혐오증의 흔적을 추적해 보았기 때문이다. 천진하게 보르헤스를 읽으며 느끼던 즐거움도 그가 보인 반동 정치적 행보와 인종 차별 행위를 알게 됨으로써 끝이 났다. 보르헤스가 지닌 비현실성은 고결한 만큼 불길한 것으로 보인다. 많은 소설에서 드러나는 예술적 기교는 작가들 현실에서의 삶 속 등가물이 증거로 제시될 때면 거짓된 것으로 보인다. 버지니아 울프의 《댈러웨이 부인Mrs Dalloway》이나 시몬 드 보부아르의 《레 망다랭Les Mandarins》 속 몇몇 구절은 일기에서 비롯된 것이다. 그러나 이런 사실들을 좇는 일은 그 자체로 재미있었다. 흄이 언급했듯이 학문은 사냥과도 같아서 우리는 스포츠에 관심이 없더라도 승리에 신경을 쓰게 된다. 흄은 "한창 그 일을 하는 와중에는 일의 결과에 주의를 집중하게 되고 어떤 실망스러운 사실에도 쉽게 불안해지며 안타까워하게 되는데 …… 바로 목적을 달성하지 못할 때 그렇다"라고 적었다. 나는 러브크래프트나 보르헤스가 지닌 결점을 찾고 '싶지'는 않았지만, 먹잇감을 쫓을 때면 충분히 만족했다.

호기심은 특이성을 약화하기는커녕 때로 혁신의 기운을 드높일 수도 있다. 호기심은 어느 텍스트를 둘러싼 가능성을 보여 줌으로써 그 솜씨의 특별함을 강조한다. 저자는 이야기나 주장하는 글에서 등장인물, 분위기, 줄거리, 구절과 같은 '것들'을 효율적으로 배치한다. 제임스 조이스의《율리시스Ulysses》에서는 정중한 교리 문답에서 감각적인 독백으로 이동한다. 테드 휴스의 〈생각-여우The Thought-Fox〉에는 사향의 생명력을 암시하는 "문득 선명하고 강렬한 여우의 악취"라는 구절에 "강렬한"이라는 표현이 있다. 이런 부분들이 바로 앞서 말한 저자가 배치하는 '것들'이다. 문학 작품들은 각각 이런 저자의 선택으로 영향력을 얻게 된다. 조이스가 쓴 장은 단순히 가톨릭 학교 수업에서 지루하게 독본을 읽는 악절의 반복이 아니다. 휴스는 꿈속에서 다친 여우를 만나 시의 영감을 얻었다("여우는 '그만해, 너는 우리를 파괴하고 있어'라고 말했다"). 그러나 휴스의 시에서 여우는 아무 말도 하지 않는다. 이처럼 각각의 작품은 다른 방식으로 쓰였을 수도 있다. 그렇기에 호기심 어린 독자는 보르헤스의 무한한 도서관의 방들에서 무언가를 찾아 헤매는 자신을 발견하게 된다. 음울한 가능성을 이해하는 감각을 지녀야만 실제의 매혹을 알아볼 수 있다.

존귀하고 인상적인

보편적으로 칭송받는 현대의 몇 안 되는 미덕인 호기심을 찬양하는 일은 매우 쉽다. 그러나 모든 기질이 그렇듯이 호기심으로도 실수를 범할 수 있다. 호기심은 직접적이고 인접한 것은 뛰어넘기 때문에 실제에서 너무 멀어질 수 있다. 독자는 머리를 짜내어 읽지만 결국 먼발치에서 눈을 가늘게 뜨고 보게 되어 작품 자체는 흐릿해진다. 독자는 지적으로 분투함으로써 텍스트의 세부 사항과 작가의 여러 선택에서 벗어나 즐거운 비행을 한다. 또한 호기심은 궁금한 '이유'를 회피하는 방식이 되기도 하는데, 이때 호기심은 자신의 별난 점이나 결점을 무시하는 방법이다.

20세기 주요 철학자 중 한 명인 마르틴 하이데거를 예로 들어 보자. 하이데거의 주요 관심사는 존재론, 즉 '존재'

가 무엇인지를 연구하는 것이었다. 그는 옹졸한 반유대주의자이자 나치 지지자이기도 했다. 이런 사실들은 하이데거의 도전적인 작품들의 빛을 잃게 하는 동시에 그 작품들을 더욱 분명히 설명해 준다. 그는 빼어난 저작에서는 심오하며 놀라운 사실, 즉 아무것도 없는 게 아니라 무언가 경이로운 것이 존재한다는 사실을 독자에게 상기시켜 준다. 철학가이자 비평가인 조지 스타이너는 하이데거의 정치적·윤리적 결함에 대해서는 적절하게 비판하면서도 그를 "명백한 것들의 길목에 눈부신 장애물을 놓는 놀라운 대가"라고 묘사했다.

하이데거는 기원전 6세기부터 5세기까지 활동한 소크라테스 이전 철학자들에 관한 관심을 불러일으키는 데 일조하기도 했다. 그는 이런 오래된 철학자들의 전작 중 전해 내려오는 일부분을 대담하고 새로운 방식으로 해석해 냈다. 그리고 이를 "태고의 그리스인들이 적은 이야기에 담긴 진정한 진리"라고 일컬었다.

하이데거의 인상적인 연구 중에는 엘레아학파의 파르메니데스에 대한 것도 있다. 소크라테스 이전 철학자 중 가장 중요한 인물로 여겨지는 파르메니데스는 기원전 5세기에 전성기를 누렸다. 파르메니데스의 조화와 편재, 존재의 영원에 대한 사색에 영향을 받은 플라톤은 서양 철학과 신학에 막대한 기반이 된 지적 유산을 남겼다. 플라톤의 《테아이테토스Theaetetus》에서 소크라테스는 파르메니데스를 "존귀하고 인상적"이라고 묘사하며 그의 심오한 고귀함을 떠올린다. 한 세대가 지난 후 아리스토텔레스는 파르메니데스의 "통찰력"을 높이 평가하며 《자연학Physics》의 일부분을 존재에 대한 자신의 기본 관념을 뒤집는 데 할애했다. 아리스토텔레스는 또한 파르메니데스가 그리스 원자론의 발전을 이끌었다고 믿었으며, 철학자들은 파르메니데스의 강력한 주장을 뛰어넘기 위해 노력했다. 이는 2000년 후 계몽주의 과학자들을 크게 고무시켰다. 파르메니데스는 서양 사상에 지대한 공헌을 했으며, 하이데거는 그의 유산을 인정하는 데 커다란 역할을 했다.

파르메니데스의 저작으로 알려진 작품은 〈자연에 대하여On Nature〉라는 시가 유일한데, 그마저도 일부분만 남아 있다. 위대한 학자들의 흥미를 불러일으킨 이 수수께끼 같은 현자는 소논문보다 적은 양의 글만 남기고 갔다. 내가 가진 책에서는 두 페이지에 불과하다. 그것조차도 수백 년 동안 복제를 거듭하면서 단락들이 사라지거나 여기서 한 글자, 저기서 접미사 하나가 누락되는 등 오류가 발생했다. 이렇게 지극히 평범한 실수들과 더불어 전해 내려온 시의 연들은 이오니아 방언으로 쓰여 있어 번역 과정을 거치면서 모호해졌다. 또한 파르메니데스의 사상 대부분은 후대의 철학, 예를 들어 플라톤과 아리스토텔레스의 철학에 비추어 의역된 것이 많다. 따라서 우리가 마주한 파르메니데스 작품의 조각들은 수백 년 동안 다른 철학에서 발생한 독특한 분위기 속에서 읽혀 온 것이다.

파르메니데스 철학의 수수께끼 같은 조각들은 이런 방식으로 균열되어 있어 더더욱 호기심을 자극한다. 현대 연구자들은 역사, 고고학, 언어학, 인류학, 문학 비평, 철학 등 전문적인 연구를 통해 이 조각들 사이의 틈새를 메우려 한다. 물론 연구를 통해 콜리지의 〈쿠블라 칸Kubla Khan〉부터 프랭크 밀러의 배트맨에 이르기까지 모든 작품을 이해하기 쉽게 조명할 수 있다. 그러나 소크라테스 이전 철학자들의 작품을 밝혀내려면 그보다 더욱 명백한 도전이 필요하다. 철학의 깨진 조각들은 도자기 조각을 이어 붙이듯이 세심하게 복원해야 하기 때문이다. 파르메니데스는 페이지 너머에서 기꺼이 가능성을 찾는 호기심 어린 독자에게 더더욱 흥미롭다.

도약

하이데거는 이렇듯 파르메니데스가 면밀히 연구되리라 예상했으며 "비그리스어의 조잡한" 번역이 작품의 요점을 놓쳤다고 불평했다. 1930년대 프라이부르크 대학교에서 선보인 강연 내용을 묶어 낸 저작《형이상학이란 무엇인가 An Introduction to Metaphysics》에서 하이데거는 서양 철학이 소크라테스 이전 철학자들의 지혜를 끊임없이 비극적으로 오독해 왔다고 주장했다. 그는 18세기 독일인으로서가 아니라 반드시 기원전 5세기경 그리스인으로서 파르메니데스를 읽어야 한다고 말하기도 했다. 하이데거는 특별히 파르메니데스의 "사고와 존재는 같다"라는 구절을 새로 해석하기도 했다.

하이데거가 볼 때 이 어구는 보통 허튼소리로 번역되곤 했다. 고대 그리스인 철학자는 사고가 존재와 같다는 뜻이 아니라 그 사고가 단순히 '곧' 실재라고 적은 것이다. 다시 말해 파르메니데스는 사고와 존재가 함께한다는 뜻으로 표현한 것이었다. 그리스어로 노에인noein, 즉 사고는 존재를 향한 수용적 정위(定位)이며, 존재인 피시스physis는 인간에게 닿고자 솟아오르는 움직임이다. 하이데거는 인간이 되려면 어떤 방식으로든 존재를 받아들여야 한다고 말했다. 플라톤의 형상론, 아리스토텔레스의 실체론, 기독교의 신과 같은 방식으로 말이다. 모든 시대에는 존재를 받아들이는 그 나름의 방식이 있지만, 이는 애당초에 우리가 독특하게 존재하기 때문에 일어난다. 인간은 현실을 한 가지 또는 다른 것들로 밝혀낼 수 있기 때문이다. 사실 우리는 곧 이런 존재의 현시이며 어두운 숲으로 둘러싸여 홀로 밝혀진 작은 빈터와도 같다.

그렇게 하이데거는 파르메니데스를 잃어버린 시작의 일부로 읽어 내려갔다. 하이데거는 소크라테스 이전 철학자들이 존재라는 문제를 얼마나 세심하게 다루었는지 보여주려고 했다. 그들은 존재를 분명한 생각이나 확실한 사물로 보는 대신 가능성이 충만한 공간으로 여겼다. 하이데거는 《철학이란 무엇인가?What is Philosophy?》에서 소크라테스 이전 철학자들이 "놀라움"에 좌우되었다고 주장했다. 플라톤 이후 존재는 이상적인 형태, 대체할 수 있는 것, 연역적 사실 등 확실한 무언가로 해석되었다. 존재는 풍부한 개방성을 잃고 완전히 인간화되었는데, 하이데거는 이를 "형이상학"이라고 일컬었다. 또한 하이데거는 존재에 대한 이런 기억 상실이 근대 문명에서 일어난 최악의 사건들 뒤편에 자리해 있었다고 주장했다. 이 사건들에는 전쟁, 기술적 소외, 심지어 나치즘까지 포함된다. 산업형 농업, 원자 폭탄, 가스실 등에서 공통으로 나타나는 현상은 몰아세움Gestell이다. 이 몰아세움 앞에서 세상과 우리 자신은 통제해야 할 대상의 집합체가 된다. 하이데거가 볼 때 기술의 본질은 몰아세움에 있었으며, 이 몰아세움은 "세상의 흑화와 신들의 도피"를 야기했다. 파르메니데스 이후로는 추락뿐이었다.

이런 요약에서는 하이데거의 저술이 지닌 지적인 세련됨은 물론이고 극도로 오만한 막연함도 드러나지 않는다. 또한 내가 다른 저술에서 논한 바 있는 진리와 언어, 예술에 대한 하이데거의 도발적인 생각 역시 놓치게 된다. 나는 문화비평을 존재론의 역사와 연결 짓는 하이데거 비전의 설득력에 관해서는 논하지 않겠다. 이 독일 철학자가 파르메니데스를 어떻게 새롭게 해석했는지가 더 궁금하다.

하이데거는《형이상학이란 무엇인가》에서 소크라테스 이전 철학자들에 대한 자신의 해석을 잠시 돌아보며 심사숙고한다. 그는 자신의 해석이 기묘하고 불합리하며 엉뚱해 보인다는 사실을 알아차렸다. 하이데거의 표현에 따르면 그 해석은 대다수 사람에게 "설득력이 없으며 한쪽으로 치우친 하이데거다운 해석"으로 보였다. 그 역시 자신의 해석이 조롱거리가 되었음을 잘 알고 있었다. 하이데거는 자신의 분석은 확실성이 부족하며 오솔길을 따라가는 일반적인 학문적 산책이 아니라 "도약"에 가깝다고 고백하기도 했다. 이 글을 쓰고 약 40년 뒤 그는 어느 토론식 강의에서 파르메니데스 시의 한 구절인 "설득력 있는 진리의 흔들리지 않는 심장"을 다루게 되었다. 당시 하이데거는 자신의 해석이 "입증할 수 없어" 보이지만, 진정한 그리스인의 사고를 지니지 못한 이들에게만 그렇게 보인다고 말했다.

하이데거는 이처럼 철학의 기원에 관해 논했으나 한편으로는 근대 독일 철학을 발전시키기도 했다. 이는 그에게 조언을 건네던 에드문트 후설에게 영향을 받은 행보였다. 후설 자신은 이마누엘 칸트의 유산에 응답하던 중이었다. 하이데거가 자전적 회상에서 고백했듯이 처음부터 그를 자극하던 개념과 주제가 있었다. 또한 그의 철학적 이력에서는 지방 관구 가톨릭의 영향을 받으며 보낸 어린 시절과 개신교 신학의 연구, 반계몽주의적 낭만주의와 두 세계 대전 사이의 독일의 정치 체제라는 특징이 드러난다. 안타깝게도 하이데거는 소크라테스 이전 철학자들의 사상에서 나치즘의 "내밀한 진실과 위대함"으로 독일이 재개할 기회를 보았다. 그는 또한 이런 고전 사상가들을 읽으며 제3제국이 불러올 끔찍한 결과뿐만 아니라 그 체제 아래에서 자신의 역할에 관해 숙고하는 것을 외면하게 되었다. 순수하게 존재를 다루는 이런 보기 드문 관점에서는 만족과 고통, 민주주의와 파시즘, 창조성과 착취 등의 평범한 생활을 이루는 관념들은 멀리 떨어져 보인다. 이렇듯 심오하면서도 현실과 동떨어진 고전 작품들은 사학자 리처드 울린이 "하이데거가 지닌 개인적인 부정 전략"이라고 일컫는 데 큰 영향을 끼쳤다.

따라서 이 독일 철학자는 파르메니데스에게서 새로운 가능성을 찾고 싶어 했다. 그러나 그 가능성은 소크라테스 이전 철학자들이 아닌 마르틴 하이데거의 것이었다. 반세기 동안 검은 숲(숲이 울창해 '검은 숲'으로 불리는 독일 슈바르츠발트 지역을 말함-옮긴이)의 "비밀스러운 왕"이던 하이데거 역시 서구 문명의 쇠퇴에 관해 유사한 이야기를 했다. 그는 우리가 존재에 관한 근본적인 질문을 잊었다고 주장했다. 하이데거는 파르메니데스의 저작에서 이 질문을 향한 자신의 대답을 발견했다. 하이데거는 다른 글에서 자신의 독서에 깃든 "난폭함"을 인정했으며, 자신의 칸트 연구는 곧 '의심스러운 칸트'지만 한편으로는 '탁월한 하이데거'라고 말했다고 한다. 독창적인 해석은 잘못이 아니고, 다른 저자의 암시적인 말을 인용하는 것도 악의적이라 할 수 없다. 그러나 하이데거는 《형이상학이란 무엇인가》와 그 후 여러 저작을 고대 그리스인들의 지혜를 담은 충실한 기록물과 세계가 맞이한 위기를 다루는 설명서로 광고했으며, 실제로는 인용한 증거가 거의 없음에도 거만한 어조로 행동했다.

보르헤스의 호기심이 존재의 관성을 거부하는 것이었다면, 하이데거의 호기심은 굽힐 수 없는 엄연한 사실에 대한 특유의 전적인 거부였다. 새로운 추측을 위해 파르메니데스의 업적은 오히려 한쪽으로 밀려났고, 매우 개인적인 가능성이 도리어 실제를 압도하기에 이르렀다.

그러나 이 모든 사실도 하이데거가 이룩한 철학적 업적을 없던 일로 만들 수는 없다. 하이데거는 박식했으며, 나를 포함한 수많은 사상가에게 크나큰 영향을 끼치고 영감을 주었다. 하이데거는 그 나름의 방식대로 심오하게 호기심에 차 있었다. 그의 작품 분석에는 사냥꾼처럼 목적을 좇는 이의 결심이 드러나며, 이는 투박하고 저속한 어조와는 거리가 멀다("이 철학적 작업은 …… 정확히 소작농들의 일과 같은 종류의 것이다"). 하이데거는 언어학적 역사를 좇았으며, 모호한 의미를 찾아내고, 수천 년에 걸쳐 행해진 이성의 작용을 염탐했다. 이는 스스로 운동하는 강력한 정신이었다. 하이데거의 강연과 글에는 흄이 사냥과 철학에서 느낀 즐거움, 즉 "움직임과 주의력, 어려움과 불확실성"이 담겨 있다. 하이데거 자신은 그의 저서 《존재와 시간》에서 호기심을 경멸하기도 했지만, 이는 오로지 존재에 관한 근본적인 질문에 집중하지 못하도록 방해하는 무익한 종류의 호기심에 대한 경시였다. 하이데거는 파르메니데스의 작품을 해석하면서 수 세기 동안 감추어지거나 잊힌 원문의 가능성을 열정적으로 들여다보았다. 그리고 그렇게 함으로써 그는 존재의 근본적인 충만함의 일부인 가능성 자체에 대한 보다 심오한 이론을 제시했다.

그러나 하이데거에게도 독자로서 열광하는 대상이 있었다. 이 철학자가 파르메니데스의 네 페이지 글에서 열광할 대상을 찾은 것도 단순한 우연은 아닌데, 하이데거 자신이 그 글에 그것을 직접 두었기 때문이다. 철학자 한스게오르크 가다머는 하이데거의 나치즘에 관해 "누구든 생각을 한다면 가능성을 상상하는데, 가능성을 선명하게 상상한다면 자신이 보고 싶은 것을 볼 수도 있지만, 이는 실제로는 존재하지 않을 수도 있다"라고 적었다. 교수 하이데거가 파르메니데스의 시를 해석한 방식도 이와 마찬가지이다. 무한한 도서관 내에서 마르틴 하이데거는 계속해서 마르틴 하이데거 자신이 쓴 책들을 빌려 갔다.

호기심에 대한 호기심

이런 모험적인 망각은 학자들 사이에서는 더욱 흔한 일

이다. 그들은 페이지 너머로 향하려는 충동에 사로잡혀 작품에서 멀어지게 된다. 이해하기 쉽도록 뜻을 밝혀 준 다음 '가능성'을 좇느라 자신이 처음 출발한 글이 더는 시야에 들어오지 않는 것이다.

문제는 인습 타파주의적 해석도 아니고 방향 감각을 잃었거나 충격적인 응답도 아니다. 이는 모두 창의적인 독서의 요소이다. 소설가 제이디 스미스는 "누군가에게서 '그들'의 나비를 건네받아 20페이지를 할애해 그 나비가 '우리'의 기린임을 입증하는 일에는 즐거움이 따른다"라는 재치 있는 말을 남겼다. 문제는 이런 창작물을 작가의 업적과 혼동하는 것이다. 독자는 작가가 의도한 주제나 글의 목적을 순순히 따라갈 필요는 없는데, 특히 그 주제나 목적이 길을 잃었거나 모호할 때 그렇다. 그러나 그렇게 할 수 있을 때는 작가가 선택한 요소들을 알아봐 주는 편이 독자에게도 흥미롭고 타당하다.

러시아 철학자이자 문학 이론가 미하일 바흐친이 주장했듯이 작가에게 그들의 사회적 배경에 대한 책임을 물을 수는 없다. 그러나 독자는 작가들이 그 배경 가운데에서 내린 결정을 더욱 명확히 하려고 노력할 수는 있다. 독자는 이런 구절과 리듬, 구조와 주제들에 주목한다. 그리고 텍스트를 거쳐서 작가를 지어내기에 이른다. 이 과정이 임의로 변덕스럽게 이루어지지는 않는다. 바흐친이 표현했듯이 "우리는 화자가 말하고 싶은 것이 무엇인지 상상을 펼친다". 이런 작가의 '의도'를 존중하지 않는다면 호기심은 곧 무시무시한 괴물 같은 것이 되어 버린다.

이런 실수는 학문의 영역에서 부르디외가 "학문적 경향"이라고 일컬은 것이 되곤 한다. 학자는 자신이 처한 연구 환경을 당연시한다. 자신의 여가를 지탱하는 재산과 결정을 내리는 권력뿐만 아니라 사고 뒤에 자리한 훈련마저 잊는다. 이런 학자는 부르디외가 표현했듯이 "동인(動因)에서 자신의 상상을 본다". 예를 들어 사회학자와 인류학자는 그들 자신이 열중하는 관념을 연구 집단 속에서 목격한다. 마찬가지로 하이데거는 근대 독일 존재론을 고대 그리스인들의 작품에서 인식했다.

하이데거와 같은 지식인들이 더 심하기는 하지만 그보다 덜한 경우는 더욱 흔하다. 이런 행위는 작품을 면밀하게 살펴보는 데 실패한 것이 아니라 초점을 맞추는 데 실패한 것으로 호기심이 호기심 자체의 동기를 충분하게 알아차리지 못했을 때 일어난다. 호기심은 자신을 돌아보고 자신에게 의문을 제기할 때 가장 잘 발휘된다.

염세적인 10대 시절 나의 의식을 사로잡던 배트맨을 예로 들어 보자. 나는 분명히 성인이 된 지금도 계속해서 고담시의 신화에 집중하게 된다. 나는 다크 나이트의 세계가 자아내는 비애와 전율뿐만 아니라 현대 사회를 엿볼 수 있는 문화적 영향력에도 매력을 느낀다. 배트맨은 특이하지도 정적인 존재도 아니다. 배트맨에게는 선임자들과 변형들이 존재한다. 나는 필요하다면 매주 지적 훈련을 하기 위해서나 재미 삼아 이런 이야기들을 읽을 수 있다. 역사적 사실 규명이나 상징적 분석이 아무리 어렵더라도 배트맨은 기본적으로 쉽게 읽을 수 있다. 그보다는 호기심에 대한 호기심, 즉 나자신의 흥미를 자극하는 충동이 훨씬 더 복잡하다.

나는 어릴 적에 배트맨이 정의롭게 분노하며 인내함으로써 승리하는 모습에 이끌렸다. 배트맨은 나의 소망을 만족시켜 주는 아주 사소한 것이었다. 그러나 돌아보면 나에게는 또 다른 갈망이 있었다. 바로 진리를 향한 열망이었다. 조커가 로빈을 살해하는 내용이 나오는 《배트맨 : 가족의 죽음Death in the Family》은 어떤 시작처럼 느껴졌다. 악당이 어린 조수를 지렛대로 때린 다음 목숨을 앗아 간다. 만화책 속 형형색색의 칸들을 읽고 나서 동요하던 마음을 아직도 잊지 못한다. 새하얀 피부와 대조되는 붉은 입술이 짓는 함박웃음과 동그랗게 구부러진 보랏빛 의상이 밝은 주황색 배경 위에서 윤곽을 드러냈다. 조커는 승리했다. 처음에는 그 내용이 만족스러웠다. 소년이 죽기를 바랐기 때문도 아니고 범인을 동정했기 때문도 아니다. 당시 나는 나 자신이 광기와 죽음, 비탄과 같은 냉혹한 존재와 마주하고 있다고 생각했다. 쾌활한 젊은이를 냉소적으로 말살하는 장면은 아동 문학에서는 보기 드물다. 슈퍼히어로를 다룬 웅장한 시리즈 발행물의 어조는 모두 비관적이었다. 로빈이 죽기 이전 다른 장면에서는 배트맨과 로빈이 '기적의 소년'의 잃어버린 어머니로 추측되는 레이디 시바에게 그의 어머니가 맞느냐고 묻는다. 레이디 시바는 처음에는 자신도 모른다는 식으로 말한다. 그녀는 코웃음을 치며 "자식이야 세상 곳곳에서 몇 번이고 낳았지"라고 한다. 그러나 이후에 진실을 말하게 하는 약을 주입하자 그녀는 자식이 없다고 고백한다. "아니"라는 한마디가 불분명하게 발음되자 으스대는 적대감으로 가득하던 이야기의 분위기는 고요한 고백 장면으로 몰라보게 바뀐다.

다시금 무언가 새로운 것이 드러나는 듯했다. 나는 잘 짜인 비극적인 줄거리뿐만 아니라 성숙한 판단의 순간을 목도하고 있었다. 한 투사가 살아 보지 않은 자신의 삶을 드러낸다. 나는 이 장면을 읽으며 사회적 거리를 두고 지낸 수년의 세월을 한 번에 보상받았다. 어릴 적의 나는 배트맨을 읽으면서 어른다운 지혜에서 나온 생각들을 만화책 한 칸마다 하나씩 얻곤 했다.

지금은 어떨까? 여전히 배트맨에게 고개를 끄덕거리는 모습을 보면 알 수 있겠지만, 인식하려는 욕구는 계속해서 내 안에 자리 잡고 있다. 비록 이 욕구는 학문적으로 우쭐대는 모습으로 나타나지만 말이다. 나는 하이데거와 슈퍼히어로들, 즉 상위문화와 하위문화 사이에 드리워져 있는 커튼을 걷음으로써 학문적 고리타분함에 대한 거부감을 표현한다. 또한 젊은이들과 주류 문화의 관련성을 밝혀내고 유행에 밝은 지식인들의 상징적 자본에 시간을 쏟는다. 격식을 차리지 않는 괴짜 대학교 직원이자 전문 지식이 없는 따분한 사람들 사이에서는 허세를 부리는 철학자인 나는 각각의 하위문화에서 특이성을 찾으려고 한다. 나는 슬라보이 지제크와 같은 이런 움직임을 행함과 동시에 보편적인 철학적 염원 역시 드러내 보인다. 그것은 바로 나의 학문적 정체성을 염려하지 않으면서도 장르와 규율, 시대의 경계선을 넘게 하는 확신을 갖는 것이다.

그렇다고 해서 내가 보르헤스, 배트맨, 하이데거를 잘못 읽은 것이 되지는 않는다. 이는 단순히 나의 학문이 순수할 필요가 없음을 암시한다. 내용을 인식하는 와중에 기쁨을 주면서도 적절한 충동을 느끼게 하는 작품은 많지 않다. 호기심에 대해 호기심을 품으면 호기심 자체에 포함된 뒤섞인 인간성이 드러나게 된다.

인내

버킹엄 궁전에서의 권태

지금은 티타임이다. 엘리자베스 2세 여왕이 소설책 한 권을 읽고 있다. 이따금 여왕은 연필로 무언가를 끄적거린다. 그러다 갑작스레 침묵이 깨진다.

　"아, 계속해야지."

　여왕이 말한다. 그녀는 하녀를 야단치는 게 아니지만 하녀는 어찌 됐든 용서를 빌 것이다. 여왕은 다름 아닌 책의 저자인 빅토리아 시대 소설의 대가 헨리 제임스를 나무라고 있다.

　앨런 베넷의 소설 《일반적이지 않은 독자The Uncommon Reader》에 나오는 이 장면은 여왕 폐하가 책의 저자에게 몰두한다는 사실 자체만으로도 흥미롭게 느껴진다. 베넷이 그려 낸 여왕은 현실적으로 위엄 있는 노부인으로, 영광의 자리에 오르게 되었을 뿐만 아니라 그에 걸맞은 의무 역시 떠안은 여인이다. 여왕은 읽는 사람이 아니다. 읽는 사람이란 곧 자기 자신을 단어의 세계와 연관 지으면서도 자신 안으로 침잠하는 이다. 여왕은 그저 키우던 코기 한 마리가 이동 도서관으로 달아나게 되면서 문학적 모험을 시작하게 되었다. 영국의 여왕은 당혹스러운 나머지 그 무렵 이미 한물간 책이던 아이비 콤프턴버넷이 쓴 소설 한 권을 빌렸다. 처음 빌린 책에서는 다소 "쓸모없다"는 인상을 받았지만, 다음 책이던 낸시 밋포드의 《사랑의 추구The Pursuit of Love》는 매우 적절한 선택이었다. 밋포드의 산문은 생기 넘치는 부드러운 문체로 잘 알려져 있다. 에벌린 워는 "견고한 구조를 알아차리지 못한 채 경주에 나선 듯이 서두르면서도 흐뭇하게 페이지를 넘기게 된다"라고 적기도 했다. 또한 밋포드 작품은 배경이 귀족 가문과 연관되어 있었다. 여왕은 책의 매혹에 사로잡혔고 온갖 행사에 참여하던 과거를 뒤로한 채 공적인 책임에서 손을 놓아 버림과 동시에 기묘한 호사인 예술의 세계로 향한다. 베넷은 자신의 소명과 탐구 사이에 놓인 군주의 모습을 재미있으면서도 감동적으로 그려 낸다.

그러나 여왕 폐하가 헨리 제임스를 향해 감정을 분출하는 장면은 단지 왕족과 중산층의 문학 세계를 드러내고자 희극적으로 배치한 것은 아니다. 이런 일은 보다 일반적이다. 베넷이 묘사한 여왕의 모습을 읽으며 독자는 웃게 되는데, 그런 조급한 마음이 너무나 친숙하기 때문이다. 독자는 정처 없이 거니는 산문이나 질질 끄는 전개를 마주할 때면 짜증 섞인 신음을 내게 되는데, 이것은 어느 정도는 독자의 운명이다.

강력하고 거대한 것

헨리 제임스는 돌려 말하는 이야기의 대가라고 불릴 수도 있을 것이다. 《황금 잔The Golden Bowl》과 같은 그의 후기 소설 속 문장들은 잔뜩 부푼 채 율동적으로 고동치다가 복잡하고 팽팽한 긴장이 감도는 여러 줄을 지난 후에야 폭발하게 된다. 이런 문체에 뚜렷한 극적인 사건 대신 미묘한 심리에 관심을 둔 그의 성향이 더해진다. 제임스는 의식 자체를 한 폭의 그림처럼 그려 내곤 했다. 이처럼 동요하는 그의 글 대부분에서 실제로는 아무 일도 일어나지 않는다. 헨리 제임스와 동시대를 살았지만 더 젊은 세대의 작가인 허버트 조지 웰스는 헨리 제임스의 후기 소설을 "조약돌을 회수하는 강력하고 거대한 글"이라고 말하기도 했다.

《황금 잔》에서 프린스 아메리고가 매기 버버의 오랜 친구 샬럿과 함께 결혼 선물을 고르는 장면을 예로 들어 보자.

"이 일이 있고 난 뒤 그들이 가장 오래 머무른 블룸즈버리 가의 어느 작은 가게에는 몸집이 작고 흥미로운 상인이 있었는데, 주로 입을 다물고 있었다는 점을 고려하면 성가시게 구는 편은 아니었지만, 극심하게 강압적인 주장을 펼치는 점이 눈에 띄는 인사로, 가게를 찾은 두 손님에게 범상치 않은 두 눈을 고정한 채로 그들 사이를 번갈아 가며 보았는데, 그때 두 사람은 마침 상인이 눈여겨봐 주었으면 하고 소망하는 물건을 고려하는 중이었다."

보다시피 이것은 '한 문장'이다. 사천 단어가 넘는 제임스 조이스의 《율리시스》에 나오는 독백만큼 길지는 않지만, 이 책에는 이처럼 너무 긴 문장이 이 밖에도 여럿 있다.

소설을 쓴 작가의 편에서 설명을 덧붙이자면 이 골동품 상인은 줄거리에 필수적인 인물이다. 그는 아메리고에게 결함이 있는 금박 입힌 크리스털 그릇을 팔려고 하는데, 이 그릇은 이야기 전체를 아우르는 상징물이 된다. 프린스 아메리고와 미국 여성 매기 버버와의 결혼도 마찬가지로 중요한 일이지만, 그 결합에는 미묘한 결함이 존재한다. 또한 이날 선물을 사러 나간 일 때문에 아메리고는 샬럿과 부정한 관계를 시작하고 결국 그의 결혼 생활은 파탄으로 이어지게 된다. 상인은 이 극적인 사건의 경박한 시작을 목격했다. 그가 내보인 고요한 열정 역시 이런 죄악의 분위기를 고조시킨다. 그러니 헨리 제임스는 상인을 괜스레 묘사한 것이 아니다.

하지만 산문 자체만 보면 읽기 괴로울 정도로 질질 끄는 느낌을 준다. 절 안에 또 다른 절이 있고, 쉼표와 줄표가 끊임없이 이어지며, 마침표는 계속해서 뒤로 미루어진다. 이야기 자체도 마찬가지다.《황금 잔》이 출간된 이후, 저자의 형제이자 철학자이며 심리학자이던 윌리엄 제임스는 헨리 제임스에게 소설을 새로 쓰라고 청한다. "애매모호함이나 진부함 없이 …… 절대로 에두르지 않는 형식을 가진" 소설로 말이다. 놀랍게도 헨리는 그렇게 하지 않았다. 그는 이야기를 쓸 때면 한 발짝 한 발짝 나아갔으며 요점을 제외한 모든 것을 적어 내려갔다. 그렇다. 그는 마지막에야 요점에 이르렀다.《여인의 초상The Portrait of a Lady》에 묘사된 이저벨 아처와 캐스퍼 굿우드의 키스는 황홀함 그 자체이다. 독자들은 이 부분을 읽을 때면 예의를 차리기 위해서 황홀함을 억눌러야 한다. 제임스는 "그의 키스는 하얀 번개와도 같이 퍼져 나가고 또 퍼져 나가다가 이내 머무르는 섬광이었고 정말이지 보기 드문 것이어서 그녀는 키스하는 동안 그의 단단한 남성성을 낱낱이 느끼는 것만 같았는데, 이는 전혀 기쁘지 않은 일이었다"라고 썼다. 그러나 이런 절정에 이르려면 문학이라는 공연장의 뒷좌석에 앉아서 몇 시간 동안 이어지는 속삭임과 머뭇거림을 지켜봐야 한다.

여왕 폐하에게 이처럼 느리고 애매한 특성은 문제가 되었다. 70대 후반에 문학을 접한 그녀는 자신이 죽음을 피할 수 없음을 알고 있었다. 베넷은 "그녀는 살면서 처음으로 자신이 많은 것을 놓쳐 왔다고 느꼈다"라고 적었다. 여왕은 이런 인식에서 다양한 책들을 서둘러 읽어 내려갔다. 책은 너무나도 많았고 시간은 얼마 남지 않았다. 헨리 제임스의 산문을 읽는 데 시간을 할애하는 것은 낭비 같았다.

안장 가방 속에서 하품하다

여왕의 불만은 지루함이었다. 헨리 제임스의 책을 읽으면서 그녀는 시간을 허투루 쓰고 있다고 느꼈다. 여왕은 매 순간 시간이 흐르고 있고 그 순간순간은 곧 자신의 과거 및 미래와 연결되어 있음을 인식하고 있었다. 그녀는 이야기의 시작 부분이 희망에 차 있고 결말이 빠르게 이루어지기를 기대한다. 그리고 그보다 중요하게는 여왕 자신의 후회와 슬픔을 불러내 책을 읽어 내려가면서 죽음에 대해서까지 생각한다("사람들은 그녀 나이에 어째서 굳이 그럴까 생각했다").

 이 친숙한 느낌은 시간성과 밀접한 관련이 있으며, 우리가 시간을 구성하는 방식과도 관련이 있다. 우리는 시간성을 아날로그시계의 문자판, 손목시계의 숫자 등 일련의 점으로만 인식하기 쉽다. 이는 의심할 여지 없이 지구를 동기화하는 필수적인 요소이다. 이것 덕분에 여왕과 공작은 마차에서 퉁명스럽게 손짓을 해서 "잃어버린 2분을 만회하고자"(여왕 폐하가 소설책을 깜박했기 때문에) 속도를 높일 수 있었다. 시계가 가리키는 시간과 그 시간의 끊임없이 발전하는 정밀성을 인식하지 않고서는 현대인의 삶을 이해하기란 불가능하다. 그러나 시간은 하나가 아니라 여럿으로 존재한다. 코기와 장미, 왕궁과 학교의 사무직원, 런던 중앙부 구시가지와 밸모럴성 등 이 모든 것은 각각 고유의 리듬과 주기, 교대 시간이 있다. 시계가 가리키는 시간은 가장 중요하게 여겨지지만, 그 시간이 어디에서나 정돈된 채로 존재한다는 생각은 어느 정도 환상에 불과하다. 여왕이 더 몰(버킹엄 궁전에서 트래펄가 광장으로 이어지는 영국의 주요 도로로 국가 예식에 사용됨-옮긴이)에서 안정적으로 손을 흔든 다음 시간을 엄수해 비행기를 타고 웨일스를 방문할 수 있는 것은 여왕 특유의 인간적인 시간을 조정할 수 있는 시스템 덕분이다.

 헨리 제임스를 못마땅하게 여기는 그의 형제 윌리엄 제임스는 《심리학의 원리Psychology : The Briefer Course》에서 다른 초들로부터 떨어져 나와 동떨어진 1초 같은 것은 존재하지 않는다고 주장했다. 이런 추상적 개념은 더 근본적인 인간 시간의 발전에 균열을 가한다. 인간에게 시간성은 끊임없이 반복되는 창조 과정이며 손을 뻗어 보이지 않는 곳을 더듬어 가며 나아가고 자신을 앞뒤로 내던지는 일이다. 윌리엄은 우리는 모두 "시간의 안장 위에 앉아서 현재를 바라보며 과거를 돌아보고 미래를 내다보는" 존재라고 적었다. 과거의 시간은 기억 속에서 재구성되고 미래의 시간은 바로 그 순간에 구성되며 이 두 가지 시간 모두가 '현재'에 영향을 끼친다. 시곗바늘의 움직임 혹은 심지어는 우리 자신이 느끼는 지금 이 순간에 대한 감각마저도 더욱 근본적인 시간성에서 생겨난다. 윌리엄은 이것을 "기간"이라고 불렀다.

독서에는 반드시 이런 관념이 필요하다. 모든 단어가 기억에 남은 이전 단어들과 상상되는 다음 단어들에 연결되기 때문이다. 이전 단락을 기억해 내고 새로운 단락을 예상해야만 지금 읽는 구절을 이해할 수 있다. 여왕은 《황금 잔》의 첫 부분에서 프린스의 고집스러운 성미에 대해 알게 되었기에 이후 그가 겪은 자기기만과 미묘한 패배를 예상할 수 있었다. 윌리엄은 "우리는 시간의 간격을 그 시작과 끝이 단단히 고정된 한 덩어리로 받아들이는 것처럼 보인다"

라고 적었다.

이런 인간의 독특한 시간은 지루함을 더욱 명확하게 드러내기도 한다. 여왕 폐하는 헨리 제임스의 책을 읽을 때면 시간의 흐름을 보다 의식하게 된다. 이는 그녀가 완전히 소설에 전념하지 '않기' 때문이다. 그녀의 정신은 정신 자체에 집중하면서 삶을 과거와 현재, 미래로 나누느라 분주하다. 그런 시간에서 여왕은 지루함이라는 특별한 불편함을 느끼는 것이다. 이때는 윌리엄 제임스가 "빈 시간"이라고 일컬은 것이 지루하게 이어진다. 자기 자신을 온전히 헌신해서 책에 빠지는 대신 여왕은 자신의 정신적 공허와 마주한다. 윌리엄은 "계속해서 기다리는 하루는 작은 영원처럼 보일 것이다"라고 적었다. 여왕은 오후에 다르질링 차를 홀짝이며 헨리 제임스의 산문과 씨름하면서 불행하게도 이런 무한성에 대해 인식한다. 그녀는 이런 나날이 손꼽을 정도밖에 남지 않았다는 사실을 대단히 잘 알고 있다. 여왕은 "시간이 지나가기를 바라기보다는 시간이 더 있었으면 좋겠다고 생각할 뿐"이라고 말한다.

그렇다면 한 작품의 끝을 보려는 노력은 글자를 세상으로 바뀌 나가는 부분에서만 창의적인 일이다. 시간이 훌쩍 지나가게 만드는 발명품 같은 이야기에 의존하는 데 실패하고 그 대신 인식이 인식 자체와 마주할 때 그와 같은 끝을 보려는 노력을 기울여야 한다. 헨리 제임스와 같은 작가의 책을 첫 줄에서 시작해 마지막 줄까지 계속해서 읽는 일은 사교적인 훈련이라기보다는 자기 자신과의 대립에 가깝다. 여기서 자기 자신은 별나고 재미있는 구석이 있는 완전한 '나'가 아니라, 순간들을 표시하는 비인격적인 자동 장치이다. 또한 이런 대립은 곤란한 실존주의적인 결과로 이어진다. 차례로 배열된 '현재'가 그 끝을 암시하면서 우리는 결국 죽음을 피할 수 없다는 결론에 이르게 되면서 괴로움을 느낀다. 《일반적이지 않은 독자》는 독서가 시간이 끝나 간다는 인간적인 느낌을 견디게 함으로써 고통스러운 행위가 될 수 있음을 밝혀낸다.

부드러워지도록 기다리다

베넷이 그려 낸 엘리자베스 2세 여왕의 불편함을 보면 독서에 인내가 필요하다는 사실을 알 수 있다. 이 미덕은 용기나 정의와는 다르게 고전 철학과 신학에서는 몇 차례 다루어지지 않았다. 플라톤은 《국가》에서 "우리는 차분하게 머무르며 견디는 능력으로 자신을 자랑스러워한다"라고 말하며 인내를 칭송했지만, 이는 참된 인내심보다는 남자다운 자제에 관한 구절이다. 아리스토텔레스는 《니코마코스 윤리학》에서 인내심을 거의 언급하지 않은 대신 분노하지 않으면서 고통을 받는 이들의 '굴종'에 관해 논했다. 토마스 아퀴나스는 《신학 대전Summa Theologica》에서 인내심을 찬미했지만 그 분량은 아주 짧았으며, 사랑과 기품에 대해서는 더 큰 찬사를 보냈다. 인내는 아우구스티누스의 《인내론On Patience》에서 온전하게 설명되었지만, 이 저술은 빅토리아 시대의 표현을 기꺼이 참고 견디려는 여왕 폐하의 의지보다는 정신적 관용을 다룬 글에 가깝다.

그럼에도 공통된 의견이 있다면 인내가 공포를 마주한다기보다는 재난을 참는 일이라는 생각이다. 다시 말해 인내는 용감한 일이 아니다. 인내한다는 것은 육체적 고통을 견디거나 아우구스티누스가 "단어나 사물의 재난이나 상스러움"이라고 일컬은 것을 용인하는 일이다. 아우구스티누스의 표현에 따르면 여왕 폐하에게 "반복되어 지루한 것"은 제임스의 산문을 읽음으로써 강조되는 자신의 정신적 시곗바늘의 회전이었다.

물론 문학적 고통에 지루함만 있는 것은 아니다. 헨리 제임스 작품만 예로 들어 보면 《여인의 초상》에 묘사된 이저벨의 쇠락을 읽을 때 독자는 불안감을 느끼며 그 쇠락을 자유로 보는 동시에 두려워하면서 악의적인 안도감을 받아들인다.《대사들The Ambassadors》에서는 제임스가 "살 수 있는 만큼 살아라"라고 말하며 주인공 스트레더를 교훈 삼아 소개할 때 독자는 움찔하게 된다. 세련되지 못한 구절을 읽을 때 느끼게 되는 미적 불쾌감도 있다. 제임스의 경탄할 만한 여행 에세이 〈런던London〉에 포함된 "나는 언젠가 내가 탁하고 어두운 현대의 바빌론을 얼마나 좋아하게 될지를 신비롭게 통찰해 냈습니다"라는 문장은 단조롭게 느껴지지는 않지만, 흉해 보인다. 또한 텍스트는 경험을 제공함으로써 감정을 환기하는데, 이로써 독자는 짜증뿐만 아니라 엄청난 괴로움을 느낄 수도 있다.《여인의 초상》의 서문에서 헨리 제임스가 언급했듯이 "소설의 집"에는 창이 무한하게 나 있으며 각각의 창에서 보이는 광경은 특정한 고통을 야기할 수 있다. 시와 희곡, 철학과 역사에서도 이는 마찬가지이다. 독자는 때로 작가가 실패했기 때문에, 때로 성공했기 때문에 고통을 겪는다. 이야기가 곧바로 고통과 분노를 촉발하기 때문이다. 텍스트라는 벽을 오르려면 그 주변에 박혀 있는 지루함이라는 창들에 상처를 입을 수 있음을 각오해야 한다.

　이것이 바로 인내가 길러지는 이유다. 인내는 그 자체를 위해서가 아니라 가치 있는 목적을 위해 함양된다. 아퀴나스와 아우구스티누스는 구원을 위해 상처를 입은 성인과 순교자의 인내를 미덕으로 보았다. 아우구스티누스는 "의인들의 진정한 인내는 하느님의 사랑에서 나온다"라고 표현했다. 분명 여왕은 간통과 세속적인 결혼 생활 이야기인 《황금 잔》에서 구원을 찾지는 않을 것이다. 그러나 요점은 명확하다. 인내는 좋은 일에 기여하기 때문에 가치가 있으며, 그렇지 않다면 단순히 고집이나 무감각에 불과하다는 것이다. 키케로는 《발상에 대하여De Inventione》에서 인내에 관해 "인내는 고결하고 이로운 무언가를 위해 자발적으로 어렵고 고통스러운 일들을 계속해서 참는 것"이라고 간결하게 정의했다. 그러니 텍스트를 모두 읽어야만 얻을 수 있는 것이 있기에 책을 끝까지 읽는 일이 중요하다.

베넷이 그려 낸 여왕은 소설을 읽으면 언제나 끝을 보았다. 왜냐하면 여왕은 의무감을 가지도록 배우며 자랐기 때문이다. 그녀는 사서에게 "책이든 빵이든 버터든 으깬 감자든, 접시 위에 놓인 것은 모두 해치우지요"라고 말한다. 이는 규칙이기 때문에 미덕이 아니다. 약간은 어설픈 규칙이기도 하다. 하지만 여왕이 성실하게 책을 읽는 또 다른 이유가 있다. 베넷은 이를 서서히 밝혀낸다. 여왕에게 소설은 다른 사람의 마음을 고려하고 그들의 문제를 더 섬세하게 느끼도록 하는 초대장이었다. 엘리자베스 2세 여왕은 책의 저자를 꾸짖은 후에 하녀가 자신에게 한 말로 잘못 알아듣고

용서를 구하자 "앨리스, 너 말고!"라고 외친다. 이는 여왕에게는 주목할 만한 변화이다. 그녀는 보통 다른 이들을 냉담하게 대하기 때문이다. 여왕은 문학 덕분에 자신이 타인에게 더욱 공감하게 되었다고 생각하기도 한다. 이 말은 여왕의 권위가 줄어들었다는 뜻이 아니다. 그녀는 여전히 지위에 걸맞게 고상하다. 그러나 한편으로는 낯선 감정들을 인식함으로써 장엄한 명령의 강도를 누그러뜨린다. 여왕은 "책들은 스테이크 조각처럼 말할 위험에 처한 사람을 부드럽게 만든다"라고 말한다. 베넷은 여왕이 '나'에서 '우리'로 서서히 변화하는 모습을 그려 낸다. 이는 독자가 타인의 의식을 상상하도록 초대받을 때 생기는 일이다. 여왕 폐하의 인내는 정신적 성숙으로 보상받았다. 키케로가 말한 "고결하고 이로운" 보상이다.

여왕은 문학 작품을 읽음으로써 의식이 고양되었다. 그렇다고 해서 끝을 볼 만한 가치가 있는 모든 작품이 감정적 교육을 제공한다는 뜻은 아니다. 지루한 책을 읽으면 다양한 혜택이 따라오곤 한다. 아리스토텔레스의 《니코마코스 윤리학》은 장대하고 밀집된 구절들로 이루어져 있다("물질과 질의 범주에서, 관계의 범주와 범주 '그 자체'에서 좋다고 일컬어지는 것들에는 ……"). 그러나 나는 이 책을 다 읽을 무렵 지적인 신중함을 한층 더 발전시킬 수 있었다. 단테의

《신곡 : 천국 편The Divine Comedy : Paradiso》을 읽는 동안에는 다소 피곤했지만 모호하게 읽히는 수백 가지의 신학적 시구와 문자들을 묵묵히 읽어 내려갔다. 덕분에 마지막에는 시인 단테의 초자연적인 이야기 설계와 우주적 사랑의 계시를 기꺼이 받아들이게 되었다("내 소망과 의지는 / 고르게 돌아가는 바퀴처럼, 태양과 다른 별들을 / 움직이시는 사랑으로 돌아가고 있었다").

각각의 책을 읽을 때 이야기보다는 지루함을 더 의식하는 순간들이 분명 있었다. 무료함이 호기심과 기쁨을 대체할 때다. 나는 후퇴하며 움츠러드는 의식의 맥박에 시달렸다. 《모비 딕Moby Dick》의 비관적 장엄함이나 《플래시포인트Flashpoint》의 고요한 비탄에서도 마찬가지였다고 말할 수 있다. 몇몇 페이지에서 나는 그저 시간을 보냈을 뿐이지만, 그 책을 모두 읽은 데 따르는 보상은 투자한 만큼의 가치가 있었다. 소설가이자 비평가인 딜리아 팰커너가 "빛나는 순간"이라고 표현한 그 순간들은 다른 순간들과 합쳐져 기억 속에서 빛나게 된다. 이처럼 인내는 치러야 할 대가를 알고 있으며 신음 소리를 내면서도 책을 붙잡고 있던 여왕 폐하처럼 그 대가를 치르려는 결심을 지니고 있다.

문학적 인내는 모든 작품을 끝까지 읽어야 한다는 의무가 아니다. 천 개의 의기양양한 트위터 메시지나 엉터리 시구를 견디지 않아도 된다는 뜻이다. 인내를 이루는 요소는 텍스트와 독자에 따라 변화한다. 헨리 제임스의 문체는 복잡하지만 독자들은 그의 글에서 문학적 보상을 예상하기에 쉽게 인내할 수 있다. 이 작가는 빅토리아 시대적 문체에 관해 비난받으면서도 그의 심리학적 재치와 심미적 야망에 걸맞도록 대가로서 칭송받는다. 버지니아 울프는 제임스의 편지들을 검토하면서 "삶에 대한 거대하고도 한결같고 점점 더 커져 가는 너무나 강력한 사랑"이 그의 이야기에 충만하다고 적었다. 비평가들은 장편과 단편 소설을 두고 이 대가의 가치에 관해 논하며 다투겠지만, 그의 모든 작품은 대체로 높이 평가된다. 여왕이 인내하며 읽은 일은 옳은 선택이었다.

그렇다고 해서 나에게 헨리 제임스의 작품을 즐길 '의무가 있다'는 말은 아니다. 어쩌면 나는 바보 같은 스릴러물이나 잔혹한 시를 읽고 싶을지도 모른다. 〈양탄자의 무늬 The Figure in the Carpet〉를 읽기에는 너무 불안할 수도 있고 여왕 폐하와 마찬가지로 티타임에 《황금 잔》을 읽기에는 너무 피곤할지도 모른다. 헨리 제임스의 작품은 보기 드문 재능을 나타내 보이며 어느 정도 인내할 만한 가치가 있다. 다만 모든 독자에게 매일 그렇지는 않다. 그의 작품이나 다른 만연체 작가의 책을 집어 들어야 한다는 윤리적 명령 같은 것은 존재하지 않는다. 그러나 내게 적절한 유머 감각이 있다면 작품이 내미는 어떤 것도 인내하며 받아들일 수 있을 것이다.

댄 브라운을 내려놓다

문장에서 어감이 덜 느껴지거나 야심만만한 작가의 작품을 읽을 때는 인내하기가 더욱 어렵다. 댄 브라운 같은 작가는 나의 인내심을 누릴 자격이 없다. 그의 책 《다빈치 코드 The Da Vinci Code》를 읽으며 나는 꽤나 이상한 느낌을 받았다. 브라운이 소수만 이해하는 상징이나 역사적 수수께끼들을 다루었기 때문은 아니다. 그런 요소들은 일반적인 스릴러 장르에 등장하는 소품들이기 때문이다. 그의 소설은 쉽게 읽히는 동시에 난해하기 때문에 이상하다.

댄 브라운의 이야기는 획기적인 요소와 공감이 부족한 탓에 단순해진다. 산문 전체가 거의 상투적인 문구로 이루어져 있고 등장인물들은 얇은 종잇장으로 만든 꼭두각시 같다. 《다빈치 코드》는 헨리 제임스의 문체나 심리학적 암시와 같은 복잡한 요소는 찾아볼 수 없는 단순한 줄거리로 이루어져 있다. 한 장면에서 다음 장면으로, 수수께끼에서 다음 수수께끼로 넘어가는 데 어떤 수고도 들일 필요가 없는 매우 일반적인 책이다. 브라운의 베스트셀러는 일반 대중에게는 완벽한 이야기이다. 대중들은 서로 공통점이 적은 데다 책에서 얻는 짧은 일탈에 감사해하기 때문이다.

그러나 《다빈치 코드》의 이런 특징들은 독서에 중압감을 더한다. 나는 첫 번째 장을 읽을 때부터 특별함이라곤 없는 진부한 비유를 읽으며 민망함에 몸을 움츠렸다. "묵직한 주먹이 강타했다", 발가락들이 카펫 속으로 "깊숙이 빠졌다", 목욕용 가운이 "걸쳐졌다" 등의 익숙한 동사와 형용사들은 성인들을 위한 자장가와도 같다. 대대로 매일 그것들을 부르고 그로써 위안을 받는다는 점에서 그렇다. 댄 브라운의 영웅인 로버트 랭던은 하나의 페르소나이다. 나는 한 번도 그 가면을 통과해 어느 정신으로 다다르지 못했다. 사일러스는 정신적 미묘함이 깃들어 있는 유일한 등장인물로 마조히즘을 지닌 알비노 사제이다. 브라운의 산문은 아주 진부한 말로 이루어져 있기 때문에 등장인물들 역시 너무나도 명료하다. 그래서 나는 몇 문장을 읽고 나면 잠시 멈추어 서곤 했다. 나는 어떤 마찰도 없이 매끄러운 오락물이 될 수도 있는 이 책을 즐겁게 읽지 못했는데, 이는 심리학적으로 마모되고 싶은 나의 욕구 때문이었다. 여왕이 그랬듯이 나를 "부드럽게 만드는" 글을 읽으려는 욕구다. 《다빈치 코드》는 인간을 '위한' 이야기이지만 인간에 관한 이야기는 아니다. 이 점이 매끄러운 줄거리를 망치고 만다. 나는 이 소설이 어서 끝나기를 바랐다. 서둘러 절정에 이르기를 바란 것이 아니라, 따분한 이야기가 멈추기를 바랐다.

이렇게 생각해 보면 인내심은 작품뿐만 아니라 그 작품을 읽는 이유에 따라 달라지기도 한다. 긴장을 풀기 위해《다빈치 코드》를 읽는다면 조금도 인내할 필요가 없다. 이 소설은 독자가 책장을 바삐 넘기며 쉽게 시간을 죽일 수 있는 흥미진진한 책이다. 그러나 문학 연구를 하고자 브라운의 글을 읽는다면 마음에 상처를 입을 것이다. 그가 쓴 표현과 등장인물의 성격 묘사를 읽고 있으면 내가 언젠가 죽는다는 사실을 불편하게 인식하게 된다. 클라이브 제임스는 댄 브라운의《인페르노Inferno》에 관하여《프로스펙트Prospect》에 "당신이 이 책을 즐겁게 읽을지 아닌지는 ⋯⋯ 저자가 쓸 수 없는 부분을 완전히 드러내기 위해 텍스트를 해독하는 작업을 얼마나 즐길 수 있는지에 달려 있다"라고 적었다. 이는《다빈치 코드》에도 적용되는 말이다. 과학적·역사적 사실들을 찾고자 댄 브라운의 소설을 읽는다면 역시 조금도 인내할 필요가 없다. 전문가들은 그 책을 허튼소리라고 간주하기 때문이다. 그런 이유로 댄 브라운의 소설을 읽는 일은 아리스토텔레스가 말한 "굴종"까지는 아니지만 무의미하게 고통을 감수하려는 마음과 같다.

헨리 제임스는 이런 점을 이해하고 있었다. 《황금 잔》에서 프린스는 오래된 애인에게 "안도감 없이 자신을 지루하게 만드는 것은 …… 용기가 필요한 일이야"라고 말한다. 그의 비유는 간단하다. 좋은 남편이자 사위로서의 허울을 유지함으로써 바람을 피울 자유를 지켜 낸다는 것이다. 그러나 그는 자기 자신을 속이고 있다. 그는 용기를 내는 것이 아니라 기껏해야 이기적인 고집을 부릴 뿐이다. 이 귀족은 오로지 내밀한 전율을 느끼려고 단조로운 관계를 참고 견딘다. 그가 진정한 인내심을 지녔다면 자신의 결혼 생활을 구하려 했거나 최소한 그 결혼을 끝냈을 것이다.

이와 마찬가지로 어느 참을성 있는 독자는 절묘한 산문, 심리학적 통찰력, 학문적 지식 등을 얻고자 댄 브라운의 소설을 집어 들 수 있다. 그리고 얼마 지나지 않아 그 책을 영원히 내려놓을 것이다.

투덜거릴 가치가 있는

인내는 흥미로운 미덕은 아니다. 그러나 독서에 따르는 이점은 절대 즉각적이지 않기 때문에 인내심이 더욱 중요해진다. 구체적인 구절이 잇따라야만 작가의 아이디어, 분위기, 이야기가 창조되고 논쟁이나 고통이 재현될 수 있다. 이저벨 아처의 키스는 그에 앞선 여러 가지 우유부단한 행동이 없었다면 말이 되지 않는다.

독자들은 인내하면서 편안한 지점 너머로 서둘러 나아가게 되고 그로써 공감하며 고무적인 개념을 인식하면서 자신을 더욱 잘 알게 된다. 헨리 제임스는 정교한 단편 소설 〈그것에 얽힌 이야기The Story in It〉에서 "빵을 구했지만 돌멩이가 주어져서" 지루해하는 독자를 묘사한다. 그러나 헨리 제임스가 언급했듯이 안목 있는 독자가 되려면 돌멩이가 실은 곡물이라는 사실을 알아차려야 한다. 돌멩이를 먹을 수 있게 만들려면 약간의 기술이 필요할 뿐이다. 《황금 잔》에서 독자는 고투의 시간을 보내야 하지만, 마무리 부분에서는 훌륭하게 서술된 성인의 성숙함을 접하게 된다. 이런 풍경에 다다르려면 독자들은 그보다는 의식을 덜 고양시키는 경치를 참고 견뎌야 한다. 이때 독자들은 주의력이 흐려지고 집중력도 점점 떨어진다.

이런 과정은 좀 더 쉬워질 수 있다. 독자는 우회적이며 늘어지는 서술 방식에 점차 적응할 수 있다. 헨리 제임스의 단편 소설로 시작해 〈유럽인들The Europeans〉부터 《여인의 초상》까지 두루 읽어 가며 《황금 잔》을 읽을 준비를 할 수도 있다. 〈양탄자의 무늬〉나 《애스펀의 러브 레터The Aspern Papers》와 같은 복잡한 이야기들은 사회적 이방인을 온실 속에서 간결하게 다룬 선별된 이야기로 헨리 제임스 작품의 분위기를 축소해 보여 준다. 윌리엄 제임스는 〈유럽인들〉을 "얄팍한" 소설이라고 낮게 평가했으며 그의 형제인 저자 역시 조심스레 그 평가에 동의했다. 그러나 이 소설은 헨리 제임스가 떠나온 뉴잉글랜드 사회를 인상적으로 그려 냄과 동시에 헨리 제임스의 방식으로 쓰인 여러 글의 주제인 구세계 대 신세계, 익숙함을 위해 저버린 행복, 자유에서 오는 고통과 같은 테마의 전조를 보여 준다. 이런 작품들은 그저 문학적 훈련 도구로 다루어져서는 안 된다. 독자가 어떤 문을 열어 정신의 균형을 잡은 후 간단히 내던져 버릴 만한 것이 아니라는 뜻이다. 이 작품들은 그 자체로 읽을 가치가 있으며 독자에게 즐거움을 주거나 최소한 이해력을 넓히고 심화시킨다. 이와 마찬가지로 어떤 면에서는 플라톤 이후에 아리스토텔레스를, 아퀴나스 이후에 단테를 읽어 나가는 편이 더 쉽다. 전자가 후자보다 단순해서가 아니라, 전자가 후자의 걸작을 이루는 재료가 창조되는 데 도움이 되었기 때문이다. 그들은 특정한 문제로 이루어진 공동체나 우주라는 개념으로 들어가는 입구나 마찬가지이기 때문에 그들 작품은 입문서라기보다는 원형을 다룬 책에 가깝다.

독자는 이처럼 능력을 함양하는 동시에 인내심이 가치 있는 이유를 정해야 한다. 사람들은 단순히 시간을 때우거나 공감하는 능력을 높이거나 개념을 명료하게 하거나 숭고한 것을 드러내려고 하거나 등등 여러 가지 이유로 독서를 한다. 허버트 조지 웰스와 함께 시간을 보내거나 마르셀 프루스트를 읽으며 시간을 탐구해 볼 수도 있다. 이런 목적을 혼란스러워하다 보면 기분 좋게 놀라운 일을 경험하게 될지도 모른다. 에드워드 시대적 자극을 찾다가 인상주의적 향수를 찾게 되는 식이다. 그러나 이런 실수는 정교한 문학 작품의 가치를 왜곡하기 때문에 시야가 좁아질 수 있다. 인간은 쉽게 길들어지는 동물이라서 선택이 당연한 것이 되는데는 그리 오랜 시간이 걸리지 않으며, 익숙한 것이 새로움을 능가하는 데 역시 오랜 시간이 걸리지 않는다. 습관은 그 자체로 정당화되며, 독자는 보상은커녕 익숙한 것과는 다른 장르, 이야기 방식, 주제, 등장인물을 상상하는 것조차 점점 더 어려워진다. 댄 브라운의 책과 그의 단순하기 그지없는 등장인물들이 위험한 이유도 여기에 있다. 그런 하찮은 이야기를 읽으면서 독자는 무감각하게 서두르는 독서에 익숙해진다. 그리하여 헨리 제임스 같은 저자들에게 투덜거릴 이유를 무시하게 되며 결국에는 즐겁지 않게 된다.

어떻게 알겠나?

앨런 베넷이 그려 낸 여왕은 죽음을 피할 수 없다는 사실에 불안해하며 '읽어야 하는' 책 더미를 다 읽기 전에 삶이 끝나지는 않을까 두려워한다. 그러나 엘리자베스 2세의 나이는 장점이 되기도 한다. 그녀는 원숙하기 때문이다. 수십 년의 세월을 보내며 그녀는 많은 것에 대해 알게 되었다. 대중 앞에서 의무를 이행하고, 집안일로 옥신각신하며, 전쟁과 정치에 대한 문제를 조심스레 다루기도 하고, 젊은 시절의 잠재력과 삶이 저물어 가는 것에 대해서도 느껴 보았다. 이 모든 경험 각각이 그녀의 감수성에 더해졌다. 결혼을 해서 부모가 되고 왕위에 올라 통치와 비탄에 빠지는 일 등을 경험하기 전인 스무 살에 책을 읽었더라면 여왕 폐하는 아마 헨리 제임스의 책을 완전히 내려놓았을 것이다.

이는 아주 신중한 독자들에게도 일어나는 일이다. 소설가 에벌린 워는 40대 초반에 대가의 새로운 소설을 읽는 데서 느끼는 전율을 다음과 같이 묘사했다.

"중년이 되도록 헨리 제임스를 아껴 두고 있다가, 떠나는 손님 뒤에서 문이 닫힌 뒤 돌아서서 처음으로 《여인의 초상》을 읽는 것은 얼마나 큰 축복인가."

이처럼 억눌러 둔 황홀감은 최근 비워진 방에서 느끼는 특

별한 고독을 위한 것이다. 이는 젊은 시절의 에벌린 워에게
는 낯선 즐거움이었고, 그는 수십 년이 지난 후에야 이 즐거
움을 깨닫게 되었다.

너무 일찍 시도하는 이들도 있다. 실라 케이 스미스는 찰
스 디킨스로의 입문을 망쳐 버린 "성실한" 독서에 관해 적
기도 했다. 눈물을 흘릴 준비가 되지 않아서는 아니었다. 눈
물은 열다섯 살 나이에도 펑펑 쏟아졌다. 케이 스미스는 자
신이 유치하게 웃었다고 생각했다. 그녀는《내 인생의 모든
책All the Books of My Life》에 다음과 같이 적었다.

"진정한 유머 감각은 성인의 자질이자 경험의 선물이며,
자기 자신을 조소하는 법을 익혔을 때 비로소 완전한 성숙
에 이른다."

제인 오스틴 작품처럼 찰스 디킨스 작품의 유머 역시 신랄
한 동시에 암시적이다. 그들의 작품은 독자의 결함을 가리
키는 손가락과도 같다. 정서적인 드라마부터 풍자에 이르기
까지 일부 훌륭한 작품은 젊은이들에게는 보이지 않는 뉘앙
스를 지니고 있다. 그러나 이는 단순히 독자의 감식력이 아
이처럼 성장해 간다는 뜻은 아니다. 제니 디스키의 신랄함
이나 마르셀 프루스트의 희미한 퇴락은 독자의 나이가 많을
수록 그 풍미가 더해진다. 다시 말해 독자가 성숙하기 전에
는 이런 뉘앙스가 페이지 속에 존재하지 않는다. 향수와 후

회, 조롱과 상실은 어떤 상황에 결부되며 가장 무심한 단어들마저도 그런 개념들을 독자 앞에 가져올 수 있다. 성숙한 상태에서 책을 읽으면 더 다양한 인간의 현실이 마음속으로 밀려드는 것을 목도하게 된다.

그렇다고 해서 우리가 수년 동안 급격하게 변화를 겪는다는 뜻은 아니다. 윌리엄 제임스가 《심리학의 원리》에서 주장하고 근대의 연구들이 확인해 주었듯이 인격은 거의 변하지 않는다. 인간은 행동을 변화시키고 명민한 자립심으로 그 변화를 돌이켜 생각해 볼 수는 있다. 우리는 자동 장치가 아니지만 환경과 관습을 기분에 따라 훌쩍 뛰어넘는 완벽하게 자유로운 요정 역시 아니다. 윌리엄은 사회의 관습을 거대한 장치를 계속해서 움직이게 하는 "플라이휠"이라고 일컬었다. 기계에 비유한 방식은 다소 투박하지만 그가 말하는 요점은 설득력이 있다. 그는 이와 관련해 다음과 같이 적었다.

"인간은 습관 탓에 전에 내린 선택이나 주변 환경에서 비롯한 한계와 싸우는 불행한 운명을 맞게 된다. 우리는 최선을 다해 그와 다른 방향으로 가려 하는데, 자신에게 적합한 것이 마땅히 없는 데다 다시 시작하기에는 너무 늦었기 때문이다."

나이를 먹어 가는 여왕 역시 여전히 엘리자베스 윈저다.

누구나 성숙해지면서 경험이 쌓인다. 경험은 흔히 쓰이

면서 그 자체의 독특한 성질이 어슴푸레해진 단어이다. 경험은 단순히 사실에 대해 확신하는 지식이 아니다. 경험은 삶을 잘 꾸려 나가는 일에 기여할 수 있음에도 살아가는 요령 또한 아니다. 아리스토텔레스는 이 요령을 "프로네시스phronesis", 즉 "실천적 지혜"라고 칭했다. 아리스토텔레스는 이 개념을 근거로 들며 실제 나이나 사고방식이 젊은 사람은 정치를 배우지 말아야 한다고 주장하기도 했다. "삶에서 일어나는 일에 경험이 없기 때문"이다. 경험은 누적되는 투과성이다. 경험은 인간을 통과해 지나갈 뿐만 아니라 그 사람 위에 무언가를 쌓아 올린다. 이런 과정은 때로는 한 걸음씩, 때로는 비약적으로 이루어진다. 나이를 먹을수록 경험치가 쌓인다. 베넷의 이야기 속 여왕은 "늘 사건들이 곁에 있었지"라고 말한다. 이런 경험은 사물에 대한 여왕의 인식에 영향을 미친다.

나이가 들면 젊은이들이 손에 넣을 수 없는 경험을 얻게 된다는 말은 다소 뻔하다. 차라리 노인들이 수십 년의 세월을 떨쳐 버릴 수 없는 것처럼 아이들은 어린 시절을 건너뛰어 성인의 삶으로 접어들 수 없다는 말이 노인과 아이 모두에게 깊이 와닿을 것이다. 인간은 더욱 많이 경험할 수도 더욱 적게 경험할 수도 있으며, 경험에 질문을 던지거나 경험을 받아들일 수도 있고, 경험에 정면으로 부딪치거나 경험을 억누를 수도 있다. 그러나 근본적으로 변화하는 경험의 힘을 피하거나 조작하거나 통합할 수는 없다. 경험은 마땅히 그래야만 한다. 헨리 제임스가 《대사들》의 서문에 적은 표현에 따르면 아무리 우리가 부질없이 살거나 모험을 꺼려 왔다고 해도 인간은 "짙어진 동기와 누적된 기질"을 얻게 된다.

독자는 이런 점에서 인내심이 두 배로 필요하다. 가장 분명한 점은 작품을 만날 때를 기다려야 한다는 것이다. 아마도 나는 10대 시절에는 《황금 잔》을 이해하지 못했을 것이다. 그때는 제임스의 종잡을 수 없는 산문을 참아 내고 계층과 지위를 나타내는 미묘한 징후들을 알아차리는 데 성공했다 해도 여전히 책을 온전히 읽어 내지는 못했을 것이다. 나는 어린 시절에는 불화를 겪는 부모와 함께 살았는데, 그 경험은 격렬하면서도 미묘하고 직접적이면서도 대리적이었다. 그러나 이야기의 가닥이 이어지거나 끊어지는 느낌을 감지하는 일은 해어지는 결혼을 목격하는 것과는 다른 문제이다. 내가 그 소설을 당시에 집어 들거나 고등학교 수업 시간에 그 소설에 시달렸다면 나는 단순하게 모든 문제를 저자의 탓으로 돌렸을 것이다. 《황금 잔》을 모두 읽는 데는 인내심도 필요하지 않았으리라. 그저 나와는 무관한 것으로 깎아내리려고 읽어 내려갔을 것이기 때문이다.

무엇보다도 그렇게 책을 읽었더라면 내가 이후에 얻을 기쁨과 계시를 잃었을 것이다. 나는 이제 워와 마찬가지로 헨리 제임스의 책으로 시선을 돌릴 때면 아주 은밀하게 만족해한다. 그리고 눈에 잘 띄지 않는 인내심을 지닌 채 독자인 나 자신이 찾아오기를 기다린다. 경험을 꾸며 낼 수는 없기에 그저 기다려야 하는 것이다. 알맞은 기분이 들 때까지 몇 주를 기다릴 수도 있다. 헤겔의 《대논리학Lesser Logic》의 축약본은 갓 부모가 되었을 무렵 불면증을 겪는 동안에는 한쪽에 제쳐 두었다. 알맞은 나이가 될 때까지 수십 년이 걸릴 수도 있다. 피터 포터의 〈임의의 연령주의 시행들Random Ageist Verses〉은 시기상조의 예언들 탓에 보류되었다("여기 두려울 정도로 아름다운 몸이 있네 / 열아홉 살밖에 되지 않은 강압적인 너 / 정강이 속에서든 두개골 속에서든, 어떻게 알겠나? / 광택 속에서 이미 죽은 것이 무엇인지"). 이야기는 경험에 더해질 수 있지만, 나이가 들면서 겪는 모든 삶의 경험을 보충할 수는 없다. 무언가에 부딪히고, 무언가를 잃고, 어딘가에 닳아지고, 무언가를 아름답게 하는 경험들 말이다. 인간은 부분적 존재이고 그 불완전함이 시간에 따라 변하기에 인내해야만 한다. 끈기 있는 독자는 늘 책장에 책을 가득 꽂아 두고 책장이 비워지면서 책의 유산이 그곳에 흩뿌려질 때까지 기꺼이 머무른다.

용기

미완성의 닌자

나는 열한 살 무렵 매일같이 명상을 즐겼다. 그럴 때면 다리를 꼰 채로 검은색 가죽 소파에 앉아 산문으로 이루어진 〈만다라〉에 시선을 고정시켰다. 한 손으로는 윤이 나는 스틸과 유리로 된 커피 테이블에 주사위를 던졌다. 다른 손으로는 '호랑이의 길The Way of the Tiger'이라는 여섯 권짜리 시리즈 중 한 권을 들고 있었다. 어느 충직한 닌자를 주인공으로 한 모험 이야기를 다루는 게임 책이었다. 나는 첫 권인 《복수자!Avenger!》부터 마지막 권인 《지옥!Inferno!》까지 시리즈를 읽으면서 교실에서와는 달리 매우 즐거웠고, 굳은 의지로 수년 동안 이 이야기들 속에 빠져 지냈다.

'펀치' 칸에 연필로 표시를 하고 별과 마법 고리를 던질 때면 나는 더는 어색한 어린아이가 아니었다. 많은 무기에 숙달됐으며 말수가 적은 영웅 어벤저_{Avenger}였다("나의 전략은 한 발을 다른 발 앞에 두는 것이다"). 나는 학교를 마치고 몇 시간 동안 이런 게임 책을 읽으면서 "비무장 전투의 치명적인 대가"가 되었다. 여러 판타지 주제에 나오는 출연자들을 공격하거나 그들과 협력하는 동안에는 균형을 맞추어 가면서 게임을 했다. 현명하면서도 약삭빠르고 친절하면서도 잔혹하고 중재적이면서도 결단력 있는 방식으로 말이다. 때로 나는 부정행위를 하는 것조차 꺼렸다. 이 시리즈의 장르를 고려해 볼 때 《복수자!》와 이후 속편들은 놀라울 정도로 소망 성취적이며 자기 계발적인 작품들이었다.

나는 그 책들을 읽으며 확실히 소망을 충족했다. 검은색 옷을 입은 영웅은 잘생기고 위험한 데다 터무니없을 만큼 재능이 뛰어났다. "진정으로 평화를 믿는 모든 이와 마찬가지로 당신은 죽음을 가져오는 기술을 사용해 세상에서 악을 행하는 자들을 제거한다"라는 구절도 읽었다. 네 번째 책에 이르러 나의 아바타인 닌자 영웅은 어느 도시의 지배자이자 신의 구원자가 되었다. 정말 그랬다. 그 시절 나는 여자아이에게 우물거리며 말하는 어색한 시골뜨기였고, 아버지가 아침 무렵에 소리를 지르면 베개로 내 귀를 틀어막곤 했다. 내가 판타지에 기대게 된 데는 그럴 만한 이유가 있었다. 판타지를 읽으면 간접적으로 무언가를 통제하는 즐거운 기분을 느낄 수 있었기 때문이다. 나는 다른 사람인 것처럼 상상하면서 그 놀이로 숨어들어 갔다.

그러나 '호랑이의 길' 시리즈의 마지막 책인 《지옥!》을 읽는 데는 더 큰 용기를 내야 했다. 그 이유는 주로 이야기 구조와 관련되어 있다. 이전 시리즈 다섯 권에서는 단순한 해답과 함께 이야기의 막이 내려가곤 했다. 닌자가 빠르게 회전하는 별로 공격을 가하면 찬탈자가 그것에 베이는 식이다. 《찬탈자!Usurper!》의 마지막 부분을 읽어 보자.

"군중이 과찬을 보내는…… 바로 그때, 당신은 앞으로 펼쳐질 날들이 그대의 지혜를 진정으로 시험하리라고 생각한다."

메시지는 단순하고 돋보인다. 노력을 기울이고 지성과 선량함을 지녔기에 '나'는 정복자가 될 운명이었다는 것이다. 이는 도덕적 탁월함과 인내심을 발휘하면 승리나 최소한 위엄 어린 패배가 따라온다는 식의 흔한 문학적 장치이다. 여기서는 결말이 선명하게 끝난다. 그러나 《지옥!》에서는 어떤 선택을 내려도 같은 종류의 대단원으로 이어졌다. 무시무시하게 큰 거미줄에 걸려 거미 송곳니에 찔린 다음 삼켜지기를 기다리는 결말이었다. "당신이 스스로의 절망을 완전히 다스리고 어떻게든 오브(Orb : '호랑이의 길' 시리즈의 판타지 세계-옮긴이)에서 가장 어두운 그림자를 몰아내지 않는

한…… 이번 일곱 번째 단계에서 악의 여왕의 먹음직스러운 간식거리가 된다"와 같은 구절을 읽으면서도 도무지 믿을 수가 없었다. '어떻게든'이라는 표현과 기대심이 녹아 있는 말줄임표에 주목하자. 결말을 마주하지 못하는 일은 끔찍했다. 나는 승자도 패자도 아니었으며 구원자도 순교자도 아니었다.

그것은 분명 어느 결정적인 구절을 잘못 해석하는 것처럼 내가 일상적으로 무지해서 벌어진 일은 아니었다("마치 허리띠에서 살충제 캔을 찾기라도 한 것처럼 당신은 은밀히 웃음을 짓는다……"). 그 책은 싸구려 풍자적인 결론을 내리지 않았다. 싸구려 풍자적 결론이었다면 불교적 이야기를 지향하면서 거미줄은 갈망을 상징하고 거미는 고통을 상징했을 것이다. 저자들도 손에 땀을 쥐게 하는 상황으로 끝을 맺어 다음 책을 손에 쥐기 전까지 독자를 감질나게 하는 그런 저속한 방식을 사용하지 않았다. 그것이 정말 끝이었다. 동시에 그것은 미치도록 끝이 아니었다. 나는 그 결말에 몇 달 동안이나 동요했다.

간절한 통일성의 추구

내가 불편하던 이유는 심리학적으로 간단히 설명할 수 있다. 존 듀이가 주장했듯이 인간은 리듬을 따르는 생명체다. 삶에는 억양이 있으며, 확장과 수축, 들숨과 날숨, 출발과 도착이 있다. 듀이는 《경험으로서의 예술Art as Experience》에 "인간의 에너지는 모이고 방출되며 막아지고 좌절당하며 승리를 거두는데 …… 욕망과 성취에 따르는 리듬이 있고, 행함과 행함을 억제하는 파동이 있다"라고 적었다. 우리는 실현하고자 즐겁게 분투한다. 그리고 사건을 시작하고 끝을 맺는 느낌인 통일성을 추구한다. 이런 생리적이며 심리학적인 기본 원칙은 문학을 포함한 예술에서도 작용한다. 인간은 완료하기를 바란다. 에필로그가 기억을 더듬어서 프롤로그로 돌아가듯이 배경이 되는 내용은 마지막 부분으로 나아간다. 이와 같은 일은 문장에서도 일어난다. 세미콜론에서 다음 세미콜론으로 이어지다가 문장의 마침표에 도달하는 것이다. 책의 장에서는 전제에서 결론으로 나아간다. 소설 전체에서는 어리숙한 주인공이 권력자로 성장하는 과정이 밝혀진다. 듀이는 "예술은 과거가 현재를 강화하고 미래가 현재를 활발하게 하는 순간들을 ……독특할 만큼 강렬하게 찬양한다"라고도 말했다.

문학 작품에 마침표를 찍는 결론은 듀이가 "완전히 존재하는" 느낌이라고 묘사한 깊은 성취감을 제공한다. 이런 생물적 리듬이 없는 삶은 견디기 어렵다. 그렇기에 나는 미완성에 종종 완결성을 부여하게 될 것이다. 프랭크 커모드가 《어느 결말의 감각The Sense of an Ending》에서 언급했듯이 끊임없이 거듭되면서도 끝나지 않는 시곗바늘 소리도 답답하기 마련이다. 나는 시간에도 어떤 만족스러운 형태를 부여해야 한다.

《지옥!》의 바꿀 수 없는 결말을 알면서도 그 책을 다시 읽고자 용기를 낸 이유도 여기에 있다. 나는 그 책을 읽으며 정신적으로 다쳤기 때문이다. 책은 끝이 났지만 이야기는 끝나지 않았다. "완전히 존재하는" 순간은 없었고 나의 불안감이라는 엄연한 사실만 존재했다. 존 키츠가 형제에게 쓴 유명한 편지의 문구처럼 "성급하게 사실을 얻고자 손을 뻗는 일" 없이, 나는 오크들을 걷어차고 지하에 사는 악령들에게 바람총으로 화살을 쏘았다. 그러니 용기는 상대를 죽일지 말지를 선택하는 주사위 던지기에 깃들어 있는 것이 아니었다. 용기는 위로가 되는 해결책 없이도 기꺼이 '계속해서' 애를 쓰려는 마음에 있었다. 내가 불안을 피하려 했다면 비겁한 일이다. 내가 비애감에 열중하기 시작했다면 신중하지 못한 일이다. 용기는 기쁨 없이 결말이 부족한 현실을 그대로 마주하는 태도다.

이런 용기는 매우 중요하다. 왜냐하면 삶에는 늘 어느 정도 미완성이 포함되어 있기 때문이다. 우리는 시인 호라티우스가 "사건들의 한가운데에서in medias res"라고 일컬은 곳에서 태어났다. 그리고 같은 방식으로 숨결과 계절과 원고들 가운데에서 죽음을 맞이한다. 존재는 산도(産道)와 관으로 그 시작과 끝이 구분되지만, 이는 다른 이들의 눈으로만 관찰된다. 나는 삶의 입구도 출구도 목격하지 못하며, 삶의 여러 단계는 실재하지만 모호하다. 성년기는 어린 시절에서 비롯한 후 휘갈겨 쓰였고, 젊은 시절은 나이가 들면서 수정되었다. 나의 몸은 어느 다공성의 사물로 늘 세상에 다가섰다가도 물러서며 동요하는 위치에 머물러 있다. 앨프리드 화이트헤드가 《사고의 양태Modes of Thought》에서 관찰했듯이 몸은 하나의 통일성이다(어쩌면 하나뿐인 통일성일지도 모른다). 그러나 몸의 경계들은 "극단적으로 모호하다". 미완성의 장, 부분적으로 남겨진 논쟁, 반쯤 소환된 기억 등 다양한 중단은 말할 것도 없다. 물론 듀이가 언급했듯이 결말은 있지만 내가 상상하는 것만큼 결말이 있는 경우는 거의 없으며 결코 지속되지도 않는다. 간략히 말하자면 미완성은 피할 수 없다. 상황은 멈추지만 그 상황에 늘 결론이 있는 것은 아니다.

나는 《지옥!》을 다시 읽으면서 결론에 이르지 못하는 현실을 견디는 법을 익혀 나갔다. 그리고 그 덕분에 나는 대중문화에서는 꽤나 생경한 세상과 마주하게 되었다. 그 세상에는 작품과 마주하는 일 자체와 그 일에서 오는 허무와 무기력을 제외한 어떤 보상도 존재하지 않았다. 한 소년이 고집스럽게 이어 가던 게임에는 결핍에 대한 생물적 두려움을 보류하려는 새로운 철학적 기술이 깃들어 있었다.

내면의 독재자를 넘어뜨리다

아리스토텔레스는 이와 같은 문학적 용기라는 개념에 관해 이견을 말했을 것이다. 그는 오직 병사들만이 진정으로 용감할 수 있다고 주장했다. 병사들은 모든 상황을 알고도 국가를 위하여 기꺼이 죽음을 무릅쓰기 때문이다. 아리스토텔레스는 남는 시간에 책을 읽는 것은 두려운 일도 정치적으로 고결한 행위도 아니지만, 죽음은 "만물 중 가장 끔찍한 것"이라고 말했다. 아리스토텔레스는 소설의 주인공 어벤저만을 대담하게 보았을 것이다. 어벤저는 자신의 삶을 그가 속한 왕국에 바쳤기 때문이다. 내가 독서하면서 어떤 결단을 내리는 모습을 보였다 하더라도 그것은 오로지 은

유적 행동이다.

그러나 이런 생각은 아리스토텔레스의 귀족적인 편견이며 시민과 가정의 노동에서 용기를 앗아 가 전사들을 위해 남겨 두는 일이다. 물론 죽음과 맞서는 일은 진정한 미덕이지만, 인류는 전사가 아닌 평범한 이들의 기개 없이는 번성하지 못한다. 평범한 이들의 기개는 자신뿐만 아니라 서로를 보살피며 소중한 것을 보호하고자 두려움과 마주하는 것이다. 알래스데어 매킨타이어가 《덕의 상실After Virtue》에서 언급했듯이 "무언가에 진정으로 관여하면서도 손해나 위험을 감수할 능력이 없는 이는 자신을 …… 겁쟁이라고 정의해야 할 것이다". 그러니 '호랑이의 길' 시리즈는 육체적 용기를 드러내 보일 뿐만 아니라 전반적인 용기를 상기시켜 준다. 그리고 바람직한 목적을 위해 기꺼이 괴로워하는 의지를 나타내 보인다.

그런데 바람직한 목적이란 무엇일까? 통제와 독단에 대한 욕망을 피하는 것이다. 어벤저와 같은 영웅들에게는 적대자가 따르기 마련이다. 적대자는 곧 무력이나 속임수로 다스리는 독재자이다. 그들은 그저 난폭하거나 잔혹하지만은 않다. 사실 모든 병사는 무력을 사용한다. 대신 그들은 권위에 열광한다. '호랑이의 길' 시리즈에서도 마찬가지이다. 이 이야기에서는 제국을 손아귀에 넣으려는 야망을 품

은 폭력배들이 가장 주요한 강적이다. 더 나은 이야기들에
는 단테의 《신곡 : 지옥 편The Divine Comedy : Inferno》에 나
오는 오디세우스부터 앨런 무어의 《왓치맨Watchmen》에 나
오는 오지만디아스에 이르기까지 더욱 미묘한 악당과 범죄
자들이 있다. 여기서 악의 특징은 지휘권에 대한 갈망이다.
악당들은 그저 지휘하려고만 하지 않는다. 그들은 지배하거
나 지배를 열망한다.

　이런 통치 방식은 바람직하거나 선하지 않고 사악하다.
그들의 논리가 순전히 수단과 관련되기 때문이다. 악한들
은 모든 것을 목적을 위한 수단으로 보며 검이든 사람이든
구분하지 않는다. 그리고 그 목적이란 '그들의' 궁극적인 체
제로 모든 저속한 오남용과 교묘한 속임수를 정당화하는 완
벽한 공상이다. 이런 공상이 진정으로 이타적일 때도 있다.
지도자가 세계의 자유, 진정한 행복, 낙원 및 기타 추상적
인 것들을 위해 통치하는 경우이다. 이런 공상이 영예를 위
한 것일 때도 있다. 가령 어느 총사령관이 왕조를 이루는 일
을 공상할 때다. 그러나 어느 쪽이든 그 공상하는 자의 동료
가 되는 이들은 흠 하나 없는 청사진을 이루는 목재와 못들
이 되고야 만다. 이사야 벌린이 탁월한 에세이 〈이상의 추구
The Pursuit of the Ideal〉에서 표현했듯이 "그것이 마지막 해
답일 가능성은 …… 결국 착각으로 드러나는데, 그것도 아

주 위험한 착각으로 밝혀진다".

이런 맥락에서 볼 때 독재에 저항하려면 완력과 더불어 투지 이상의 것을 지녀야 한다. 또한 통합을 바라지 않으며 완결하려는 욕구에 저항하면서도 덜 열광적이어야 한다. 그러려면 칼집에서 칼을 빼기 전에 용기를 내야 한다. 그리고 한층 더 정직한 정신에 도달하고자 마음의 동요를 견뎌 내야 한다. 《지옥!》을 집어 들면서 어린 시절의 나는 주인공 어벤저가 단순한 임무들과 초인적인 의지만으로는 도달할 수 없는 어떤 교훈을 배웠다. 나는 모호함에 맞서면서 통제하려는 내면의 작은 욕구를 억눌러야만 했다.

애매성을 구하다

이런 문학적 해방을 가져다주는 닌자가 모두에게 필요하지는 않다. 사실 이 장르에 속한 대부분의 이야기에는 깔끔한 승리나 깔끔한 종말과 같은 완벽함이 깃들어 있다. 가장 인기 있는 무협 소설 중 하나인 에릭 밴 러스트베이더의 《밤의 제왕 닌자The Ninja》는 동양 미스터리에 관한 입문서이다. 그 대단원에서는 악당이 죽음을 맞이하는 산뜻한 결말이 펼쳐진다. 로맨스부터 서부극, 스릴러에 이르기까지 모

든 장르도 마찬가지이다. 《이성과 감성Sense and Sensibility》
의 메리앤은 대령을 얻는다. 제인 그레이의 《붉은 옷의 기사
들Riders of the Purple Sage》에 나오는 제인 위더스틴은 모르
몬교도들을 잃고 청부 살인자를 얻는다. 제임스 본드는 블
로펠드를 해치운다.

　이런 통일성은 어디에서나 찾아볼 수 있는 흔한 즐거움
이며 소설에만 국한되지도 않는다. 앨프리드 화이트헤드는
《사고의 양태》에서 근대 철학은 잘못된 결말의 역사라고 주
장했다. 학자들은 "분명하고 뚜렷한 감각적 인상"을 위하여
흐름, 모호함, 관련성을 무시하고 깔끔한 결론을 내렸다. 화
이트헤드의 요점은 "분명하고 뚜렷한 감각적 인상"이 잘못
되었다는 말이 아니다. 그는 그런 인상들이 더욱 복잡한 우
주에서 비롯된 추상화라고 주장했다. 산뜻한 사실을 포기하
고 화이트헤드의 미묘한 뉘앙스의 우주를 택하려면 어느 정
도 인내심이 필요하다(어쩌면 웅장한 연결성을 지닌 화이트
헤드의 우주 자체도 발명품일지 모른다). 이런 용기를 기르
기 위해서는 모호한 텍스트, 즉 완성되지 않은 세상을 교묘
하게 제시하는 작품을 찾아보는 것도 도움이 된다. 그리고
이런 작품들은 실패한 오락물이 아닌 정직을 행사하는 작품
으로 음미되어야 한다.

　헨리 제임스의 단편 소설 〈양탄자의 무늬〉는 그 중요성이

조금은 알려진 걸작이며 그 결론은 단순하지 않다. 서술자는 젊은 문학 평론가이다. 그는 명성 높은 소설가 베레커가 자신의 평론을 두고 '헛소리'라고 선언하면서 창피를 사게 된다. 베레커는 '모두'가 자신의 소설에서 '작은 핵심'을 놓친다고 말하면서 한편으로는 서술자를 위로한다. 그 소설가의 모든 작품은 바로 그 핵심으로 엮여 있다. 베레커는 "바로 그 한 줄"에 "나의 진주들이 꿰여 있다"라고 말한다. 그러나 어떤 독자도 그것을 발견하지 못했다. 그렇다면 그 핵심은 무엇일까? 베레커는 미소를 지으면서 젊은이에게 포기하라고 말할 뿐이다. 젊은 평론가는 꼬박 한 달 동안 소설가의 모든 작품을 읽었지만 끝내 찾지 못한다. 그는 양탄자를 응시하지만 어떤 무늬도 찾지 못한다. 서술자는 친구이자 동료인 조지 코빅에게 소설가의 위대한 비밀에 관해 이야기한다. 조지 역시 당황해하면서도 젊은 평론가와 마찬가지로 호기심에 사로잡힌다. 몇 년 후 조지가 인도에서 전보를 보내온다.

"이제 알겠어. 어마어마하군."

조지는 자신이 깨달은 것을 약혼녀 궨덜린에게 전해 주고 죽는다. 이 작품은 마지막 부분에서도 헨리 제임스 특유의 방식으로 세부 사항을 늘어놓지 않으면서 그저 지나가는 공기를 손으로 더듬다가 끝이 난다. 베레커, 조지, 궨덜린 각각은 제임스가 결코 밝히지 않은 놀라운 사실을 전달받는다.

"그건 나의 '삶'이야!"

궨덜린은 이렇게 말할 뿐 더 이상 이야기하지 않는다. 서술자는 "불가사의와 호기심의 파도"가 몰아치는 곳에 다른 이들의 불행에서 오는 보잘것없는 위안과 함께 남겨진다. 이런 서술자의 상태는 독자들 마음속에도 환기되는데, 이는 제임스가 은밀하게 의도한 바이다.

좀 더 난해한 접근 방식도 있다. 부정 신학, 즉 부정적인 진술을 통해 완전한 존재인 신에 관해 설명하는 방식이다. 디오니시우스 아레오파기타는 《신비 신학Mystical Theology》에서 신이 무엇인지 정확히 밝혀내기를 거부했다. 5세기 말에서 6세기 초 사이에 쓰인 이 저작에서 그는 신은 생각될 수도 말해질 수도 느껴질 수도 없다고 주장했다. 그러나 디오니시우스 철학의 기본적인 개념은 우리가 그토록 갈망하는 통일성이다. 성부, 성자, 성령은 전적으로 하나이며, 만물의 선이자 기원이며 정점이다. 신은 완벽이다. 완벽한 무언가가 아니라 완벽 그 자체이다. 그러나 디오니시우스에 따르면 이런 완전한 총체성 때문에 신은 우리 너머에 있다. 인간은 '통일성', '완벽', '완전성' 같은 단어들을 사용하지만, 이런 단어들은 그저 무한하며 더욱 큰 무언가를 향한 인간의 한정된 부호들일 뿐이다. 디오니시우스는 조각가가 대리석을 깎듯이 "그것의 숨은 아름다움에 감추어져 있는 조각상 그 자체"만을 남기는 것과 같은 언어를 사용하자고 제안했다. 그런 다음 그는 '선함', '영혼', '신성'을 비롯한 여러 다른 단어를 포함해 신이 아닌 모든 것을 나열했다. 그리고 결국 모든 충만함과 빛 그 자체인 신은 공허한 어둠이 되어 버린다. 디오니시우스는 이를 "신성한 어둠"이라고 불렀다. 이런 관점은 일반적인 생각에 비추어 보면 다소 낯선 것이지만, 디오니시우스는 토마스 아퀴나스뿐만 아니라 가톨릭교회를 포함한 마르틴 하이데거와 같은 근대 철학자들에게도 영향을 미쳤다. 무신론자 독자들에게는 신을 상상하는 일뿐만 아니라 신을 이런 기묘한 상태로 상상하는 일 또한 도전적으로 여겨진다. 불꽃이 이는데도 타지 않는 가시덤불과 개구리 비 이야기 대신 이상한 동시성이 더해지는 셈이다.

　다음으로는 애매한 상태로 독자를 초대하는 시가 있다. 시는 감각적인 암시와 직설적인 표현 사이의 긴장감을 통해 의미에 대한 경직된 마음을 느슨하게 한다. 평범한 시들도 있다. 알렉산더 포프의 시는 리듬, 운율, 재치 면에서 아주 매력적이지만 읽으면 쉽게 이해된다. 그리고 포프 역시 이 사실을 인지하고 있었다. 그는 '진정한 재치'에 관해 "이는 자연스럽게 꾸며진 것으로 / 많이 생각되었지만, 그처럼 잘 표현된 적은 없다"라고 말한다. 포프는 이 구절을 운문으로 적었으나 이 시는 불투명한 호박(琥珀)보다는 발레리의 투명한 유리에 가깝다.

현대 영국 시인 J. H. 프린은 나의 책장에서는 포프와 가까이 있으나 거의 다른 세상에 존재한다. 그는 다양한 방식으로 시를 썼지만 대다수는 해석하기 어렵다. 프린의 작품들은 많은 것을 환기한다. 이는 때로 압도적일 정도다. 포프의 〈인간론Essay on Man〉과는 다르게 프린의 시들은 분명한 메시지로 옮겨지지 않는다. 프린의 〈달 시Moon Poem〉를 읽을 때면 나는 자신의 경계들로 번져 나가는 누군가 혹은 그러기를 소망하는 누군가를 느낀다. 프린은 "날은 어둡고 보이지 않는 것의 / 지식은 어느 온기이며 한결같은 / 확산의 예식으로 퍼져 나간다"라고 적었다. 이 시는 현대 자유의 오류를 되돌아보며 우리가 스스로 생각하는 것보다 더 많은 영향을 받고 조종당한다는 사실을 암시한다. 그는 이어서 "우리는 창공 속으로 / 물결과 같이 흩어지네"라고 말한다. 그러나 나의 요약은 시의 모티프를 지나치게 단순화한 것이다. 프린의 시는 움직임과 정적, 개인과 공동체, 의지와 습관 등의 주제로 가득 차 있지만 어느 것도 확정적이지는 않다. 비록 프린 자신이 판형마다 직접 설명을 덧붙이기는 하지만 그의 시들에는 여전히 애매모호한 부분이 남아 있다. 단어들이 그의 의도를 뛰어넘는 것이다. 프린 자신도 "시인의 목소리"가 곧 "시의 목소리"는 아니라고 주장했다.

이런 점에서 제임스, 디오니시우스, 프린은 주목할 만하다. 물론 다른 작가들도 찾아볼 수 있다. 요점은 쉬운 해결책에 도전하는 텍스트들을 의도적으로 뒤쫓는 것이다. 나는 금욕주의자 어벤저로 시작해서 계속 이어 가다가 유감스럽게도 많은 시간이 지난 후에야 시, 소설, 철학에 이르렀다. 독자는 마쓰오 바쇼의 하이쿠(일본 특유의 짧은 시–옮긴이), 호르헤 루이스 보르헤스의 단편 소설, 하이데거나 에마뉘엘 레비나스의 논문에서도 모호성 가운데에서 능력을 발휘한 흔적을 찾아볼 수 있다. 그런 이유로 나는 처음 작품과 마주했을 때 느낀 어색함을 흘려보내고 인내할 수 있었다. 이것이 내가 즐기는 생물적인 리듬인 듀이의 통일성을 무효화하지는 않는다. 이런 리듬은 리듬을 향한 욕구를 인식하게 하고 필요할 때면 그 욕구를 민첩하게 피해 가도록 유도한다. 그러니 독서는 단순히 남을 지배하는 것이 아니라 자신의 지배 욕구를 다스리는 영웅주의의 이상을 장려하는 것이다.

해어진 집게발 한 쌍

　나는 어린 시절에 기가 죽어 있었다. 가라테 수업에서는 어벤저의 육체적 용기를 흉내 내긴 했지만, 독자로서는 비겁해져만 갔다. 내가 지배 욕구를 갈망했기 때문이다.

　이런 갈망은 부분적으로는 반항심에서 나왔다. 고등학교는 나에게 융통성 없고 피상적이며 무엇보다 지루한 곳이었다. 암기식 학습, 지칠 대로 지친 교사들, 공부만 하며 잘난 체하는 아이들의 순응하는 분위기가 가득했고, 문학은 전율이 아니라 짐이 되어 버렸다. 당시 레너드 울프의 회고록 《씨뿌리기Sowing》를 읽었더라면 그가 세인트폴 사립 학교를 묘사한 다음과 같은 대목을 친숙하게 느꼈을 것이다.

　"나는 인간의 두뇌가 교육이라는 이름으로 매일 일고여덟 시간씩 가해지는 건조함, 침식, 곰팡이, 좌절감 등을 견뎌낼 수 있다는 사실을 알고서는 …… 경악했다."

　나는 나 자신을 이런 상태에 대응하는 자로 정의함으로써 그 연옥에 대응했다. 인기 있는 학생들이 성실하고 학구적이며 협동적이었다면 나는 냉소적이고 게으르며 규칙에 저항해야만 했다. 나는 절대 근사한 반란자에 속하지는 않았다. 그런 태도는 나의 역량 밖이었다. 대신 나는 서투르게 양쪽 세상의 최악의 특성만을 취했다. 게으름뱅이들의 태만과 괴짜들의 소외였다.

이런 어설픈 외부인의 자세를 취하면서 유년기의 기쁨이던 이야기들도 변질되었다. 소설을 읽는 일에는 성실성과 관용이 필요했지만, 나는 비꼼과 조롱으로 답했다. 에세이를 읽으려면 세심하게 분석해야 했지만, 나는 일상적으로 그 일을 거절했다. 나의 독서는 아무런 존재론적 의미가 없었다. 수년 동안 《지옥!》을 읽고 다시 읽는 동안조차 나는 더는 '독자'가 아니었다.

전념을 겁내는 마음이 책에 대한 애정마저 망치고 만 것이다. 작품들을 진지하게 받아들인다면 더욱 큰 불확실성과 정신적 고통을 무릅써야 했다. 대다수 소설이 만성적이다시피 늘 화가 나 있는 소년의 욕구를 충족시키지 못한 데다 그 소년은 감각을 마비시키는 멋없는 방식으로 소설을 배운 탓에 그와 같은 위험을 감수하게 되지는 않았다. 그보다는 스스로 책과 소원해졌다. 교과 과정에 올라와 있는 수상 작품에 헌신한다면 나를 거부한 기관들에 시간을 쏟는 셈이었다. 차라리 시큰둥한 채로 머무르며 실망하지도 불명예를 얻지도 않는 편이 안전했다.

나는 소설과 시 대신 만화를 읽곤 했다. 만화를 읽으면 분명한 만족감을 얻을 수 있었다. 꾸준히 읽은 만화 중에는 《고스트 라이더Ghost Rider》도 있었다. 이 책에는 여느 주인공과는 다른 명목상의 주인공이 나온다. 머리가 불타는 주인공이 죄인들을 회한에 잠기게 함으로써 괴롭힌다. 그는 '참회의 시선'을 사용해 잔혹한 폭력배들의 눈을 들여다봄으로써 비명을 지르고 울게 했다. 나는 한 달에 한 번 도덕적으로 정당한 폭력에서 기쁨을 느낄 준비를 마치고 우편으로 온 비닐 봉투를 뜯었다. 이 책의 전형적인 내레이션을 보자.

"네 명의 젊은이는 고스트 라이더의 참회의 시선을 받자 영혼이 타는 것만 같은 고통을 느꼈으며, 나머지 두 명은 자비를 결코 베풀지 않을 그에게 자비를 애원했다."

이런 장면에 내가 마음껏 기뻐할 수 있던 이유는 그가 오로지 악당들만 고문했기 때문이다.

《고스트 라이더 5권》을 되돌아보면 이야기가 늘 피상적이지만은 않았다. 시리즈는 지배에 대한 도덕적 딜레마와 복수에 따르는 마냥 좋지만은 않은 희생을 깊이 다루곤 했다. 그러나 나는 만화책을 그저 의혹과 나약함에서 도피하려는 목적을 위한 수단으로 이용했다.

나의 독서의 밑바닥은 열일곱 살 무렵 문학 시간에 드러났다. 돌이켜 생각해 보면 T. S. 엘리엇의 시 〈앨프리드 프루프록의 사랑 노래The Love Song of J. Alfred Prufrock〉는 나에게 무척이나 알맞은 작품이었다. 물론 나는 엘리엇의 작품에서 암시된 머리가 벗겨지고 바지를 말아 올려 입은 폴로

니어스는 아니었지만, 프루프록은 품위 없이 주저하는 나에게 말을 걸어왔다. 프루프록은 계속해서 묻는다.

"그렇다면 나는 추정해야 하나? 어떻게 시작해야 하나?"

엘리엇은 어색한 분위기를 능수능란하게 표현한다. 프루프록은 매력적이고 당당하며 연줄을 쥐려 하는 응접실의 숙녀들을 갈망하지만, 손을 부들부들 떨며 잡담을 나눈 뒤에도 여전히 실패할지도 모른다.

"그럴 만한 가치가 있을까 / 누군가가 베개를 놓고 숄을 벗어 던지고 / 창문을 향해 돌아서서는 이렇게 말한다면 / '전혀 그런 뜻이 / 그런 뜻이 아니었는데요'라고 한다면."

사춘기 동안 스스로 던진 이 질문에 대한 나의 답은 주로 '아니'였다. 정신적으로 큰 희생을 무릅써야 했기에 시도하지 못한 것이다. 누군가와 이야기를 나눌 때면 중요한 문제에 대해 침묵을 지켰다. 프루프록과 마찬가지로 나의 염려는 수치와 거부로 변했다. 또한 프루프록과 마찬가지로 나는 햄릿처럼 망설였지만 그처럼 위엄이 있지는 않았다. 나 자신을 내밀하게 묘사해 보면 엘리엇의 유명한 비유와 같은 모습이었다.

"차라리 털북숭이 집게발 한 쌍으로 / 적막한 바다 밑바닥을 종종걸음으로 돌아다녔으면."

나는 모순되게도 그런 두려움 탓에 엘리엇의 시를 멀리하게 되었다. 엘리엇의 시뿐만 아니라 그 시가 펼쳐지는 교실이라는 배경 역시 비웃었다. 그곳에서 나를 가르치던 교사는 무릎 위로 다리를 조심스럽게 꼰 채로 수도승이 만트라를 외우는 것처럼 '커피 스푼'을 반복해서 말했다. 나는 진부한 문학적 퇴락에만 집착했다. 엘리엇의 문체는 난해하고 점잔을 빼는 느낌이었으며, 단테의 어구이던 이탈리아어로 적힌 제사(책의 첫머리에 그 책과 관계되는 노래나 시 따위를 적은 글-옮긴이)에서는 고상한 척을 한다는 인상을 받았다. 그리고 당시 기혼이던 그 교사는 성적 취향이 의심스러웠다(이는 물론 사실이 아니었지만 그 덕분에 텍스트를 거부할 수 있게 되었다). 나는 남자다움을 과시하는 금욕적이고 상투적인 작품들에 열중하고 그것들을 수집함으로써 〈앨프리드 프루프록의 사랑 노래〉와 거리를 두었다. 돌이켜 보면 나는 고스트 라이더 캐리커처에 빠져 살아가면서 프루프록을 피하는 프루프록이었다.

몇 년 후 대학생이 되고 나서는 가장 좋아하는 시를 〈앨프리드 프루프록의 사랑 노래〉로 꼽게 되었다. 나는 나 자신을 엘리엇의 시구절 속에서 보았다. 그 덕분에 일상적인 덧없음에 품위가 더해졌고 그로써 나는 자유로워졌다. 나는 나약함이 흔하다는 사실을 깨달았다. 그리고 나약함은 강하고 일관되며 지적인 노력으로 분명히 표현될 수 있었다. 프루프록의 망설임 뒤에는 엘리엇의 헌신이 있었다. 클라이브 제임스가 〈그 안의 음악Interior Music〉에서 지적했듯이 〈앨프리드 프루프록의 사랑 노래〉일부는 거의 시처럼 보이지 않는다. 이처럼 장황하게 말하는 어리석은 인물의 입을 빌려 정교하면서도 신중하게 말한 것은 엘리엇의 업적이다. 제임스의 말을 빌리자면 〈앨프리드 프루프록의 사랑 노래〉는 "내부 작업이 그처럼 높은 수준에 이르도록 계획되고 정제되어 강렬해진 산문"이다. 나는 학부생의 자유를 한껏 즐기던 철학도로서 〈앨프리드 프루프록의 사랑 노래〉를 더욱 세심하게 읽고 그 불빛에 비추어 나 자신을 주시할 정도로 충분히 용감했다.

〈앨프리드 프루프록의 사랑 노래〉는 10대 소년들의 불만에 찬 마음의 긴장을 풀어 주고자 쓰인 시는 아니지만, 나는 그런 면에서 도움을 받았을지도 모른다. 나는 전반적으로 소외된 상태였다. 엘리엇의 시뿐만 아니라 일반적인 문학이 지닌 위험성을 전반적으로 과대평가했다. 두려움이 잔뜩 부풀어 있었다. 아리스토텔레스가 언급했듯이 겁쟁이는 그저 겁을 먹는 게 아니라 잘못 겁을 먹는다. 온화한 것들을 두려워하고 가벼운 위협에도 몸서리친다. 그러지 않으면 공포로 옴짝달싹 못 하게 된다. 아리스토텔레스는 "그는 자신감을 느끼는 일에 …… 결함이 있지만, 고통을 느끼는 일에는 분명할 정도로 대단한 모습을 보여 준다"라고 관찰한 바를 적었다. 나는 관대하고 헌신적으로 독서하는 데 따르는 마음의 상처를 실제보다 더욱 크게 보았다. 도움의 손길도 위험하게 보았다. 그렇게 나의 불안감은 증폭되었다. 그때의 나는 꽤나 으스대곤 했지만, 엘리엇의 시는 비겁하게 읽었다.

나쁜 믿음

독서로 겁먹는 일은 거의 다루어지지 않는 주제이다. 이런 두려움이 때로 반가운 자극이 되기도 하기 때문이다. 더욱 빨라진 심장 박동은 저녁 무렵 독서에 묘미를 더해 준다. 독자는 클라이브 바커의 《무늬 세계Weaveworld》와 같은 소설들을 읽으며 여러 장면에서 더욱 선명한 공포를 느낀다. 나는 10대 시절 바커의 여러 작품을 읽었는데, 그 이야기들에 나오는 비현실적인 불결함과 피가 나오는 장면들에 겁을 먹곤 했다. 그러나 엄밀히 말하면 불쾌한 적은 없다. 두려움은 내가 읽는 동안에만 지속되었으며 책을 덮고 나면 잠시 내면에 머물렀다. 나는 이런 간접적인 공포에 흥분했지만 결코 그 이유로 정신적 안도감이 위협받는다고 느끼지는 않았다. 바커의 책을 읽는 데는 용기를 낼 필요도 없었다.

그의 책들에는 어떤 위험도 없었기 때문이다. 여러 유명 공포 소설과 스릴러물도 마찬가지이다. 그런 책들이 불러일으키는 공포심은 독자에게는 즐길 만한 감각일 뿐 극복해야 하는 것이 아니다.

그러니 피로 얼룩진 으스스한 이야기를 피하는 독서가 아니라 위험을 회피하는 독서가 비겁한 것이다. 위험 회피는 불확실성을 인정하는 〈앨프리드 프루프록의 사랑 노래〉와 같은 시를 호되게 비난하는 행동으로 나타나거나 개인적 비극을 다루는 주제의 서사를 피하는 모습으로도 나타난다. 누군가는 헨리 제임스 작품《메이지가 알았던 것What Maisie Knew》의 가족 관계에서 받은 정신적 충격을 떠올린다. A. S. 바이엇의《정물Still Life》은 파트너의 죽음을 떠오르게 한다. 샬럿 우드의《동물 애호가들Animal People》은 그저 잘 지내지 못하는 종류의 평범한 실패를 연상하게 한다. 누군가는 합리적 개인주의의 토대를 내부에서 파괴해 가는 하이데거의 《존재와 시간》과 같은 논지를 하찮게 여길지도 모른다. 여기서 요점은 독자 개개인이 무엇에 대해 겁먹을지를 스스로 발견하고 그 두려움을 증폭시킨다는 것이다. 이는 무엇이 불안을 가장 자극하는지에 달려 있다. 겁쟁이들은 진정으로 자신을 두렵게 만드는 책을 집어 들기를 거부하거나 더욱 교묘하게는 무엇이 무서운지를 애초에 떠올려

보지도 않으려 한다. 이런 행동은 일종의 문학적 억압이다.

비겁한 독서는 장 폴 사르트르가 "나쁜 믿음"이라고 일컬은 것일지도 모른다. 사르트르는 《존재와 무Being and Nothingness》에서 프로이트에게서 유래한 전통적 억압 개념에 대한 반대론을 펼쳤다. 프로이트의 관점에서 독자는 정신이 전적으로 의식하지 못하는 어느 진실을 피하고자 숨겨진 욕망을 지니게 된다. 예를 들어, 나는 엘리엇의 고요한 좌절감에 관한 서술이 나를 감정적으로 위협한다고 느꼈지만, 프로이트의 이론에 따르면 이런 충동은 나의 것이라고 보기 어렵다. 그것은 나보다 그늘진 나의 무의식에 속해 있다. 사르트르는 그에 대한 응답으로 누군가가 혼란스러운 것을 떨쳐 버리려면 그것이 무엇인지 '정확히' 알아야 한다고 지적했다. 스스로 생각하지 못하게 하고 있음을 알아야 그런 금지 또한 배척할 수 있는 것이다. 사르트르는 "검열관은 반드시 선택해야만 하며 선택하기 위해서는 자신이 선택한다는 사실을 알고 있어야 한다"라고 적었다. 이는 나 자신을 부인하는 나쁜 믿음이다. 내가 누구인지를 부인할 뿐만 아니라 다른 방향으로 향할 자유마저 거부하는 일이다. 사르트르는 의식에 과한 투명성을 부여했지만, 억압에 대한 그의 관점은 문학적 용기가 부족한 태도를 잘 설명해 준다. 나는 프루프록도, 자신이 프루프록임을 부인하는 소년도 아니었다. 그 생각은 분명히 나의 공상이었다. 소심한 독자는 불안하게 느껴지는 진실을 부정할 뿐만 아니라 어떤 자유마저도 거부한다. 그는 페이지에 적힌 이야기들을 조롱하고 공격하거나 그저 무시하게 되는데, 이렇게 하는 편이 존재에 대한 책임을 지는 일보다는 덜 두렵기 때문이다.

비겁한 독서는 이해의 기회를 놓치는 것 이상으로 기분이나 관념을 낭비하는 것이다. 그것은 또한 자신을 모르는 척하면서 움츠러드는 마음을 포착하는 심리적 냉철함에 관해 성찰할 기회이기도 하다.

긍지

복음서의 거짓

니코스 카잔차키스는 흰색 면 셔츠를 달라붙게 입은 채로 가늘어진 머리칼을 빗어 넘긴 후에 원고 위로 몸을 구부렸다. 그리스어 원고를 구부려 집는 손놀림은 정신이 움직이는 속도보다 훨씬 느렸다. 카잔차키스의 부인 엘레니는 이런 "새로운 개인 속기"에 관해 농담을 했다. 카잔차키스는 프랑스 도시 앙티브의 매력을 한껏 만끽하는 중이었지만 ("바다는 잘 익은 과일 같은 향을 풍겼다") 휴가를 온 것은 아니었다. 그는 그리스의 우익 집단 민족주의자들을 견디기가 어려웠고 미국도 방문할 수 없었다. 그리하여 결국 프랑스 지중해 연안에서 열성적으로 작업하게 된 것이다. 그는 기독교에서 말하는 예수의 수난을 현대적으로 해석한 소설을 쓰고 있었다. 카잔차키스는 1951년 6월에 그의 친구 뵈

리에 크뇌스에게 이렇게 말했다.

"《최후의 유혹The Last Temptation》에서 느끼는 즐거움과 고통에 너무 깊이 빠져들어서 고개를 들 수 없을 정도라네. 달이 번개처럼 빠르게 밝아지고 희미해지는군."

카잔차키스는 복음의 이야기를 개인적으로 받아들였다. 그는 "그리스도의 두 가지 핵심"이라고 일컬은 육체와 정신의 대립, 그리고 그것이 암시하는 모든 이율배반이라는 문제와 자신을 동일시했다. 또한 예수는 카잔차키스에게 파괴와 보호, 움직임과 수동성, 혁명과 반발이기도 했다. 그에게 예수는 곧 혁신을 상징했다. 그는 창조적 욕구를 일상적인 신조로 삼았으며 예수는 그런 창조적 욕구의 전형 중 하나였다. 카잔차키스는 후기작 《최후의 유혹》을 쓰는 동안 흐느끼기도 했다고 고백했다. 그는 "《최후의 유혹》을 쓰는 동안 밤낮을 가리지 않고 처음 느껴 보는 공포, 이해, 사랑을 품은 채로 예수의 골고다 언덕으로 향하는 피로 얼룩진 여정을 따라갔다"라고 적었다.

카잔차키스 소설이 바탕에 두고 있는 개인의 사적이며 신화적인 해석 작업은 오늘날 많은 사람의 눈에는 터무니없어 보일 수 있다. 카잔차키스가 쓴 예수에 관한 이야기는 그의 여러 작품과 마찬가지로 고루해 보이기도 한다. 형이상학적인 드라마가 19세기 서술 기법으로 이루어진 무대에서 눈이 부실 정도로 환한 형용사들로 집중 조명되면서 공연되는 식이다. 그러나 《최후의 유혹》 이야기 자체뿐만 아니라 그리스를 포함한 여러 나라에서 이 작품에 대해 보인 반응으로 자만하는 독서가 무엇인지를 효과적으로 파악할 수 있다. 자만하는 독서란 긍지가 허영으로 변할 때 허비되는 것이다. 한편으로 기독교 역시 전반적으로 충돌하는 《최후의 유혹》의 해석들로 더욱 풍요롭게 되었다. 이런 종교적인 갈등에서 가장 성실한 독자들의 눈마저 가리고 있는 뿌연 막이 무엇인지를 밝혀낼 수 있다.

부재중에

예수의 수난을 다룬 카잔차키스의 소설은 시대착오적인 요소들이 있지만 오늘날까지 혁명적인 이야기로 여겨진다. 이 이야기는 예수 그리스도의 감정을 그리며 취약한 인간적 속성의 모습을 나타내 보이는 동시에 《성서》를 제멋대로 이용한다. 카잔차키스는 때로 '신'에 관한 글을 적었지만, 여기서의 '신'은 형이상학적 관념에 대한 시적 표현에 지나지 않았다. 그는 사도 바울보다는 프리드리히 니체와 앙리 베르그송과 같은 세속적인 사상가들에게 더욱 큰 영향을 받았다.

그러나 카잔차키스는 비전통적 견해를 접하면서도 반종교적으로 변하지는 않았다. 그는 신학적 질문을 던지는 데 전념했다. 한번은 외딴 산속 수도원에서 40일 동안 지내기도 했다. 카잔차키스는 여러 성인과 비잔틴 신학자의 삶이 담긴 종교적 정통파의 저작들도 읽었다. 《최후의 유혹》은 미학적 분투와 삶의 종교적 모험을 다룬 기록이다. 카잔차키스는 "나는 이 책을 읽는 자유인이라면 누구든 어느 때보다도 더욱 나은 방향으로 그리스도를 사랑하게 될 것으로 확신한다"라고 적었다. 그는 열정적이고 풍부한 기교로 진심을 담아 예수를 묘사했다. 당시 캔터베리 대주교이던 로언 윌리엄스는 "그는 여러 흥미로운 방식으로 풀어낸 기독교 담론 집단에 속한 자이다"라고 말하기도 했다.

그러니 이 소설은 기독교 당국이 숙고한 후에 보내는 응답을 받아 마땅하다. 설마 당국의 관계자들까지도 세속성과 영성, 타성과 열정, 가정생활과 성스러운 박애 사이에서 전쟁을 치렀을까? 동서양의 몇 안 되는 성직자들은 카잔차키스와 서신을 주고받으며 언쟁을 벌였다. 그러나 그들이 보인 가장 흔한 반응은 독선적인 거부였다. 교황청은 《최후의 유혹》을 금서 목록에 올렸고, 그리스 정교회의 수석 대주교들은 카잔차키스를 파문할 것을 촉구하는 운동을 벌였다. 카잔차키스에 따르면 미국 그리스 정교회 관구 대교구는 이 소설을 "외설적이며 무신론적이고 반역적"이라며 규탄했다. 아테네의 최고 종교 회의는 《최후의 유혹》에는 신성한 자이신 예수 그리스도에 맞서는 악한 비방이 담겨 있다"라고 적었다. 그들에게 《최후의 유혹》은 기독교뿐만 아니라 국가로서의 그리스와 그 이주자 집단을 향한 공격이었다. 그들은 카잔차키스가 이 소설을 발표함으로써 사악한 영혼을 드러냈다고 주장했다.

성직자들은 신성을 모독한 자에 맞서 용맹하게 싸우는 것처럼 보였다. 그런데 실은 비판하던 사람 대다수가 "소설을 읽지 않았다". 몇몇은 아테네의 보수 신문인 《헤스티아Estia》가 보도한 내용을 읽기도 했지만, 철학적 어감과 종교적 열정이 담긴 카잔차키스의 이야기는 그들에게 생경하기만 했다. 《최후의 유혹》은 재판에 나오지도 못한 채로 '부재중'에 유죄 선고를 받은 것이다.

어느 태평한 관찰자의 눈에는 카잔차키스를 질책한 대주교들이 그저 자신들의 일을 한 것으로 보인다. 가톨릭교에서와 마찬가지로 그리스 정교회의 주교는 '에피스코포스episkopos', 즉 '감독'이다. 일반적인 그리스도인들은 자신을 전적으로 보살피지 않기 때문에 이는 결코 사소한 의무가 아니다. 《사도행전Acts》에서 바울은 교회 원로들이 거의

2000년 동안 존속되어 온 그리스도교 공동체의 관리인 역할을 맡았음을 밝힌다. 바울은 에페소 사람들에게 "성령이 그대를 감독하도록 하였네"라고 말한다. 또한 바울은 주교는 신앙인을 이끄는 양치기라고 말하기도 했다. 이런 비유는 복음서와 신학 전체에 걸쳐 이어지는데, 이는 아주 단순하게 계층적이다. 주교들은 더욱 강한 권력과 더불어 더 큰 책임을 진다. 목사들에게도 같은 비유를 적용할 수 있다. '목사'를 뜻하는 영어 단어 'pastor'는 라틴어와 그리스어에서 '양치기'를 뜻한다. 주교와 목사들은 다른 원로들과 함께 '비뚤어진 말을 하는' 다른 주교들을 포함해 바울이 "몹쓸 이리들"이라고 일컬은 자들에게서 양 떼를 지켜야만 한다.

그러니 《최후의 유혹》을 향한 비난이 문제가 되는 이유는 성직자들이 그리스도인들을 지키려 해서가 아니다. 이는 늘 있던 일이다. 문제는 성직자들이 읽지 않은 소설로부터 신앙인들을 지켜 내지 못했다는 점이다. 《최후의 유혹》에 관한 온갖 소름 끼치는 대부분의 이야기는 소설 자체와 용감히 대면한 적 없는 그들에게서 나왔다. 그리스도에 맞서 온갖 '신성 모독'을 행하며 예수의 수난을 왜곡하고 복음서를 조롱한 일은 이런 성직자들이 만들어 낸 것이었다. 그들은 이 지점에서 그리스도교 감독자로서 실패했다. 그리스도인들의 전통적인 비유를 이어 가 보자면, 양치기는 진정한 위협이 양치기 개가 아니라 이리임을 알아야 한다. 성직자들은 《최후의 유혹》을 읽지 않음으로써 그 책이 어느 쪽으로 이빨을 드러내며 어떤 위험성을 지니는지를 알지 못하게 되었다. 그들은 소설가를 규탄함으로써 자신들 머릿속에서 상상되어 내면에 자리 잡은 무시무시한 공포를 인식하기를 거부했다.

나의 몰락

성직자들의 실패를 한 단어로 말하자면 허영, 자만, 오만 혹은 '지나친 긍지'일 것이다. 데이비드 흄이 저서 《인간 본성에 관한 논고》에서 말했듯이 긍지는 아름답거나 좋은 일인 자신의 성취에서 비롯되는 즐거운 감정이다. 아리스토텔레스의 전형적인 이교도적 관점에서 보면 긍지는 심리학적으로나 사회적으로 도움이 되는 태도이다. 시민들이 노력하도록 유도하고 그들의 희생에 따른 보답을 제공하는 것이다. 긍지에 찬 그들은 스스로에게 필요한 행위를 했음에 기뻐한다. 그러나 아리스토텔레스의 표현에 따르면 부당하게 영예를 주장하는 이들은 "어리석으며 그들 자신에 대해 무지하다". 자만심에 관한 그의 묘사는 다소 희극적이다. 거만한 사람들은 거들먹거리면서 "옷뿐만 아니라 표면상의 허세로 자신을 한껏 치장하지만" 그들의 진상은 머지않아 밝혀진다. 자만심은 혼란스러울 뿐만 아니라 부조리하기도 하다.

이런 마음가짐은 그리스인들에게는 악덕 행위였고 온순함을 찬양하는 교회의 신부들에게는 죄가 되었다. 바울은 에페소 사람들에게 그 자신이 "겸손한 마음으로 주를 섬기고 있다"라고 말한다(물론 인류를 구원하는 책임을 지려면 어느 정도 겸손이 필요하다). 바울과 아우구스티누스 같은 신학자들이 보기에 그리스도의 영혼은 오만한 감독자의 영혼 속으로는 들어갈 수 없는 것이다. 이는 학문에도 적용되며 이 점이 특히 중요하다. 1세기 안티오키아의 이그나티우스는 "신께서는 분명히 나의 머릿속을 여러 위대한 생각으로 채워 주셨지만, 나는 자신의 한계에 주의를 기울이며 과시로 인해 나의 몰락이 다가올 수 있음에 두려워한다"라고 적었다. 그리스 정교회 성직자들이 카잔차키스의 소설을 두고 그러했듯이 지식을 거짓으로 암시하는 것은 사악하면서도 헛된 일이었기 때문에 그리스도교 신부들에게는 문학 연구에 관해 떠벌리는 게 충분히 나쁜 행위였다.

그리스도인과 신앙심 없는 사상가들 사이에서는 충돌이 벌어지기도 했지만, 양쪽 모두 공통으로 자만심을 불신했다. 자만심은 탐욕적이며 혼란스럽다. 아리스토텔레스가 생각하기에 자만심에 찬 시민은 자신의 공적을 알리지만 그 공적을 행하는 법이 없다. 신학자들이 볼 때 오만한 그리스도인은 자신의 자선이나 신앙심이 신의 선물임을 알아보지 못한 채 그것들에 기뻐한다. 각각의 경우에서 으스대는 사람은 만족스러운 생각을 지키려고만 하며 진정한 탁월함 앞에서는 두려움을 느끼거나 나약해진다.

자만에 만성적으로 빠질 수도 있다. 허풍쟁이의 자부심이 커지면 망상 역시 불어난다. 이런 허풍쟁이는 바울이 《에베소서Ephesians》에서 마음의 맹목이라 일컬은 병에 걸려 다른 이들의 성공을 자신의 이야기로 윤색하며 스스로의 실패는 외면한다. 그리고 이 두 가지 일을 갈수록 흉포하게 한다. 흄은 "어리석은 자는 스스로 관여하고 이해한 것을 계속해서 기분 좋게 생각하려고 늘 자신보다 더 어리석은 사람을 찾는다"라고 말했다. 그리고 알맞은 바보들을 찾지 못하면 급기야는 만들어 낸다.

이것이 바로 자만하며 읽을 때 혹은 엄밀히 말하면 읽지 '않을' 때 일어나는 일들이다. 그리스 정교회 성직자들은 카잔차키스 문제에 대해서 실수를 저질렀다. 《최후의 유혹》을 잘 알고 있는 척했을 뿐만 아니라 그들의 시선에서 도덕적으로 더욱 옳은 사람과 대조되는 신성 모독자라는 공격해야 할

악마를 만들어 냈기 때문이다. 이런 방식으로 그 성직자들은 자신들이 속한 기관의 허울을 치장했다. 카잔차키스는 자신을 비판한 이들의 도덕성에 이의를 제기하면서 이 사실을 알아차렸다. 그는 "그대들의 양심이 나의 양심만큼 깨끗하기를 기도합니다"라고 적었다.

모든 광신적 종교 집단과 이데올로기에서 자만심으로 인해 비슷한 일이 벌어진다는 사실에는 의심의 여지가 없다. 가장 흔한 실수는 숭배도 초자연주의도 아닌 권위에 대한 필연적인 무지이다. 권위자는 무관해지거나 무력해질지도 모른다는 위협을 느끼기 때문에 자신이 숙달했다는 허세를 부림으로써 체면을 지킨다. 다른 이들 눈에 비치는 자신의 모습을 바꿔서 내보일 뿐만 아니라 상대방이 함축한 것들을 숨기면서 갈등을 단순하게 만든다. 정체성이 미약한 이들에게는 단순한 적이 필요한 법이다. 그러나 공동체를 이끄는 자들이 이런 속임수를 사용한다면 그들 자신이 가장한 명성마저도 위태로워지게 된다. 부주의한 독자는 곧 서투른 양치기인 셈이다.

증오하는 독자들

　신학에서는 상당수의 갈등이 《성서》에 대한 것이기 때문에 문학적 자만 증상을 더욱 쉽게 포착할 수 있다. 아우구스티누스와 아퀴나스 같은 저자들 역시 이런 문제를 다루는 예리한 윤리적 수단들을 제시한다.

　그러나 문학적 허풍은 매우 널리 퍼진 악덕 행위이다. 이른바 '증오 독서'를 고찰해 보자. 많은 사람이 칼럼이나 에세이 혹은 논평을 세세히 읽는다. 이런 글은 대개 이념적인 경쟁자의 작품이다. 그들은 격분하고 비판하게 된다. 불만이나 분노 그 자체는 마땅히 비평을 보완할 수 있기에 문제가 아니다. 그보다는 나태함과 그와 더불어 찾아오는 자아도취가 문제이다. 사람들은 증오 독서를 하면서 명백한 적수를 두고 정신적 안도감을 찾으려 한다. 이는 공개적으로 허풍을 떨면서 이루어진다. 데이비드 흄이 언급했듯이 견해는 공감함으로써 활력과 명백함이 더해진다. 반면 증오하며 읽으면 '나' 자신에 관한 생각만 늘어날 뿐이다. 다른 이들과 연관된 상황에서 격노하거나 조롱하고 공격하는 독자는 결국 그들 자신을 향한 애정을 더욱 강화한다(달리 표현하자면 그렇다). 한 세기 전에는 '황색 저널리즘'이었고 지금은 '낚시성 기사'로 불리는 칼럼들은 이런 기쁨을 제공하고자 쓰였으며, 문자 그대로 그런 독자들을 위한 자만심의 행사이다.

그러나 증오하며 읽는 자들은 자신의 명민함이나 도덕적 올바름을 음미할 자격이 없다. 자만하는 독서는 거품이 있더라도 무미건조하게 느껴질 수밖에 없다. 그런 독서는 글을 그저 존재적인 소품으로 이용할 뿐이다. 으스대는 자들은 스스로 당연시하는 결함들을 위해 칼럼이나 책을 규탄한다. 그들은 얄팍하고 어설프거나 그렇게 보이기 때문에 정확히 그처럼 행동한다. 그리하여 오만한 독자들은 자신들의 자유를 낭비한다. 저자의 노력은 하찮게 여겨진다. 또한 오만한 독자의 여가 역시 어떤 불안정한 우월성을 얻어내는 데 쓰이고 만다. 그렇게 하려면 현실의 무게 아래에서 그 우월함이 부서지지 않도록 저자를 빈정거리거나 위협해야 한다.

여기서 헛된 독서는 기본적인 문학적 약속을 배반한다. 그 약속이란 저자는 자신의 이야기를 자유로이 제공하고 독자는 막힘없이 그 이야기를 해석하는 데 따르는 책임을 받아들이는 것이다. 이런 유대를 맺으면 의구심이 생기거나 분개하거나 흠모하거나 경의를 표하거나 지치거나 피곤해질 수 있다. 따라서 유대 관계를 맺으려면 저자와 독자 모두 근본적으로 헌신해야 한다. 그러나 자만심은 이런 결연을 일종의 이기심을 위해 내던진다. 그리하여 텍스트는 오로지 자아의 벌어지는 이음매를 미봉책으로 가리기 위해서만 존재한다. 성직자들은 자신들의 신학 연구를 개선하는 대신 환영을 좇았다. 비평가들은 적수의 가장 뛰어난 견해를 공부하는 대신 못마땅한 헛기침을 하는 데 오랜 시간을 보냈다. 여러 소극적인 후퇴에서 그렇듯이 증오 독자들은 씩씩거리며 자신들의 좋은 일행을 버리고 떠남으로써 커다란 위험을 감수한다.

가슴은 그 나름의 이유를 품고 있다

자만하는 독서를 극복하려면 겸손이 필요하다. 여기서 겸손이란 어떤 특별한 보호를 구하지 않는 일이다. 존재적으로 벌거벗은 채 자신의 결함과 마주하는 일이다. 그러나 이런 방향으로 간다 해도 여전히 악덕에 빠질 수 있다.

17세기 프랑스 수학자이자 철학자인 블레즈 파스칼을 예로 들어 보자. 언뜻 보기에 파스칼은 겸손이라는 덕목의 정반대 편에 서 있는 것처럼 보인다. 르네 데카르트와 피에르 드 페르마를 포함한 당대의 몇몇 위대한 학자와 서신을 주고받으며 그는 지성에 대해 확신에 차 있었으며 자신의 인지 능력을 의심하지 않았다. 파스칼은 스스로를 현명하다고 생각하는 어리석은 자들에게 연민을 느꼈다. 그는 자신의 저작 《팡세$_{Pensées}$》에서 누군가가 다리를 전다고 하면 아무렇지도 않은데 무능력한 정신을 보면 기분이 상하게 되는 이유를 묻는다. 그리고 "다리를 저는 사람은 우리가 똑바로 걷고 있음을 알지만 무능력한 정신은 도리어 우리가 무능력하다고 말하기 때문"이라고 답한다. 파스칼에게 엄격한 이성을 포기하는 일은 인간의 고유한 능력을 낭비하는 것이나 마찬가지였다.

파스칼은 인간의 지적 능력은 확률과 진공에 대한 자신의 선구적인 연구를 포함한 우주의 법칙과 사실들을 더욱 잘 이해하도록 신성하게 주어진 것이라고 믿었다. 그는 "인간은 자연에서 가장 나약한 한 줄기 갈대에 지나지 않지만, 생각하는 갈대이다"라는 유명한 말을 남겼다. 성찰은 인간의 조건을 밝히는 데도 필수적이다. 파스칼은 우리는 일상생활에서 지루함과 고통에서 계속해서 도피한다고 주장했다. 그는 "우리는 끊임없이 주의를 전환하며 시간을 보내다가 어느 사이엔가 죽음에 이른다"라고 적었다. 또한 인간은 무의미하고 기계적인 우주 가운데에서 죽음을 피할 수 없다는 사실과 머지않아 자신이 절멸할 것임을 인식하는 일에서 언제나 도망치고 있다고 말했다. 돈, 명성, 욕망 같은 것으로 주의를 전환한 뒤 공허하고 생기 없는 우주가 자신을 감싸기를 기다린다. 파스칼은 "사방에서 나를 하나의 원자처럼 혹은 짧은 순간 비치는 그림자처럼 에워싸고 있는 무한성만이 보인다"라고 고백했다.

그러나 그는 자신의 사상에 이성을 마련할 곳을 두려고 신앙을 버리는 계몽주의 사상가가 아니었다. 그와 반대로 파스칼은 열렬하고 엄격한 그리스도인으로서 만년 대부분을 《팡세》를 포함한 신학적 논의에 헌신했다. 그는 체계적으로 연구하며 철학적으로 분석함으로써 우주적 무관심에 대한 진실을 깨닫게 되었지만, 연구와 분석만으로는 그 진실에 대처할 수 없었다. 계속 나아가려면 희망이 필요했다. 그리하여 이성이 실패한 자리를 신앙이 장악했다. 파스칼은 "가슴은 이성이 알지 못하는 그 나름의 이유를 품고 있다"라고 적었다. 또한 일반적인 학문으로는 자연의 우주를 추정하는 데 실패할 수밖에 없으며 초자연성을 추정하는 일은 불가능하다고 주장했다. 지성은 자신의 한계를 알고 그 안에서 대담하게 생각할 때 최상의 상태에 도달하지만, 그 이상으로는 나아가지 못한다.

이런 겸손은 파스칼이 《성서》를 읽는 방식에서 두드러지는 특징이다. 아우구스티누스와 마찬가지로 파스칼 역시 중요한 것은 기독교적 사랑임을 믿었다. 다시 말해 《성서》

를 읽으면 독자는 신을 사랑하게 되어야 한다. 그리고 만약 《성서》 속의 구절들이 그런 성향에서 벗어나 있다면 선한 그리스도인은 "모든 모순이 조화롭게 양립되도록 해야 한다". 예를 들어 《출애굽기Exodus》에서는 메시아가 그의 백성들을 약속된 땅으로 데려감을 약속하는데 이는 하나의 비유로, 실제로는 그리스도가 신의 왕국을 모두에게 내준다는 뜻이다. 파스칼은 "세속적인 유대인들"이 자신들의 《성서》를 너무나도 문자 그대로 읽었다고 말한다. 암호를 해독할 단서를 주는 일은 예수와 바울에게 달려 있었다.

"진실인 하느님의 말은 문자 속에서는 거짓이 되지만 영혼 속에서는 진실이다."

이를 다르게 말하면 학문의 역할은 《성서》의 어떤 부분도 왜곡하지 않고 《성서》가 지닌 영원한 진리를 보여 주는 것이다. 증거를 찾으려면 의심이 아닌 생각을 해야 한다. 무슨 일이 일어나든 《성서》는 '언제나' 옳다.

파스칼 역시 그 시대를 살아가는 한 사람이었다. 그는 자유사상가들 및 의혹을 품은 이들과 함께 연구했지만, 그들 중 상당수는 그저 세속적인 그리스도인이었다. 그들은 성직자들과 《성서》의 계명들을 문제 삼았으나 신앙심 자체에 관해서는 이견을 말하지 않았다. 심지어 한 세기 뒤 프랑스 교회의 불공정함과 실수에 관해 열변을 토하던 볼테르마저도

이신론자였다. 볼테르가 믿는 신은 이성의 신이었다. 그에게는 기적적인 아들은 없지만 그의 신도 여전히 신이었다. 그 시대에는 신성이 참되고 올바르며 타당했고, 사고와 숭배 사이에서 두드러지는 갈등이 없었다. 대부분의 17세기 무신론은 신의 존재를 믿지 않는 생각을 잘 발전시킨 결과물이라기보다는 단순한 비방에 가까웠다. 이처럼 느슨한 분위기 속에서 파스칼은 얀센파의 그리스도교를 열렬하게 지지했다. 얀센파는 깊이 참회하면서 아우구스티누스적 순수한 신앙을 믿는 이들이었다. 그들은 인류가 완전히 타락했다고 주장했으며 오로지 신의 은총만이 인간을 구원할 것이라고 말했다. 인간은 자유롭게 악해질 수 있지만 자유롭게 선해질 수는 없다. 그들이 성찬식에 참석하려면 주님 앞에서 매우 경건하고 유순한 삶을 살아야만 했다(개신교에서와 마찬가지로 이런 행동으로 하느님의 계획이 바뀌지는 않는다. 이는 단지 몇몇 영혼이 지옥에 가지 않을 것임을 암시한다). 파스칼은 《팡세》에 다음과 같이 적었다.

"단순한 이들이 언쟁을 벌이지 않고 믿는다는 사실에 놀라지 말라. 하느님은 그들이 하느님을 사랑하고 그들 자신을 싫어하게 하셨다. 하느님이 그들의 마음을 믿음 쪽으로 기울이신다."

파스칼은 부유하고 박식한 대다수 동료보다 심각한 어조

로 말했지만, 그가 《성서》를 매우 독특하게 해석한 것은 아니었다. 그는 신앙의 시대에 강압적인 예배 공동체에 속해 있었을 뿐이다.

파스칼의 정신과 추진력은 희귀한 편이었다. 어린 시절 영재이던 그는 과학자이자 수학자로서 뛰어난 재능을 보였기에 그리스도교 《성서》의 절대 진리를 받아들일 필요가 없었다. 믿음과 미덕을 겸비하고 회의적인 태도를 보일 수도 있었지만, 그는 《성서》와 마주하고서는 그 모든 것에 그저 동의했다.

무너진 이들

프리드리히 니체는 파스칼이라는 저자에게 애정을 가졌지만 동시에 파스칼이 독서한 방식의 문제점을 진단하기도 했다. 이 독일 철학자는 파스칼을 피상적이며 위선적인 동료 비평가로 여겼다. 니체는 《인간적인, 너무나 인간적인 Menschliches, Allzumenschliches》에 "서두르는 일은 보편적인데 모두가 자기 자신에게서 도피하고 있기 때문이다"라고 적었는데, 여기서 그는 파스칼이 즐겨 다룬 화제를 반복하고 있었다. 그것은 바로 현실에서의 무의미한 탈출로서의 노동이다. 니체는 "개미처럼 일하는" 대신 기꺼이 멈추어서서 성찰하는 파스칼에게 찬사를 보냈다.

니체는 또한 이 프랑스 사상가를 종교적 규율이 낳은 하나의 전형으로 여기기도 했다. 교회는 파스칼이나 데카르트처럼 그곳에 속한 가장 뛰어난 정신들이 지성에 대해 엄격하게 행하도록 강요했다. 이런 결과는 니체에게는 일종의 정신적 체조와도 같았다. 이는 곧 가혹하게 훈련된 정신들의 "유연한 대담함"이었다. 목사의 아들로 태어난 니체는 종교적 열정과 고전적 주입식 교육이 선사한 지식을 개인적으로 접해 왔기에 권위가 새로운 지력을 일구어 내는 한 그런 권위에 복종한 자들을 존경했다.

그러나 니체는 《성서》를 유순하게 대한 파스칼의 모습에는 아연실색했다. 그는 이런 겸손이 그 겸손 외에는 자랑스러운 정신을 망가뜨린다고 여겼다. 니체는 만년에 노트에 "파스칼과 같은 이들을 무너지게 한 그리스도교를 결코 용서하지 말아야 한다"라고 적기도 했다. 니체에게 그리스도교는 사상에 미치는 새로운 힘을 제공하는 종교였으며 전성기를 보내는 위대한 이들을 물어뜯는다는 점에서는 뱀파이어와도 같았다. 그리스도교는 겸손과 비겁함뿐만 아니라 본능과 기쁨에 대한 부끄러움, 그 자신의 업적에서의 도피 등을 포함한 인류에 대한 새로운 이상을 제공함으로써 그런 일을 가능하게 했다. 그리스도교는 가장 강렬한 영혼들, 즉 누구보다 존재론적인 야심이 크고 흔쾌히 행복을 희생할 사람들을 유혹했다. 그들의 약하고 지친 순간들은 신앙심을 거치며 최상의 모습이 되었다. 니체는 이와 관련해 다음과 같이 말했다.

"그리스도교는 그 작용이 등을 돌려 자신에게 향하기 전까지 …… 고결한 능력을 독으로 만들고 병들게 하는 법을 알고 있다."

파스칼은 지독한 건강 문제 때문에 이런 영향을 더욱 크게 받았다. 그는 평생 나약했고 통증과 메스꺼움, 그리고 다른 만성적 질병들에 시달렸으며 그에 얽힌 장황한 사연도 지니고 있었다. 이는 부분적으로는 어린 시절의 영양실조에서 야기되었을지도 모른다. 건강 문제는 외로움에서도 비롯됐다. 이미 기운이 없던 파스칼은 아버지가 죽고 누나가 포르루아얄 수도원으로 떠나자 비애에 잠기게 되었다. 그는 일상적으로 으스대면서도 기진맥진한 권태감에 빠지기도 하고 그 두 상태 사이에 불안정하게 머물렀지만, 질병과 고독은 그의 열정을 오히려 고조시켰다. 만년에 중병에 걸린 파스칼은 세상 역시 자신과 마찬가지로 병이 들었다고 생각했다. 그는 병에 걸리면서 평온을 찾았는데 이는 아우구스티누스가 권한 비현실성으로 이룬 것이었다. 아우구스티누스에 따르면 선한 그리스도인은 스스로 소외감을 느끼며 병들게 됨으로써 '일종의 영혼의 죽음'에 이른다. 그런 다음 하느님을 찾고 하느님께 자신을 온전히 바치게 된다. 아우구스티누스는 《그리스도교 교양On Christian Teaching》에 "우리는 세상에서 죽는 것을 보고 그 안에서 사는 것은 보지 못한다"라고 적었다. 파스칼은 행복하고자 평범한 삶을 거부해야 했으며 그렇게 얻은 행복으로 주님에게 굴복했다.

지적 능력이 뛰어나고 자존심이 강하던 파스칼은 겸손해졌다. 이 프랑스 학자는 "우주 가운데 섬뜩한 공간들"을 마주해 나가는 대신 복음에 매달렸다. 파스칼의 분석적인 사고는 세속적인 허영에 대한 케케묵은 생각이 적힌 종이를 모두 갈기갈기 찢었지만 《성서》만은 온전하게 그대로 두었다. 그는 "성체와 같은 것들을 믿지 않는 어리석음을 어찌 미워하겠는가", "만약 복음서가 진실이라면, 예수 그리스도가 하느님이라면, 무엇이 곤란하다는 말인가?"라고 적었다. 이는 신앙인으로서는 타당한 의견이지만 무해한 '만약'이라는 가정이 철저한 검토 없이 남겨져 있을 때만 나올 수 있는 말이다. 파스칼은 《성서》는 당연히 진실하다고 생각했으며 아무 의심 없이 《성서》를 읽곤 했다. 예를 들어 그는 《출애굽기》를 단순히 역사적 기록물로 보았으며 평소의 경향과는 달리 순진하게도 그저 예언들의 가치나 기적들의 진정성을 증명하고자 했다. "어째서 성 경험이 없는 처녀가 아이를 낳을 수 없는가? 암탉은 수탉 없이 알을 낳지 않는가?" 등의 질문으로 파스칼은 학자 도널드 애덤슨이 "자연 과학자 혹은 역사학자 어디에도 어울리지 않는 정도의 맹신"이라고 일컬은 모습을 보였다. 니체가 보기에 파스칼이 지닌 더욱 심각한 문제는 그가 형이상학적 보상을 갈망했다는 점이다. 파스칼은 시공간의 공허한 무한성 뒤에 자리한 신성한 의미의 보장을 열망했다. 니체는 〈방랑자와 그의 그림자 The Wanderer and His Shadow〉에서 자랑스러운 마음은 "개미가 좋은 개미가 되는 데 필요한 것 이상으로" 확신을 필요로 하지 않는다고 말했다.

요점은 그리스도교의 《성서》가 '반드시' 틀렸다는 뜻이 아니다. 대단히 총명한 파스칼조차 질문하기를 포기했다는 사실이 중요하다. 그는 지치거나 격분해 질문하기를 포기한 게 아니라 겸손하기에 그만둔 것이다. 니체가 표현했듯이, 예수 그리스도의 교리는 "자랑스러운 자신감을 불안하며 꺼림칙한 의식으로" 바꾸어 놓았다.

니체가 보기에 파스칼은 아리스토텔레스가 "지나치게 내성적"이라고 묘사한 소심함을 지닌 탓에 스스로 희생된 자이다. 자만하는 자는 다른 이들의 업적을 가로채지만 소심한 자는 성공을 피하고 영광을 부인한다. 아리스토텔레스는 이처럼 매우 겸손한 사람을 두고 "속이 좁다"라고 말했다. 이 그리스 철학자는 흥미롭게도 이런 '속이 좁은' 악덕이 오만보다도 더 좋지 않다고 주장했다. 아리스토텔레스는 겸손이라는 악덕이 '평민'의 자질이며 위대한 대상들을 향한 적은 관심을 암시한다고 적었다. 이런 생각은 부분적으로는 평범한 신중함을 향한 아리스토텔레스의 귀족적인 멸시이다. 그러나 자신들의 기량을 발휘하는 데 실패한 시민들은 합리적으로 이런 경계심을 지니게 되었다. 용기가 없는 이들은 더욱 위대한 일을 뛰어나게 행하리라는 신뢰를 얻지 못했다.

그로부터 1000여 년이 흐른 뒤 신학자 토마스 아퀴나스는 아리스토텔레스의 극단적인 겸손함에 관한 묘사를 이어 나갔다. 그는 자신의 저서 《신학 대전》에 겸손은 "자연의 법칙에 정반대된다"라고 적었다. 모든 생명체는 동물이든 식물이든 능력을 최대한 활용하고자 분투한다. 용기 없는 자들만이 신이 내린 임무를 꺼린다. 아퀴나스, 아리스토텔레스, 니체는 신이 내린 임무가 무엇인지에 관해 상반되는 의견을 가지고 있었다. 아퀴나스의 경건한 야망은 그리스의 귀족이나 독일의 '적그리스도'와는 동떨어져 있었다. 그러나 그들 사이에서도 이처럼 나약할 정도의 겸손함에 대해서는 의견이 일치했다. 그런 겸손은 곧 겸손에 대한 잘못된 생각 탓에 잠재력을 실현하는 데 실패하는 태도였다.

파스칼은 재능이 있음에도 너무나 심약하게 책을 읽었다. 그는 속세의 우상들에게 맹렬하게 맞섰으며 물리적이고 수학적인 법칙들을 정밀하게 분석했다. 니체는 파스칼을 흔한 착각으로부터 거리를 둘 줄 아는 "위대한 윤리학자들" 중 한 명이라고 말했다. 그러나 파스칼은 《성서》에 관해서는 그 특유의 비판적인 시선을 잃고 말았다. 그는 맹신으로 작아지고 공손해졌으며 두 다리가 묶이고 말았다. 파스칼은 자만심을 극복했지만 겸손의 측면에서는 실수를 범했다.

《요한 계시록》의 편집

잘 읽으려면 긍지를 가져야만 한다. 오만이나 자만심이 아니라 작품에 경의를 표하는 겸손에 방해받지 않는 세심하고 비판적인 지적 능력이 필요하다.

긍지에 찬 독서의 좋은 예는 앨프리드 화이트헤드에게서 찾아볼 수 있다. 파스칼과 마찬가지로 철학자이자 수학자이던 화이트헤드는 인간성을 세심하게 분석했다. 19세기 중반에 태어난 그는 소년 시절 그리스어로 《성서》를 읽었으며 대화에서 구절들을 자연스럽게 인용했다. 그러나 파스칼이 보수적인 반면, 화이트헤드는 스스럼없이 행동했다.

화이트헤드는 《관념의 모험Adventures of Ideas》에서 《신약 성서》에 수정이 필요함을 시사했다. 그는 5세기 아테네에서 페리클레스가 행한 추도사야말로 《신약 성서》의 더 나은 결말이 될 것이라고 주장했다. 페리클레스의 연설이 기록된 투키디데스의 《펠로폰네소스 전쟁사History of the Peloponnesian War》는 아테네와 스파르타, 그리고 그 동맹국들 사이의 맹렬한 충돌을 자세히 다루었다. 전쟁 첫해 말에 이루어진 페리클레스의 추도 연설은 아테네라는 도시에 바치는 헌사이기도 했다. 이 연설은 사도 요한의 대재앙적 경고 대신 관용을 찬양했다. 페리클레스는 아테네를 "그리스의 도야(陶冶)"라고 부르면서 지적이고 예술적이며 자유로운 분위기의 아테네에 찬사를 보냈다. 그는 "이웃이 자신만의 방식을 향유한다면 우리는 그들 때문에 초조해하거나 얼굴을 찌푸리는 일도 …… 없을 것이다"라고 말했다. 투키디데스가 추도 연설을 다룬 방식과 마찬가지로 페리클레스 역시 아테네를 이상화하고 있다는 점은 의심의 여지가 없다. 그러나 그가 말한 이상 자체는 놀랍다. 그는 형벌 대신 화합을 제안한다.

화이트헤드의 눈에 《성서》는 "그는 다른 이들이 자신을 받아들이도록 할 것이다"라는 세련되지 않은 물리력에 관한 논의로 끝을 맺기에 이런 메시지가 결핍되어 보였다. 하느님은 아름다운 진리를 밝혀내지도 논리로 설득하지도 않으며 영원한 고문으로 위협할 뿐이다("누구든지 생명책에 기록되지 못한 자는 불의 호수에 던져지더라"). 페리클레스는 자유와 통합, 예술과 정치, 육체적 노력과 지적 노력 사이의 균형을 찬미했으며, 아테네를 본보기로 내세운 것은 강압이 아닌 경쟁을 위한 것이었다. 화이트헤드는 이를 "아름다운 직물로 자신을 짜는 행위"라고 묘사했다. 파스칼이 《성서》에 굴복함으로써 《성서》를 읽는 시야를 얻게 되었다면 화이트헤드는 투키디데스의 구절들 속에서 어느 부름을 보았다. 그 이야기는 제멋대로 구는 이교도들을 향한 위협이 아닌 자유로운 그리스인들을 향한 호소였다.

화이트헤드의 《성서》를 편집하자는 제안은 오만하게 보일 수 있으며 신앙심을 아래로 보는 세속적인 철학자의 간섭으로 여겨질 수 있다. 그러나 화이트헤드는 종교를 존중했다. 그는 종교적인 관점이 문명에 필수적이라고 믿었기에 《성서》를 비판적으로 읽었으며 《성서》는 이런 그의 시야에서 어긋나곤 했다.

술만큼 나쁜

화이트헤드의 신념에 대해 알면 그의 비전통적인 독서 방식을 더 쉽게 이해할 수 있다. 그의 주장은 정교했지만 "어떤 사실도 그 자체로만 존재하는 것은 아니다"라는 문구는 화이트헤드의 철학을 이해하는 데 도움이 되는 명구이다. 그의 요점은 사실이나 허구, 진실이나 거짓과 같은 것들이 존재하지 않는다는 뜻이 아니다. 대신 화이트헤드는 무엇이든 더욱 넓고 깊이 뒤섞인 것들에 속해 있음에 주목했다. 여기에서 '것들'이라는 단어에는 오해의 소지가 있다. 이는 가스나 공허의 바다 위를 떠다니는 물질들로 이루어진 작은 섬들을 시사한다. 그러나 화이트헤드의 주장에 따르면 모든 것은 실제로는 어떤 과정으로서 시간과 공간 속에서(또한 시간과 공간으로서) 서로에게 다가간다. 화이트헤드는 존재를 이루는 기본적인 요소를 "활동"이라는 단어로 칭했다. 그리하여 자연은 "활동들의 상호 관계가 상영되는 극장"이 된다. 이런 관점에서 보면 어떤 것은 단순히 존재하지 않는다. 그것은 '일어나는' 일이고, 앞뒤로 오고 가며 생기는 거품에서 발생하며, 그 거품 속으로 다시 뛰어든다. 우리 일상 속 대다수의 대상은 이런 방식으로 한데 모이는 과정들로 이루어진 "사회들"이다.

화이트헤드에게는 인간들 역시 '사회들'이다. 그러나 인간은 자신이 거품과 물보라 사이에서 솟아 나왔음을 잊는다. 우리는 데이비드 흄과 마찬가지로 화이트헤드가 "분명하고 뚜렷한 감각적 경험"이라고 부르는 것에만 집중하곤 한다. 그것들에는 여기의 빛과 색, 저기의 소리, 여기의 촉감이 포함된다. 이는 말 그대로 피상적이며 거품이 이는 가장 깊은 부분 대신 세상의 감각적인 표면에 관련된 것이다. 우리는 그처럼 집중하는 능력으로 명확성을 잘못 인식하게 된다. 세상은 서로를 절대 건드리지 않는 정돈된 공간 영역으로 나뉘어 있는 것처럼 '보인다'. 인간은 이런 방식으로 시간 역시 이해하게 된다. 하루는 째깍거리는 소리의 일련이고 이런 나날은 서로 이어지는 법이 없다. 평범한 삶에는 상식적인 소박함이 깃들어 있다. 이는 홀로 동떨어져 있는 정돈된 것들로 이루어진 우주이다.

화이트헤드에게 문제는 이와 같은 세계관이 믿을 수 없을 정도로 단순해서 문명의 진보를 더디게 한다는 것이었다. 모든 것을 작은 원자로 취급함으로써 우리는 교조적 상태가 된다. 인간은 어떤 '것들'로 여겨진다. 여기서 '것들'은 기껏해야 동떨어져 있는 사실들이 되거나 최악의 경우에는 사용되거나 교환될 도구 혹은 물자가 된다. 공동체들은 개인을 위해 무시되고 과거와 미래는 현재를 위해 무시된다. 화이트헤드의 말에 따르면 우리는 전문적 지식을 지녔음에도 "웅장하거나 지긋지긋하며 방대한 대안들을 느끼는 감각"을 잃고 "배경에 숨어서는 작고 안전한 전통들을 압도하고자 기다린다". 화이트헤드는 종교가 이런 막대한 것과 계속해서 접촉하게 하는 충동이라고 주장했다.

독서를 하려면 이런 깊이와 폭을 반드시 인식해야 한다. 발음되는 언어는 그 자체가 피상적인데, 소란스러운 상황에서 들은 후 기억에 남는 도드라지는 소리라는 점에서 그렇다. 우리는 그런 소리들을 통해 아이디어를 떠올리고, 다듬고, 반박하고, 감정을 전달하고, 지각을 기록한다. 그러나 화이트헤드가 보기에 발화는 언제나 특정한 시공간에 속하며 존재에 복잡하게 뒤얽혀 있다. 그가 표현했듯이 발화 속 단어들은 "즉각적인 사회적 소통에 발을 담그고 있다". 목소리는 본능적이며 몸이 활동에 관여하고 있음을 일깨워 준다. 화이트헤드는 애정을 품은 저자인 플라톤의 의견을 반복하면서 글로 적힌 이야기들이 이런 풍부한 배경에서 떨어져 나오게 된다고 주장했다.

그러니 그리스도교의 《성서》는 다른 글과 마찬가지로 감각적 세상에서 쉽게 이동할 수 있는 조각이다. 이 조각은 특정한 시공간에 가장 잘 어울리지만 옮겨질 수도 있다. 독자들은 《성서》가 지닌 삶의 조각들로 자신이 분열되었음을 잊게 된다. 그러니 파스칼이 영원한 진리로 여긴《요한 계시록 Revelation》은 사실상 화이트헤드의 표현을 빌리자면 "주변 환경에서 눈을 떼어 다른 곳에 몰두하게 하는" 것이다.《요한 계시록》의 진리와 그 거짓을 더욱 잘 해석하려면 역사와 철학에 대한 비판적 시선을 지니고 있어야 한다.

그런 시선은 어떻게 얻을 수 있을까? 단순히 특별한 재능을 지닌 것만으로는 부족하다. 화이트헤드는 〈대학과 그 기능Universities and Their Function〉에서 "주변 사회의 업적에 대한 자부심에서 비롯된 자부심"을 높이 평가했다. 그의 요점은 문명화된 의심과 지적 정확성은 결코 혼자서 얻을 수 없다는 것이다. 자부심을 지닌 독자는 영리함뿐만 아니라 성찰과 사색을 뒷받침하는 전통, 즉 우리가 책을 읽는 매 순간 투자하는 유산에서 기쁨을 얻는다. 텍스트와 마찬가지로 독자에게도 역사가 있다.

이런 관점에서 보면 파스칼은 그의 시대에 속한 사람이었으며, 새로운 사상을 펼치는 데 실패한 사람이 아니라 17세기의 인습 타파주의자로 여겨야 마땅하다. 우리는 파스칼이 범한 실수를 맹렬하게 공격할 필요는 없으며 그저 그 실수들을 피하려고 노력하면 된다. 그는 심리학과 물리학에서만큼 독립적이고 회의적인 태도로《성서》를 읽지 않았으며, 무한성을 다룰 때면 움찔거렸다. 파스칼은 글의 신성시되는 완전함에 머리를 조아리며 그 글을 사실에 의거한 구체적인 것으로 여기지 않아야 한다는 품위 있는 경고를 남겼다. 화이트헤드의 관점에서 볼 때 파스칼과 같은 방식의 독서는 실제로 종교관을 한정하고 지나치게 확고하게 함으로써 종교를 무력하게 만든다. 《성서》가 문명화된 삶에 크게 기여하도록 하려면 문자 그대로 복종하는 태도가 아닌 호기심 어린 존중의 시선으로 《성서》를 바라보아야 한다.

그러니 화이트헤드가 《성서》를 향해 보인 태도는 자만심이 아닌 일종의 긍지였다. 그는 《성서》를 여러 언어로 세심하게 읽었으며 아우구스티누스, 아퀴나스, 루터와 같은 신학자들의 견해도 잘 알고 있었다. 화이트헤드는 우주에 대한 자신의 좁은 관점을 예리하게 인식하고 있었으며 우리 인식 너머의 가능성이 늘 존재함을 상기시켜 주는 《성서》의 "무한의 암시"를 숭배했다. 그는 자신의 재능이나 노력 이상의 계시를 주장하지는 않았으나 자신의 탐구적 지성이나 풍부한 상상력을 포기하지 않았다. 1919년 그는 학생들에게 다음과 같이 말했다.

"인쇄된 글을 생각 없이 그저 열망하지 마세요. 술만큼이나 나쁜 일입니다."

신의 관점은 없다

자만심과 독선은 종교적 교리나 소설에만 국한되지 않는다. 이런 악덕은 비평과 전문가의 견해를 포함해 그 외의 글에서도 드러난다. 매우 보수적인 그리스도인들이 있다면 한편으로는 J. R. R. 톨킨의 광팬도 있다. 이런 광팬들은 톨킨의 저작에 나오는 허구의 공간인 '가운데 땅Middle Earth'과 그곳의 옹졸한 중산층 구원자들의 보수적이고 향수 어린 기풍을 알아채지 못한다. 소설가 마이클 무어콕은 이 작품을 두고 "서사시인 체하는 《곰돌이 푸》"라고 일컬었다. 이런 광팬이 있다면 고상한 체하는 속물도 있다. 이런 속물들은 톨킨의 《실마릴리온The Silmarillion》에 포함된 복잡한 요소들을 남학생의 판타지로 치부하고 그 이면의 학식을 잊는다. 에밀리 브론테나 어니스트 헤밍웨이의 소설들, 그리고 플라톤의 대화편도 마찬가지이다. 각각의 작품에는 오만한 대적자들과 겸손한 시종들이 있다. 누군가가 신이나 영웅, 이상향, 위안을 주는 어떤 이야기의 절정을 향해 사랑을 내보인다면 같은 정도로 다른 이들은 그 대상을 존중하거나 부정하게 된다.

긍지를 높이려면 좋아하는 작품이나 저자들을 의문을 품은 채로 바라보아야 한다. 책에 낙서를 해 봐도 도움이 될 것이다. 작가 팀 팍스는 책의 여백에 써넣는 글들이 존중되어 온 신성함의 주문을 깨뜨린다고 주장했다. 그는 다음과 같이 말했다.

"텍스트 위에서 잠시 펜을 멈추어 세우는 일에는 포식자 같고 때로 잔혹하기까지 한 감각이 따라온다. 펜은 들판 위를 날아가는 매처럼 어느 취약한 부분을 찾고 있다가 급강하해 날카로운 펜촉으로 희생물을 찌르는 기쁨을 느낀다."

비록 마지막 단계는 포식보다는 침해에 가깝지만, 팍스의 비유는 텍스트를 물어뜯고 증오하는 행위를 암시한다. 이는 페이지들이 내보이는 티끌 하나 없는 성스러운 기운을 훼손하는 일이다.

여기서 요점은 긍지에 찬 독자들이 작품의 가치를 깎아내리는 사람들이나 옹호하는 자들과 친밀해지면서 전통적인 논의 가운데 자신들의 역할을 잘 알게 된다는 것이다. 재해석과 재창조가 필요한 고전 작품의 경우 더욱 그러하다. 이탈로 칼비노가 표현했듯이 "이전 독서의 흔적을 지닌 채로 전해져 내려와서는 책 스스로가 남긴 흔적을 일깨우는 책들이" 있다. 열정적으로 플라톤 철학을 신봉하는 이는 화이트헤드의《사고의 양태》와 마사 누스바움의《연약한 선The Fragility of Goodness》을 곁에 두고 플라톤의《국가》를 연구할지도 모른다. 화이트헤드는 플라톤의 사색적 대담성을 옹호하지만, 누스바움은 그 철학자의 확실성과 제어를 향한 갈망을 경계한다. 카잔차키스의 어느 추종자는 시몬 드 보부아르의 《제2의 성The Second Sex》을 곁에 두고 카잔차키스가 여성을 성과 죽음, 가정의 부차적인 상징물로 격하하는 성향을 면밀히 살피면서《최후의 유혹》을 읽을지도 모른다. 이는 곧 카잔차키스를 꼼꼼하게 해석한 피터 비엔이 "그렇지 않았더라면 폭넓고 분명했을 시야 속 맹점"이라고 일컬은 지점이다. 우리는 저마다 책에 대한 과거의 반응을 토대로 독서하고 미래의 답변이 자라날 토양을 일군다.

다시 말하자면 이런 행위는 플라톤, 카잔차키스, 파스칼 또는 다른 저자들에 대한 최종 판단을 내리지 않는 일이다. 최종 판단은 애초에 존재하지 않는다. 이런 논쟁은 단순히 비평가의 자부심, 즉 텍스트를 신성한 유물이나 오류가 없는 계율로 만드는 대신 텍스트가 지닌 최상의 면을 인정하려는 의지다.

역설적이게도 이런 자부심은 빈약함과 무상함을 인식함으로써 생겨난다. 화이트헤드가 볼 때 우리는 역동적인 전체의 작은 일부분으로 막대한 우주 가운데에서 에너지가 만나는 짧은 지점들일 뿐이다. 독자는 문학 작품에서 오류가 일어날 수 있다고 여김으로써 자신의 오류, 모호함, 부침을 인식하게 된다. 우리는 자랑스레 신성시되거나 세속적인 글들을 숙고해 본다. 왜냐하면 우리는 신의 관점으로 볼 수 없으며, 완벽함의 선언에는 언제나 결함이 있기 때문이다. 독자는 자신의 초라한 유한성에 관해 생각할 때 즐거운 마음으로 긍지를 품게 된다.

자제

흐트러지려는 욕구

어떤 밤에는 한숨 섞인 공기가 주위를 감돈다. 하루 동안 쌓인 긴장이 가슴에서 천천히 내뱉어진다. 따분한 일들을 모두 마쳤는지 확인하고 신발을 벗어 던지며 소파에 등을 편히 기댄다. 학교에 다니는 아이와 유치원에 다니는 아이가 돌아가면서 코를 곤다. 나의 아내 루스도 잠들어 있다. 손에는 셜리 해저드의 《거대한 불꽃The Great Fire》이 여전히 쥐여 있다. 나는 고독에 잠기면서 차가운 맥주 한잔과도 같은 소설책을 집어 든다. 《스타 트렉》이다. 태블릿 피시를 두드리며 책을 읽어 내려간다.

"윌 라이커는 …… 실험실 중앙 관측대에서 몇 미터 떨어진 곳에서 자유 낙하 도중에 부유했다."

나의 의식 역시 그보다는 잠잠하게 이 새로운 세계로 흘

러들어 갔다.

그러나 이 세계는 나에게 새로운 것이 아니었다. 거의 30년 동안 나는 텔레비전, 영화, 산문에서 라이커를 따라다녔다. 《붉은 왕The Red King》이라는 이 소설은 24세기를 배경으로 새로운 승무원들 및 우주선과 함께하는 어느 일등 항해사를 묘사한 것이다. 이야기에서 그려지는 우주는 편안할 정도로 친근하다. 나는 완만하게 펼쳐지는 줄거리를 따라가며 중립적인 마음가짐으로 소설에 차분하게 빠져들었다. 이윽고 나는 잠의 세상으로 향하지 않고 《붉은 왕》의 마지막 줄("시작하라")을 읽자마자 시리즈 다음 권을 향해 떠났다. 이런 과정은 선택이라기보다는 버릇이나 집착에 가까웠다. 나는 속편을 구하기 전에 철학적으로 심사숙고하지 않으려 했다. 이를테면 《스타 트렉》에 나오는 명령의 심리 작용, 우주 탐사에 관한 정치적 견해들, 우주 생물학의 미적 특질 등을 생각하지 않으려 했다. 이 독서는 안락한 소비였으며 눈을 뗄 수 없도록 즐거웠다.

《스타 트렉》 시리즈는 독자가 쉬지 않고 이야기에 사로잡히도록 함으로써 댄 브라운이 실패한 지점에서 성공을 거두었다. 윌 라이커와 진보적 다원주의 승무원들의 도움에 힘입어 나는 느긋하리만치 멍해졌다. 몇 년 후에는 《붉은 왕》의 줄거리를 기억조차 하지 못했다. 전조가 되는 짧고 과장된 광고("그의 승무원들은 자신들이 발견한 것의 과학적·철학적 함의를 놓고 고심했다")를 읽은 후에도 한동안 멍한 상태가 계속되었다. 심지어는 책을 읽은 후에 드는 기분마저도 보통 때와는 달라서 의아했다. 대개 소설을 읽고 나면 그 분위기가 계속해서 주위를 감돈다. 데버라 레비의 놀라운 심리 소설 《헤엄치는 집Swimming Home》이나 느긋한 P. G. 우드하우스의 지브스 시리즈가 그랬다. 그런데 《붉은 왕》과 그 속편들을 읽고 나서는 어떤 여운도 남지 않았다. 많은 시간과 돈을 할애했지만 그 소설들은 나의 기억에 구멍만 남겼다.

나의 태블릿 피시 보관소에 저장된 소설 가운데 3분의 1 이상이 《스타 트렉》 시리즈이다. 나는 이 시리즈 전체를 여덟 달에 걸쳐 구입했는데 한 번 읽고 나면 대부분 파일을 삭제했다. 범죄자가 현장을 깨끗하게 치우고 정돈하려는 행동과 비슷했다. 《스타 트렉》을 읽는 일이 '범죄'가 된 이유는 소설의 장르가 아닌 나의 독서 방식에 있다. 속편을 사고 또 사면서 홍차를 마시는 순간에도 책을 덮지 않던 나는 중독이 되었다고 느꼈으며, 스스로 보기에도 이런 습관은 흉했기 때문이다.

대식가들

내가 스스로를 혐오스럽게 느낀 것은 아리스토텔레스가 '아콜라시아_{akolasia}'라고 일컬은 '무절제'와 '방종'이다. 아콜라시아는 음식, 술, 성행위에 대한 욕구를 제대로 관리하지 않는 것으로 시각이나 청각보다는 촉각의 감각이다. 아리스토텔레스는 욕구 자체를 비판한 것이 아니라 이성의 인도를 받지 않은 욕구를 비판했다. 아콜라시아를 겪는다면 제어되지 않은 허기와 목마름과 성욕을 느끼게 된다. 아리스토텔레스는 기회가 날 때마다 배를 채우는 '대식가들'에 관해 적었다. 대식가는 아니어도 술에 취하고 게으름을 피우고 초조해하고 병드는 일로 자신을 더더욱 궁색하게 만드는 이들도 있다. 방종은 잘못된 것을 욕망하거나 올바른 것을 과하게 욕망하는 일이다. 이는 의지의 실패가 아니라 가치의 실패이다. 아리스토텔레스는 스스로 하고 싶은 것을 다 하는 사람은 "가치 있는 것보다 쾌락을 더 사랑한다"라고 적었다.

아리스토텔레스는 촉각에 초점을 맞추었으나 방종이 더욱 폭넓게 나타난다는 점을 인식했다. 그는 일반적으로 아이들이 종종 응석을 부리고 자신들의 욕구를 철회하는 데 어려움을 겪는다고 말했다. 아이는 무엇이 건강한 일이고 그 일을 얼마나 즐겨야 하는지를 익혀야 한다. 이는 디저트나 달콤한 포도주와 관련된 문제만은 아니다. 토마스 아퀴나스는 아리스토텔레스의 요점을 자세히 풀어내면서 "이성의 지배를 받지 않는 동물적 성향"인 흔한 실패가 '방종'으로 불린다고 주장했다.

아퀴나스는 이런 실패는 "금수와도 같다"라고 말했으며 아리스토텔레스도 비슷하게 표현했다. 플라톤은 《국가》에서 제멋대로 구는 영혼은 "아이들, 여성들, 노예들 …… 낮은 계층의 대중들"이 소수의 상류층이 내리는 명령에서 자유로운 도시를 닮았다고 말하기도 했다. 플라톤의 극단적 우월주의는 혐오감을 자아내지만 그가 말하는 추한 인상은 낯설지 않다. 무절제는 정신적 질서가 결여된 상태이며 윤리적 비판에 미적 관점을 더한다. 무절제는 단지 해로운 것을 향한 욕구일 뿐만 아니라 보기 흉한 마음이다.

이런 이유로 나는 《스타 트렉》을 읽는 버릇에 스스로 눈살을 찌푸렸다. 계속해서 '구매' 버튼을 누르면서 적절한 균형의 부족이라는 나의 심리학적 질환이 드러났다. 관대한 비평가는 무해하면서도 저속한 읽을거리는 건강하지 못한 것이며 나를 단순히 건강 염려증으로 진단했을지도 모른다. 확실히 이런 독서 버릇은 식사나 술, 육체를 탐하는 문자 그대로의 중독은 아니었으며 1년 내로 지나갔지만, 이는 분명히 심리적 휴식에 대한 잘 관리되지 못한 갈망이었다. 나는 한숨을 내쉬며 굴복했다. USS 타이탄(《스타 트렉》 시리즈에 등장하는 함선의 이름-옮긴이)이 돌아왔고, 부족한 돈과 시간을 말 그대로 잊지 않는 세계에 써야겠다는 생각이 들었다. 아리스토텔레스가 "맹종하는 기질"이라고 묘사한 게 나타난 것이다. 나는 현실 도피가 주는 안도감에 익숙해졌으며, 마땅히 큰 감동을 느끼지는 못했다.

그러나 아콜라시아, 즉 무절제와 방종이 추하기만한 것은 아니다. 아콜라시아는 우리에게 어떤 것이 가치가 있는지를 알지 못하게 함으로써 해로움을 끼친다. 술을 예로 들어 보자. 아퀴나스는 일부러 술에 취하는 일이 가장 큰 죄악이라고 주장했다. 그리스도인은 "다 알면서도 기꺼이 스스로 이성을 내려놓을" 때 다른 죄악을 저지를 공산도 커진다. 술을 벌컥벌컥 들이켠 후에는 도박, 간통, 폭행이 이어진다. 이런 죄악들로 인해 돈이 낭비되고, 결혼이 파탄에 이르며, 우정이 깨지고, 시민 사회가 분열된다. 따라서 우리는 합리성을 잃으면 "신체, 부, 지위, 좋은 행실을 위해 필요한 모든 요건을" 갖추지 못하게 된다. 이런 생각은 가치에 대한 일반적인 관점이다. 하고 싶은 대로 다 하다가는 건강을 해칠 수 있고, 명성에 먹칠을 할 수 있으며, 윤리적으로 타협할 수밖에 없다. 자신을 향한 관용이 잘못된 것들을 우선시하기 때문이다. 아리스토텔레스의 표현을 빌리자면 이런 관용은 보통 우리가 존경하는 가치들을 희생시키기 때문에 "부끄럽다".

《스타 트렉》을 향한 나의 집착은 상대적으로 이런 관용이 무엇인지 보여 주는 작은 사례이다. 나는 아퀴나스가 말한 것처럼 취해서 인사불성이 되지는 않았지만, 분명 나 자신을 제어하는 데는 실패했다. 나는 《스타 트렉》만큼이나 때로는 그보다 더할 정도로 추측에 근거한 소설들을 쓴 브라이언 올디스나 존 브루너의 저작을 읽게 되었을지도 모른다. 이 저작들에도 역시 여러 비평이 뒤따랐다. 독자를 쉽게 안심시키며 현대적이지만 케케묵은 어구들을 비판하는 내용이었다. 나는 결국 현실에 안주하는 관점을 진보적으로 훌륭하게 보는 가장 친숙한 우주를 골랐다. 그리고 오래되고 단순한 것들을 위해 새롭고 정교한 것들을 회피하기를 반복했다. 나는 놀라움, 도전, 위험을 피하고 편안한 우주에 한껏 열중했다. 나는 아퀴나스가 경고한 것처럼 부나 지위를 잃지는 않았지만, 인식을 규제하지 못하게 되었다. 판단력은 흐려져 갔다.

문학적 향로

불성실함을 일종의 욕구로 여기는 일은 이상해 보이지만, 영국계 아일랜드인 철학자 아이리스 머독은 다른 곳에서 안정을 갈망하는 일은 정상이라고 생각했다. 그녀는 인간은 기본적으로 착각에 사로잡힌 동물이라고 믿었다. 자아는 현실을 일그러뜨리고 현실에 파문을 일으켜 자신을 계속해서 편안하게 있도록 한다. 이는 존재에 대해 촬영한 뒤 편집을 하는 것과 마찬가지이다. 이 과정에서 자신이 이기적이라는 사실도 지워진다. 머독의 요점은 인간이 이런 방식으로 있어야 한다는 것이 아니라 인간이 원래 그렇다는 의미이다. 우리는 의무에 태만해지면서 환상과 자기중심주의에 빠진다. 머독은 〈다른 개념에 대한 선의 군림The Sovereignty of Good Over Other Concepts〉에 "의식은 일반적으로 세상을 바라보는 투명한 유리가 아니라, 정신을 고통으로부터 보호하고자 고안된 환상적인 공상의 구름이다"라고 적었다.

머독에게 윤리는 단순히 추정과 선택에 대한 문제가 아니었다. 법칙이나 행위에 가치를 부여하고 이점과 부정적인 면을 합산해 점수를 제시하는 일이 아니라는 뜻이다. 도덕성은 주로 의식, 즉 왜곡 없이 인식할 수 있는 정신을 의미한다. 머독은 도덕적 실재주의자였으며 우주를 이해할 올바른 방식이 있으리라 믿었다. 그녀는 플라톤에게 영향을 받았으며 도덕성에 일종의 지식이 필요하다고 주장했다. 이때의 지식은 사실뿐만 아니라 그 사실을 판단하는 도구인 궁극적 원칙에 대한 것이기도 하다. 누군가가 비도덕적이라면 그는 속임수에 대한 욕망이 억제되지 않는 세상과의 타락한 친밀감으로 고통받는 상태에 있는 것이다.

문학은 이런 분투에 필수적이기도 하다. 머독은 최고의 예술은 현실과의 재결합을 위한 초대장이라고 믿었다. 예술에는 불안한 공상 없이 세심하고 지속적인 집중이 필요하다. 머독의 이론은 주의를 환기시키는 통일성을 묘사한다는 점에서 부분적으로 듀이의 이론과 비슷하다. 우리는 일상생활의 단편적인 흐름 속에서 완전성의 비전을 찾는다. 이런 방식으로 예술은 완전성에 손짓을 하며 '선'을 잠시 보여 준다. 머독은 선이 어떤 '것'이 아니라 모든 것을 판단하는 기준이라고 주장했다. 선은 곧 궁극적인 가치에 대한 어떤 원칙이다. 그리하여 선은 그 외의 것 때문이 아니라 그것 자체로 가치가 있다. 머독은 "우리는 소유욕이 적으며 이타적인 사랑으로 선의 권위에 항복한다"라고 적었다. 위대한 문학은 자기중심적인 공상에서 떠나올 기회를 제공한다.

머독의 이론은 이전에도 그랬지만 오늘날에도 현대 영어권 철학과 조화를 이루지 못한다. 머독 이론의 플라톤주의는 초자연주의로 보이며, 그 이론의 관심은 초월적인 막연한 상태에 있다. 그리고 확실히 이는 쉽게 증명하거나 논박할 수 있는 가설이 아니다. 그러나 의식에 관한 머독의 요점은 설득력이 있다. 윤리학은 선과 악의 개인적인 해석 이상의 것을 요구하며 각각의 방식으로 결정할 자유 역시 요구한다. 또한 윤리학에는 세상에 정직하게 다가가려 하고 기만을 위안하는 대신 진리를 향한 열정을 기르고자 하는 기본적 의지가 필요하다. 세상을 향한 이런 관대한 시각을 머독은 "이타적"이라고 표현했다.

머독의 언어로 말하면 내가《스타 트렉》을 흥청망청 읽은 일은 '이기적'이었다. 현실에서 도피해 너무나도 인간적인 휴가를 떠나 비자를 연장한 셈이다. 머독은 촉각 대신 시각적인 비유를 사용했지만 플라톤이나 아리스토텔레스, 아퀴나스와 마찬가지로 무분별한 욕망을 경계했다. 내가《스타 트렉》에 몰두한 일은 의지의 붕괴가 아니라 감각을 마비시키는 허울에 대한 잘못된 애착이었다. 머독이 암시했듯이 의식이 공상의 구름이라면 나는《붉은 왕》과 그 속편들을 문학적 향로로 사용했다.

가장 위험한 자

나는 철학에 힘입어 공상으로부터 등을 돌렸다. 처음에 나는 욕망에 대한 경계심을 규율로 삼았다. 이 규율을 거슬러 올라가 보면 플라톤은 "금수와도 같은" 희열을 경계했다. 이는 독일 철학자 페터 슬로터다이크가 "패자 낭만주의"라고 일컬은 의심에 대한 오랜 전통의 일부이다. 우리는 학문을 통해 마음에서 육체를 떼어 내고 인식에서 욕망을 떼어 낼 필요는 없지만, 욕구를 경계하는 일은 학문을 잘 발휘하는 데 도움이 된다. 고대 플라톤 철학의 격언에 따르면 우리가 무엇을 사랑하는지가 중요하다.

나는 몇몇 철학 책으로 불쾌감을 해소하기도 했다. 《스타트렉》 시리즈를 다 읽은 다음 구입한 책 중에는 영국 철학자 앨프리드 에이어의 《언어, 논리, 진리Language, Truth and Logic》도 있었다. 저자가 옥스퍼드 대학교 학생이던 스물다섯 살에 완성한 이 저작은 20세기 초 주류 철학을 향한 대담한 공격이었다.

나의 이기심은 에이어 책의 위력으로 무효가 되었다. 그 위력은 에이어의 문체에서도 나왔지만 그의 철학적 급진주의에서도 나왔다. 주로 논리적 실증주의로 알려진 이 학파는 서구 학계에서 오랫동안 유지되어 온 여러 사상을 거부했다. 에이어는 여러 정전을 향해 대규모의 혹평을 가하며 한때 옥스퍼드 대학교에서 "가장 위험한 자"로 불리기도 했다. 그는 철학의 사명이 존재에 대한 근본적인 개념, 즉 모든 진리를 발견할 수 있는 소위 '제1원리'를 제공하는 것이 아니라고 주장했다. 철학자는 난해한 현실을 드러내거나 도덕적 법률을 제정하지 않는다. 또한 철학은 단지 우리가 할 수 있는 진술을 분석할 뿐이다. "에이어는 헤비급 권투 선수 마이크 타이슨과 파티에서 언쟁을 벌인 적이 있다"라는 문장을 예로 들어 보자. 문장의 내용은 이상해 보이지만 이는 단순히 증거를 요구한다(그렇다. 입씨름이 일어났고 옥스퍼드 대학교의 가장 위험한 자가 승리했다). 그러나 "에이어는 윌리엄 라이커 대령의 무형의 영혼과 춤을 추었다"라는 문장은 말이 되지 않는다. 문법과 모순되어서가 아니라 합리적으로 받아들여질 수도 거부될 수도 없기 때문이다. 이 사건은 당연한 일로 물리적 증거 너머에 있으며 그렇기 때문에 에이어의 표현을 빌리자면 "문자 그대로 무의미"하다. 증거가 필요하지 않은 명제들도 있다. 논리학과 수학의 명제들이 그렇다. 그런 명제들은 우리에게 어떤 새로운 것도 말해 주지 않는다. 에이어는 그런 명제들이 모두 유의어의 반복이라고 말했다. 그런 명제들은 말하고 사고하는 데 필수적인 언어와 이성의 규칙을 드러낸다.

철학은 에이어가 보기에는 지식이라는 게임의 심판이다. 철학은 다른 게임의 심판이 그렇듯이 직접 게임을 하지는 않는다. 당신의 진술이 경험을 통해 검증할 수 있거나 합리적으로 필요한가? 그렇지 않다면 게임에서 나가라.

이는 많은 학자에게 충격을 가져다주었다. 플라톤의 형상$_{\text{Form}}$에서 하이데거의 존재$_{\text{Being}}$에 이르기까지 철학은 언어 오류의 역사였다. 많은 사람에게 더욱 걱정스러운 사실은 에이어의 관점이 윤리를 모호하게 보이도록 만들었다는 점이다. 그는 도덕성은 주로 사실이나 논리가 아니라 찬성 또는 반대의 진술인 선호에 관한 것이라고 주장했다. 에이어는 "도덕적 진술은 순수한 감정 표현이므로 진실과 거짓의 범주에 속하지 않는다"라고 적었다. 도덕적 진술은 충격이나 도피를 유발할 수는 있지만 도덕적 사실을 제공하지는 않는다. 에이어에게 진정한 윤리적 철학은 그저 언어의 감시 활동이며 용어들을 다듬는 일이다.

이는 문자 그대로의 무절제에 대한 두서없는 답변처럼 보일지도 모른다. 앨프리드 에이어의 철학자 심판은 머독의 철학적 예언자와는 거리가 멀다. 사실 에이어의 관점은 머독이 반응한 것과 정확히 일치한다. 머독이 극복하고자 한 것은 근대의 자기중심주의, 즉 도덕성이란 개인적 가치의 얇은 껍데기에 불과하다는 생각이었다. 에이어는 철학을 대화에 대한 중립적 판단으로 본 반면, 머독은 윤리학자들이 입장을 취해야 한다고 믿었다. 머독은 "윤리 철학자들이 답하고자 시도해야 할 질문은 '어떻게 하면 우리 자신을 더 나은 존재로 만들 수 있을까?'이다"라고 적었다. 사상, 문체, 스타일, 기질에서 머독과 에이어는 서로 양극단에 살고 있었다.

그러나 나는 에이어의 도움을 받아 《스타 트렉》의 공상에 빼앗긴 시선을 다시 세상으로 돌릴 수 있었다. 에이어의 퉁명스럽고 직설적인 표현은 도전을 불러일으켰다. 위안을 주지 않았으며 전투적이었다. "철학자들의 전통적인 논쟁은 대부분 무의미할 뿐만 아니라 불필요하다"라는 에이어 저작의 첫 줄을 예로 들어 보자. 이는 에이어 자신의 학문적 조상인 데이비드 흄을 비롯한 철학자 대부분의 공통된 정서이다. '진리를 추구하는 용감한 자의 등장을 보라' 하는 식이다. 그러나 젊은 옥스퍼드 대학교 학생은 열정적이고 유쾌한 리듬으로 이를 표현했다. 쌍둥이처럼 연이어 자리한 '불'이라는 접두사와 결론이 대단한 성취를 이끌어 내도록 돕는 절에 주목하자. 《언어, 논리, 진리》의 모든 구절이 이처럼 간명하면서도 효과적이지는 않지만, 이는 자욱한 향을 몇 주 맡은 후 한껏 들이마시는 깨끗한 공기와도 같은 철학 저작이었다.

이런 표현은 공상 과학 소설처럼 내 마음을 사로잡았지만 에이어는 어떤 위로도 거부했다. 이는 주장이 아니라 기분에 대한 문제였다. 에이어는 나를 구슬려 탐욕스러운 몽상에서 걸어 나와 공적인 사실들과 그 사실들을 인식하는 언어로 향하게 했다. 그 과정에서 나는 온갖 종류의 존재를 거부하면서 존재론적으로 인색했다. 사변적인 철학자들은 마땅히 이런 방식을 문제 삼았지만, 나의 의식은 곧바로 결과로 맞이했다. 나는 저항했다. 쉽게 해결될 극적인 긴장감이 아니라 나를 공상에서 떨어뜨려 놓은 정신적 힘에 대한 저항이었다. 나는 에이어의 말들을 자의적이거나 엉뚱한 생각과 함께 해석할 수도 있었지만, 그렇게 했다면 터무니없는 생각이 되었을 것이다. 이는 그의 노동과 나의 노동을 낭비하는 것이다. 《언어, 논리, 진리》를 이해할 유일한 방법은 그것을 현실에 대한 묘사로 진지하게 받아들이는 것이었으며, 그렇게 함으로써 자신의 유아론을 극복하는 일이었다. 이해하려면 낯선 우주와 그 우주의 특별함에 대한 열정을 지녀야 한다.

머독 역시 이런 변화를 〈다른 개념에 대한 선의 군림〉에서 묘사했다. 그녀는 순수 예술뿐만 아니라 기술과 수학, 언어 교육에 관해 논하기도 했다. 이런 노력을 접하면서 나는 나의 세상으로만 향할 수 없게 되었다. 나는 나의 상상의 우주로 몰아넣어지기를 거부하면서 나를 밀쳐 내는 세상과 만났다. 그녀는 "나의 작품은 나에 대해 독립적으로 존재하는 어떤 것을, 나의 의식이 장악할 수도, 삼킬 수도, 부정할 수도, 비현실적으로 만들 수도 없는 것을 점진적으로 드러내는 일이다"라고 적었다. 머독은 에이어의 첫 저작에 관해 다른 곳에서 "탁월하고 기발하나, 세련되지 못하며 광적이다"라고 묘사하면서, 에이어의 작품을 추천하지는 않았다. 그러나 망상에서 진리로 나아가는 움직임에 관한 머독의 서술은 내가 다시 읽은 에이어의 작품과 맞닿아 있다. 이는 나 자신의 정신 바깥의 원칙을 인식하게 하고 존중하게 하는 문학이다. 《언어, 논리, 진리》는 나의 정신 상태에 이의를 제기하는 대상을 제공함으로써 나의 무절제를 줄이는 데 도움이 됐다.

어째서 그들은 소리 지르지 않나?

에이어는 절제로의 유일한 초대장은 아니었다. 몇몇 독자에게는 그의 허세가 완벽한 방종으로 여겨질지도 모른다. 그는 모든 학문을 사실과 유의어 반복으로 정리함으로써 혼란을 거부한 것처럼 보이기도 한다. 머독은 자신의 저작《도덕 지침으로서의 형이상학Metaphysics as a Guide to Morals》에서 에이어의 첫 저작이 "인간 세상을 논리적 수수께끼 상태로 깎아내리며" 그가 언젠가는 죽는 인간의 딜레마를 향한 수수께끼를 선호한다고 적었다. 에이어의 학문적 냉철함은 순한 문학적 약물일 수 있다. 다시 말해 정신이 다른 곳에 팔리게 하는 벌꿀 술이다. 에이어는 나에게는 매우 알맞았지만, 다른 이들은 소설과 에세이, 시에서 심리적 균형을 찾을지도 모른다.

버지니아 울프는 세상을 보는 독특하지만 설득력 있는 시선을 지니고 있었다. 그녀는 광기, 사소함, 소외 등을 외면하지 않았다. 그녀의 소설《댈러웨이 부인》중 전쟁 신경증 외상 후 스트레스 장애를 앓는 참전 용사 셉터머스를 그려낸 구절에서는 정신 이상과 홀로 남겨진 사람에 대한 묘사가 이어진다.

"맞은편 철책에 앉아 있는 참새가 '셉터머스, 셉터머스'하고 네댓 번 짹짹거리기를 반복하다가 그리스어로 죄가 없음을 신선하고 날카롭게 노래했으며, 또 다른 참새도 죽은 자들이 걷는 강 너머 생명의 초원에 있는 나무에서 그리스어로 죽음이 없음을 길고 날카롭게 노래했다. 그곳에는 그의 손이 있고 죽은 자들이 있었다. 맞은편 철책 뒤에서는 하얀 것들이 모여들고 있었다. 그러나 그는 감히 쳐다보지 못했다."

울프는 이 부분에서 연민 어린 시선으로 인내하며 바라보지만 참전 용사를 가엾게 여기지 않으리라는 점에서는 용감하다. 〈나방의 죽음The Death of the Moth〉과 같은 그녀의 다른 에세이들에서도 이는 마찬가지이다. 그녀의 글들은 이미지가 우아하고 구성이 리드미컬하지만, 위안받고 싶은 독자들의 욕구는 충족시켜 주지 않는다.

필립 라킨의 시는 흔들림 없이 적막한 시선으로 바라본다. 그의 시 〈늙은 바보들The Old Fools〉은 시대의 불명예를 그려 낸다. 라킨은 벌어진 입과 흥건한 침과 흘러내리는 오줌에 관해 적는다. 우리는 소멸의 산봉우리 기슭에 서 있으며, 밟고 있는 땅은 최후를 맞이하고자 솟아오른다. 라킨은 "어째서 그들은 소리 지르지 않나?"라고 차갑게 물으며 겁에 질려 삶을 좇는 일에 이의를 제기한다. 그는 이 경주에서 이길 수 없음을 알고 있다. 모두가 같은 방식으로 끝이 난다. 시인이 언젠가 죽어야 하는 인간의 운명을 낭만적으로 묘사하지 않으려는 태도는 독자에게 고통을 안겨 주지만 정직하다. 그는 노인들이 이 사실을 안다면 어째서 항의하지 않느냐고 묻는다. "글쎄 / 알게 되겠지"라는 시의 마지막 줄은 비열한 퇴락에 속한 우리 모두에게 해당되는 말이다.

브라이언 올디스의 《어두운 빛의 시대The Dark Light Years》는 주제보다는 장면에서 《스타 트렉》에 가깝다. 이 작품은 낯선 기묘함과 맞닥뜨리는 인간의 심리와 사회 그 자체이다. 똥을 숭배하는 문명은 터무니없는 전제처럼 보이지만, 이는 혐오감과 공포와 성례에 대한 심오한 명상이다. 올디스의 영어는 감칠맛이 나고 등장인물들은 미묘한 뉘앙스를 띠며 줄거리 구성은 세심하다. 올디스의 이야기 속 세상은 그 기묘함으로 주목을 끌어당긴 다음 이를 혼란스러운 인간성으로 향하게 한다.

　나의 특정한 문학적 탐닉은 한 가지 종류가 아니다. 어떤 이들은 피로 얼룩진 이야기와 줄거리의 절정, 그리고 구식 마법을 향한 억제되지 않은 욕구를 지니고 있다. 난해한 군사적 요소와 뒤마의 헌신적인 추종자들도 있다. 나는 한때 땀투성이의 창백한 주인공들의 흥분을 좇아 도스토옙스키를 탐식했다. 이런 독자들의 공통점은 욕망의 실패, 즉 잘못되거나 절제되지 않은 갈망이다. 욕망의 실패는 아리스토텔레스가 믿듯이 비만, 나약함, 인기 없음, 빈곤, 건강 및 지위 상실로 이어지지는 않는다. 방종과 함께 고통을 받게 되는 것은 의식이다. 제인 오스틴의 《노생거 사원Northanger Abbey》에 나오는 캐서린 몰런드와 마찬가지로 페이지들은 급하거나 귀중한 것을 피하고자 사용되며 망상을 굶기는 대신 먹이게 된다. 오스틴이 "인간 본성에 대한 가장 빈틈없는 지식이자 그 본성의 변종들에 관한 가장 행복한 묘사"라고 말한 속성을 재치 있고 훌륭한 솜씨로 내보이는 소설 자체가 문제는 아니다. 문제는 캐서린이 뒤틀린 가치관에 사로잡혀 고딕풍의 환상에 빠져 있다는 것이다.

문학적 아콜라시아는 또렷하게 보는 데 실패하는 일이다. 아콜라시아는 그날그날의 정신마다 다르게 나타난다. 나는 어떤 날이면 잔뜩 지친 비관주의를 보상하고자 라이커 대령이 잠깐 필요하다.

식욕 부진증

방종은 때로 문학적 '식욕 부진증'으로 변하기도 한다. 말 그대로 식욕이 없는 것이다. 아리스토텔레스는 이와 관련해 거의 논하지 않았는데 그의 표현대로 "이런 무감각함은 인간적이지 않기" 때문이었다. 이 철학자는 인간이 음식이나 술을 거부해서는 안 된다고 주장한 것은 아니다. 단지 독서를 하기 위해 취침 시간에 한잔하는 것을 거부하는 일은 낯선 행동이라는 뜻으로 말한 것이다. 아리스토텔레스는 인간 모두 허기지고 목마르며 욕구를 느낀다는 사실에 주목했다. 이는 동물적 존재에 대한 유기적인 응답이다. 인간은 취향이 다양하고 변덕스러운 성욕을 갖고 있지만 여전히 무언가를 열망한다. 아리스토텔레스는 "그 어떤 것도 즐겁지 않고 그 무엇도 매력적이라고 느끼지 못하는 사람이 있다면 그는 인간과는 전혀 다른 존재임이 틀림없다"라고 적었다.

물론 아리스토텔레스의 이 같은 선언은 주의 깊게 읽어야 한다. 우울증은 전반적인 욕망의 부족으로 이어질 수 있다. 프랜시스 스콧 피츠제럴드는 〈무너져 내리다The Crack-Up〉라는 자전적 에세이에서 "나는 오랫동안 사람과 사물을 좋아하지 않았으며 좋아한다는 감정의 무너질 것만 같은 오랜 가식만 좇았음을 깨달았다"라고 적었다. 13세기 토마스 아퀴나스 역시 '나태' 혹은 태만에 관해 "인간의 정신에 무게를 더해 그가 아무것도 하고 싶지 않게 함으로써 강렬한 것들도 차가워지게 하는 …… 그런 숨이 막힐 것만 같은 슬픔이다"라고 적었다. 그리스도교 신학자들은 수도원 생활을 하며 "한낮의 악령"들인 권태와 전투를 벌였기에 신앙심이 없는 그리스인들보다 이런 삶의 무감각에 예민했을지도 모른다. 그들은 수도사가 태만해짐으로써 식사와 동료에게서 등을 돌리고 결국에는 신성 자체에도 등을 돌리게 될지 모른다고 생각했다.

그러나 아리스토텔레스의 요점은 분명하다. '식욕 부진증'이 아닌 방종에 주의를 기울여야 한다는 것이다. 왜냐하면 방종이 더욱 흔한 악덕이기 때문이다. 이는 문학에서도 마찬가지이다. 독자 중에는 냉철한 금욕보다는 폭식하는 자가 더 많고, '식욕 부진증'을 가진 이는 찾아보기 어렵다.

한편 글에서 물러나기를 권장하는 독서 반대론자도 종종 있다. 자만에 찬 자존심이나 비겁함 때문이 아니라 문자 그대로 그 양이 너무 과다하기 때문이다. 많은 구절은 독자에게 해를 입힐 것이다.

19세기 독일 철학자 아르투어 쇼펜하우어는 독서에 의혹을 품었다. 그가 교양이 없는 사람이어서는 아니다. 반대로 그는 문학적 작업이 증류 끝에 얻은 "정신의 정수"라고 믿었다. 매우 세련된 저자인 쇼펜하우어는 좋은 글쓰기에 열정을 쏟았다. 그가 쓴 〈독서와 책에 대하여On Books and Reading〉에 나오는 경구 중 하나는 다음과 같다.

"오래된 고전 작가의 작품처럼 정신을 확장시키는 것도 없다. 독자는 비록 30분 동안 읽어 내려가더라도 계곡에서 기분 전환을 한 것처럼 빠르게 상쾌해지고 정화되며 고양되고 강화된다."

쇼펜하우어는 최고의 책은 두 번 읽을 가치가 있다고 주장했다. 두 번째는 끝부분에 비추어 시작 부분을 읽고 새로운 분위기에서 전체 작품을 읽을 수 있기에 더 정교하고 깊이 해석할 수 있다.

이런 시각에서 쇼펜하우어는 끔찍한 문학에 관해서도 경

고했다. 그는 우리가 언젠가는 죽을 운명이며 남은 날이 얼마 없으니 시간을 낭비할 필요가 있느냐고 물었다. 이 철학자는 문학적 질병의 증상을 자세하게 알렸으며 독자들에게 정신을 병들게 하는 "지적인 독"을 주의할 것을 당부했다. 예를 들어 문학적이며 과학적인 역사는 사실로 가득하지만, 여기에는 생각이 비어 있다. 그는 역사학자들이 까치가 물어다 모아 둔 것과 같은 자신들의 업적을 자랑스러워하지만, 이름과 날짜로 이루어진 이런 것들은 세상을 이해하는 데 어떤 도움도 되지 않는다고 주장했다. 진정한 학자는 이런 내용의 집합을 접하며 궁극적으로는 불만에 차게 된다. 쇼펜하우어는 과학자이자 풍자 작가인 리히텐베르크를 인용하면서 "이는 마치 배가 고플 때 요리책을 읽는 것과 같다"라고 적었다.

화석과 잡초

그러나 쇼펜하우어는 전반적으로 독서를 꺼리기도 했다. 〈자신을 위한 사색On Thinking For Oneself〉에서 그는 사색과 독서가 종종 반대되는 것이라고 주장했다. 사색은 자유롭고 즉흥적이며 지적인 선구자의 일이다. 독서는 대개 맹종하며 느릿느릿 진행된다. 연약한 영혼들에게 독서는 스스로에 관해 심사숙고하기에는 너무나도 의존적인 행위이다. 위대한 철학자들은 페이지들을 진지하게 훑어볼 것이다. 그들은 늘 확장하는 '광대한' 통찰력을 지니고 있다. 그러나 대부분의 독자는 이런 능력이 부족하다. 쇼펜하우어는 "우리는 읽으면서 떠오르는 생각을 내면에서 솟아오르는 생각과 연관시키는데, 이는 선사 시대 식물 화석의 흔적과 어느 봄날 한 식물이 피워 올리는 새싹의 연관성과도 같다"라고 적었다. 쇼펜하우어에게 짧은 글과 에세이는 그저 죽은 인상들 이상의 것이었다. 또한 그는 글을 우리의 정신세계를 침범하는 해로운 잡초처럼 대했다. 진정으로 마음을 수양하려면 이질적인 생각에 저항하고 자기 고유의 생각을 발전시켜야 한다. 그 결과 "낯선" 타인이 아닌 자기 스스로 창조해 내는 자유가 증대된다.

요점은 쇼펜하우어가 삶이라는 학교에서 몇 학기만을 위해 이런 생각을 주장하지는 않았다는 것이다. 그는 단순히 세상과 부딪히기만 해도 지혜를 얻을 수 있다는 일반적인 생각에 반대했다. 쇼펜하우어는 "순수한 경험주의는 사색과 연관되어 있는데, 이는 먹는 일이 소화와 연관된 것과 같다"라고 말했다. 경험은 생각으로 변화해야 하며, 그저 되새김질거리처럼 운반되어서는 안 된다. 우리는 애써 생각해야만 한다.

쇼펜하우어에게 독서는 이런 노력에 방해가 되는 경우가 너무 많았다. 그는 인간이 가장 약한 의미에서의 생각하는 유인원일 뿐이라고 주장했다. 인간의 인지 능력 대부분은 생존에 할애되며 생물학적 기본 욕구를 충족시키는 데 사용된다. 우리는 태어나 배를 채우고 분비샘을 비우기 위해 질주하다 죽는다. 존재의 의미에 관해 의문을 제기하는 일이 거의 없으며 그저 견디기 위해 노력할 뿐이다. 쇼펜하우어는 "인간은 나머지 동물과 같이 불쌍한 존재이며 그의 힘은 오로지 자신을 유지하기 위해 쓰인다"라고 설명했다. 그는 이런 상황을 진정으로 이해하려고 노력하는 것은 고통스러운 일이기 때문에 우리가 텍스트로 눈을 돌리곤 한다고 주장했다. 텍스트는 인간 조건을 드러내려 하지 않으며 그저 방향을 전환할 뿐이다. 쇼펜하우어는 "아무 생각도 하지 않는 가장 안전한 방법은 할 일이 없을 때마다 책을 읽는 것이다"라고 주장했다.

쇼펜하우어의 이런 수사적인 말들은 실제 그의 전기적 사실과는 거리가 있다. 그는 어린 시절부터 꾸준히 책을 읽어왔다. 독서에 관해 경고한 이 철학자 본인의 책장에는 과학 분야 책만 이백 권 넘게 꽂혀 있었다(그는 괴팅겐에서 의학을 공부했다). 그는 만하임과 프랑크푸르트 중 어디에 정착

할지를 결정할 때도 지역 도서관을 고려 대상으로 두었다. 전기 작가 뤼디거 자프란스키는 "그는 저녁에는 집에서 책을 읽으며 시간을 보냈다"라며 쇼펜하우어의 일과는 한결같이 인쇄된 종이와 고독한 시간으로 마무리되었다고 기록했다. 문학에 대한 그의 공개적 태도가 무엇이든 그는 사적으로 확실히 독서를 추구했다.

더욱 복잡하지만 여전히 흥미로운 측면도 있다. 쇼펜하우어는 위대한 글을 존경했으며 짐작건대 자기 자신을 독특한 방식과 독립적인 정신을 지닌 자주적인 사상가로 분류했다. 그는 박식했으며 예술성에 헌신했고 저질 글을 쓰는 자들을 무시했다. 그러나 쇼펜하우어는 독서를 해방을 가로막는 위협으로 보기도 했다. 독서는 곧 포위하는 개념과 충동에 대한 항복이다. 사색은 팔과 다리이지만 독서는 "의치이자 밀랍으로 만든 코"가 된다. 쇼펜하우어는 시들해지는 독서 욕구가 건강한 것일 수 있다는 인상을 준다. 우리는 한동안이라도 책을 피함으로써 지적인 자유를 되찾을 수 있으며 삶 그 자체인 무의미한 극도의 고통과 마주할 수 있다.

흥미롭게도 쇼펜하우어의 탈출의 철학은 욕망의 부재를 강조한다. 쇼펜하우어는 《의지와 표상으로서의 세계The World as Will and Idea》에서 인간은 반드시 일종의 지적인 통찰력을 발전시켜야 한다고 주장했다. 통찰력은 세상을 현재

상태에서 이해할 뿐 소유하고 싶어 하지는 않는다. 이마누엘 칸트와 플라톤에게 많은 영향을 받은 쇼펜하우어는 진정한 철학자는 평범한 인간의 욕구를 포기하며 대신 베다(인도 바라문교 사상의 근본 성전이며 가장 오래된 경전-옮긴이)의 평정심으로 우주에 관해 심사숙고한다고 믿었다. 의지는 스스로를 부정하며 해탈의 무로 이끈다. 현자는 자신의 강박적인 독서 욕구를 잃고 결국에는 다른 모든 욕구도 잃는다.

이는 아리스토텔레스의 '식욕 부진증'에서 벗어난 이야기이지만 하나의 양상은 남아 있다. 바로 욕망의 부재이다. 그리고 더욱 중요한 점은 쇼펜하우어는 이를 하나의 덕목으로 보았을 뿐 악덕으로 보지는 않았다는 것이다. 쇼펜하우어는 독서 욕구가 없는 상태가 세상을 이해하고 부분적으로는 그 세상을 극복하고자 하는 더욱 심오한 갈망에서 나온 것이라면 건강하다고 암시했다. 독서는 최소한의 상태에서도 대부분의 사람에게 지적인 독립에 가해지는 위협이다. 천재나 진정한 사상가들처럼 "곧장 자연의 책으로 향하지" 못하는 우리는 위험을 무릅쓰고 읽는다.

납빛의 천장

한때 쇼펜하우어를 열성적으로 읽어 내려가는 학생이던 프리드리히 니체 역시 비슷한 결론에 도달한다. 그는 동료 독일 철학자와 마찬가지로 글을 양면적으로 대했다. 그는 (자기 작품을 포함한) 위대한 문학을 칭송했다. 니체는 독일 시나 프랑스 철학과 더불어 아테네 희곡도 자주 접했을 만큼 뛰어난 재능을 지닌 박식한 학자였다. 정신을 유연하면서도 강하게 길들이는 조기 벼락공부의 가치를 인식한 그는 양질의 학교 교육을 받지 못한 이는 "걷는 법을 배우지 못한 채 삶 속을 걸어 나가며 …… 축 늘어진 근육들은 걸음걸이마다 자신을 드러낸다"라고 메모를 남기기도 했다. 니체에게 독서는 기술과 같은 것이었다. 믿을 만한 독서 습관을 기르려면 규율과 정기적인 행사가 필요하다. 그는《인간적인, 너무나 인간적인》에서 섬세하고 느리며 즉각 반응하는 독서를 촉진하는 자신의 규율과 학문 애호를 칭송했다. 자서전인《이 사람을 보라》에서는 이상적인 독자를 "용기와 호기심의 괴수이며 …… 유연하고 정교하며 신중한 타고난 모험가이자 발견자"로 묘사하고 있다. 니체는 도덕적 의미를 비워 내더라도 글에 마땅히 미덕이 필요하다는 사실을 올바르게 파악했다.

그러나 니체는 수십 년간의 원문 연구로 무력해진 학자들을 비웃기도 했다. 그는 주로 책으로 생각하는 사람들은 사실 거의 조금도 생각하지 않는다고 주장했다. 문학적 사색에는 어설프고 느리고 퀴퀴한 냄새가 나고 답답한 분위기가 감돈다. 이는 곧 보수주의와 자동기술법(프랑스의 초현실주의 예술 운동에서 제창된 표현 기법으로 작가가 생각나는 대로 쓰는 것-옮긴이)의 끔찍한 혼합물이다. 그는 "모든 작품에는 그것에 황금색 바닥이 있다 해도 그 위에 납빛의 천장이 드리워져 있어 영혼을 억눌러 기묘하고 비뚤어지게 만든다"라고 적었다. 또한 〈교육자로서의 쇼펜하우어Schopenhauer as Educator〉에서는 학자들은 종종 호기심이 아닌 지루함 때문에 책을 찾는다고 주장했다. 학자들은 스스로 즐거움을 찾는 대신 자극을 찾는다. 이는 자극적인 반박 혹은 위안을 주는 합의의 짧은 황홀감이다.

니체는 산책하며 신선한 공기를 마시는 것이 몇 시간 동안 삼단 논법을 숙고하는 일보다 더 깊은 영감을 준다고 주장했다. 이는 부분적으로는 생리적 이유 때문이었다. 그가 스위스 바젤에서 학계를 은퇴한 이유에는 메스꺼움과 두통, 고통스러운 눈의 피로도 있었다. 그는 말 그대로 책을 읽으면서 고통을 받았다. 《이 사람을 보라》에는 "내 눈은 모든 책벌레다운 일을 그만두었다"라고 적었다. 그러나 그의 전반적인 철학에서 그렇듯이 니체는 자신의 허약함을 재능으로 여겼다. 허약함을 자신의 사상을 성장시키는 추진력으로 여긴 것이다. 그는 19세기 동료들의 반대편에서 생각하고 적었으며, 동료들의 글을 숨이 막히고 강박적인 것으로 보았다. 이지적인 전기 작가 레지널드 홀링데일은 니체의 후기 작품들을 "자신에게 말하는 형식"이라고 묘사했는데, 이는 이 철학자의 문학적 고독을 이해할 수 있는 대목이다. 그는 종종 혼자였고, 책에 대한 그의 반응은 이런 고독을 반영한 것이었다. 텍스트는 그가 거부하고 싶은 동행자였다. 그는 《즐거운 학문The Gay Science》에 "우리는 책을 좀처럼 읽지 않지만 그렇더라도 더 나쁘게 되지는 않는다"라고 적었다.

쇼펜하우어와 마찬가지로 이 대목에서도 주의를 기울여야 한다. '좀처럼'이라는 니체의 단어 선택은 다소 기만적이다. 그는 서재를 통째로 들고 다녔다. 그 서재에는 자주 가는 책방에서 사 오거나 친구들에게 빌린 책들이 포함되어 있었다. 또한 유럽의 다른 지역으로 이동하기 전에는 그 지역에 어느 도서관이 있는지 알아보곤 했다. 니체를 연구한 토마스 브로비에르는 니체가 정신이 온전하던 마지막 4년 동안 책을 백여 권 구입한 것으로 추정했다. 2주에 한 권씩 산 셈이다. 쇼펜하우어가 지적했듯이 그저 두꺼운 책을 모으는 것만으로는 그 책들을 이해할 수 없다. 그러나 니체는 그 책들 대다수에 메모('그렇다', '아니다', '브라보')를 남겼으며, 노트에는 더 많은 글을 적었다. 니체는 1887~1888년에 바뤼흐 스피노자, 칸트, 그리고 (그가 '납작머리'라고 부른) 존 스튜어트 밀을 포함한 철학자들의 저작을 읽었다. 도스토옙스키, 스탕달, 보들레르의 소설과 시, 그리고 종교에 관한 톨스토이의 저작을 읽었다. 브로비에르는 "독서는 니체에게 엄청난 가치를 지녔으며 …… 그는 많은 것을 희생하며 읽었다"라고 적었다. 고독한 고산 지대의 인습 타파주의자에 대한 낭만적인 전설은 정정이 필요하다.

그러나 니체는 책을 열심히 읽으면서도 호숫가를 여덟 시간 동안 거닐며 자기 생각을 책으로부터 분리하려고 노력하기도 했다. 쇼펜하우어와 마찬가지로 그는 독서가 정직과 독창성에 종종 위협이 된다고 믿었다. 그는 전임자의 관조적 은둔을 패배한 비관주의로 보았지만, 책에 대한 갈망을 극복하고 자신의 양심을 지키고자 한 쇼펜하우어의 책에 대한 반감을 공유했다. 그는 스콜라 철학을 읽으며 텅 빈 상태가 된 재능 있는 학자들을 "불을 붙이려면 어딘가에 그어져야 하는 성냥에 불과하다"고 묘사하며 희화화했다. 니체가 자신의 선동적인 이상에 부응하며 사는 데 실패했다고 하면, 그의 이상 자체는 다음과 같은 의문으로 남는다. 독서에 대한 욕구가 없는 것이 건강할까? 아콜라시아가 악덕이라면 '식욕 부진증'은 무엇인가?

떠나는 길

쇼펜하우어와 니체는 현자도 위선자도 아니었으며 무조건 신뢰나 비난을 받을 만한 사람도 아니었다. 쇼펜하우어와 니체가 발표한 작품에 주의를 기울이고 그들이 내린 경고를 진지하게 받아들인다면 도움이 될 것이다. 그런 한편 그들의 사적인 습관들이 시사하는 바도 분명히 있다. 그 습관들은 이 철학자들이 무엇을 믿었는지 혹은 독자가 무엇을 믿기를 원했는지보다는 무엇을 가치 있게 여겼는지를 밝혀준다. 두 철학자 모두 글에 헌신했으며 열정적으로 독서했다. 그러나 두 사람 모두 간접적이거나 게으른 해석을 경계했으며, 다른 사람의 말에 이끌려 자발적으로 생각하지 않는 것을 경계했다. 그리고 두 사람 모두 다른 일로 연구를 보완했다. 쇼펜하우어는 낮에는 글을 쓰고 플루트를 연주하고 푸들을 산책시키다가 저녁에 주로 책을 읽었다(그는 프랑크푸르트에 푸들을 유행시킨 것으로 알려져 있다). 니체는 책과 편지 외에도 숲과 호수, 춤, 오페라, 그리고 마지막 병에 걸리기 직전에는 이탈리아의 커피와 아이스크림을 즐겼다.

　그들의 생각과 삶을 이해하려면 미식과의 유사성을 연상해 봐도 좋을 것이다. 문학적 '식욕 부진증'은 욕구 부족이지만 이는 작품의 등장인물들이나 주장이 불쾌해서가 아니다. 이야기를 소비하는 일에 정을 붙이지 못해서도 아니다. 문학적 식욕 부진증은 우리의 머릿속이 책, 팸플릿, 신문, 그리고 소셜 미디어의 단편적 글로 가득 차 있기 때문에 생긴다. 니코스 카잔차키스는 한때 자신을 허기지지만 종이와 잉크만 뜯어 먹는 "암염소"라고 칭했다. '식욕 부진증'은 염소들이 충분히 먹었을 때, 즉 페이지 과다 현상 이전에 발생한다.

　쇼펜하우어와 니체의 예에서 알 수 있듯이 독서에서 등을 돌리는 일이 꼭 피곤함 때문만은 아니다. 독서를 하다 보면 베개에 머리가 닿고 문장은 두 배로 늘어나며 눈은 흐릿해진다. 사실 피곤할 때 독서하면 묘한 보람을 느낄 수도 있다. 지금 나의 침대 머리맡에는 위대한 이탈리아 학자이자 출판인인 로베르토 칼라소의 두꺼운 책《열정$_{Ardor}$》이 놓여 있다. 리드미컬한 산문 형식으로 베다 신화와 철학에 대해 면밀히 연구한 이 책은 처음 읽을 때는 이해하기 어려울 수 있다. 그러나 나는 혼란에 빠진 것이 저자 탓이라고 여기지 않는다. 그의 작품은 형이상학적 공상의 분위기를 불러일으켜 긴장을 풀고 꿈을 꾸기 좋은 분위기를 자아낸다. 내용은 나중에야 이해하게 된다. 따라서 몹시 피곤할 때는 진지한 학문을 중단하게 되지만, 그렇다고 관심을 멈출 필요는 없다.

'식욕 부진증'은 명민한 지각과 기민한 지적 능력이 발휘되는 가장 예리한 집중의 순간에 발생할 수도 있다. 이는 무엇을 읽든 그 책이 더는 아무것도 제공할 수 없으리라는 느낌이다. 내가 쇼펜하우어와 니체를 읽으며 보낸 아침 시간을 예로 들어 보자. 쇼펜하우어는 《소품과 부록Parerga and Paralipomena》에 수록된 〈독서와 책에 대하여〉에서 피상적으로 독서하는 부유한 게으름뱅이를 "들판의 짐승들"로 묘사했는데, 나는 그 자유 시간을 그의 이런 독설을 읽으며 보냈다. 쇼펜하우어는 다른 사람의 생각으로 사고하는 것이 가져오는 치명적인 결과와 저자의 부당 이득에 대해 공격했다. 그는 전문가가 아닌 박식한 독자에게서 책 추천을 받아야 한다고 주장했으며, 문학의 역사를 "변형 박물관의 카탈로그"라고 일컬었다. 전반적인 분위기는 웃음과 망설임이 섞인 인습 타파주의적 비판이다. 나는 쇼펜하우어의 재담에 미소를 짓는 와중에도 그가 우월감을 내보일 때면 눈을 가늘게 뜨고 보았다. 책은 잔인하고 어리석은 대중 때문에 "죽도록 고통을 받은" 뛰어난 작가들의 고통을 다루며 끝이 났다. 이는 요약하자면 희생자로서의 저자다.

　나는 이런 고결한 순교의 초상에서 쇼펜하우어의 철학적 아들에게로 시선을 돌린다. 《이 사람을 보라》의 니체이다. 저자는 다시 한번 저속하고 고통스러운 군중들을 밀어내며 거리를 둔다. 니체는 자신의 위대함을 일종의 취향으로 설명한다. 그는 대중문화를 거부할 뿐만 아니라 자신이 거부할 '필요'조차 없음을 확실히 해 둔다. 니체는 "누군가는 그저 지속적으로 물리치려는 욕구를 지님으로써 너무 약해져 더는 자신을 보호할 수 없을 정도가 된다"라고 적었다. 그에게는 바로 책이 물리쳐야 할 대상이었다. 니체는 아침의 활력을 독서에 낭비하는 것은 "악의적"이며, 자극에 반응하기 위해 힘을 낭비하는 또 다른 사례라고 주장했다. 쇼펜하우어와 마찬가지로 니체는 자신의 시대를 비판했으며 예술적인 고독을 권장했다. 그러나 니체는 자신을 지키는 동물과 같은 강한 본능적 감정을 품고 있었다. 천재라기보다는 고슴도치에 가깝게 말이다. 니체가 자신을 다른 사람보다 우월하다고 생각했다면 그는 자신의 도덕성을 우월하게 본 것이 아니라 그를 일으켜 세운 자기중심성을 우월하게 본 것이다. 그는 자신의 약점을 인정하고 이를 능숙하게 보완할 수 있을 만큼 강했다. 이런 자전적 구절을 읽으면 오만이나 연민에 빠지기보다는 활력을 느낄 수 있다. 내 안에 쌓인 에너지에 대해 자각하게 되고, 그 에너지를 방출하라는 압박도 느껴진다. 정확한 정보 대신 건강을 신경 쓰게 된다.

나는 감격에 차서 《이 사람을 보라》를 모두 읽었지만 다시 읽는 데 관심이 가지는 않았다. 재치 있고 자극적이며 통찰력이 있는 글이었다. 쇼펜하우어나 니체를 비방하려는 것이 결코 아니다. 나는 그저 그것으로 충분했다. 부분적으로는 앉아서 지내는 것보다는 움직임을 권장한 니체의 메시지 때문이었다. 나는 이런 불안정한 신진대사와 같은 메시지로 갑작스레 나의 몸에 관해 인식했다. 이 인식은 니체가 《차라투스트라는 이렇게 말했다Thus Spoke Zarathustra》에서 "위대한 지능"이라고 묘사한 것이다. 니체는 과수원을 산책하고 그의 "거당컨바움Gedankenbaum", 즉 "생각의 나무" 아래에 서 있었다. 나는 덩굴진 아이비와 거미줄로 덮인 울타리로 둘러싸인 뜰에서 턱걸이 운동에 열중할 것이다. 그러나 내가 그의 책을 덮은 것은 니체 철학의 물질적 몸짓 그 이상이다. 그의 철학을 알고 있는 나 역시 인식의 어느 지점에 도달했다. 나는 의식적인 계산보다는 문학적 영양을 위한 어떤 느낌이 '식욕 부진증'을 이끈다는 사실을 깨닫는다. 나는 니체의 판단으로 그의 판단을 더욱 잘 이해할 수 있었다. 쇼펜하우어의 《소품과 부록》 이후에 《이 사람을 보라》를 읽음으로써 나의 정신은 생각과 감명으로 가득 차게 되었으며,

더 섭취하는 대신 소화할 것을 요구받았다.

　'식욕 부진증'은 미덕이 아니지만 절제의 일부이다. 이는 더욱 심오한 헌신을 특징짓는 관심의 상실이다. 나는 이 사상가들을 독자로서 이해하고 싶었기 때문에 그들의 저작을 그만 읽어야 했다. 이런 구절들을 열 번 분석했다면 나는 조금 더 바빠졌겠지만, 그런 주장에 보탬이 되지는 않았을 것이다. 연구를 몇 시간 더 하는 것이 나의 학문에 도리어 방해가 된다. 나는 필수적인 개념들을 정제하는 대신 플라톤과 골상학에 관한 쇼펜하우어의 생각, 어머니와 바그너에 관한 니체의 생각 같은 사실들을 모을 것이다. 《스타 트렉》을 읽으며 그랬듯이 나는 사실과 구절 같은 익숙한 것들에서 위안을 찾을 것이고 느긋하게 코웃음을 치며 냉소적인 문장가들을 반길지도 모른다. 나는 그렇게 계속해 나감으로써 내 생각을 글로 쓰는 것 외의 일에 집중하게 될 것이다. 그럴 바에야 차라리 책들을 쌓아 둔 채 떠나는 편이 낫다.

정의

아니, 아니라고 했어요

버지니아 울프는 지쳤고 약간은 넌더리가 났다. 전기 작가인 리턴 스트레이치가 울프의 언니에게 흰색 드레스에 묻은 얼룩이 정액이냐고 물었기 때문일까? 아니다. 그 일은 10년도 더 전에 성적 농담이 여전히 급진적으로 여겨질 때 일어났고, 당시 울프는 그저 웃어넘겼다(그녀는 나중에 "성스러운 유체의 홍수가 우리를 휩싸는 것만 같았다"라고 적었다). 《보그Vogue》 편집자와 함께 옷을 쇼핑할 생각 때문이었을까? 아니다. 그 일은 아직 일어나지 않은 데다 지루함이나 혐오감보다는 두려움을 불러일으켰다. 울프는 계획된 쇼핑에 관해 "나는 간담이 서늘해질 만한 규모의 일 앞에서 몸을 떨고 몸서리쳤다"라고 말했다. 1922년 8월, 울프는 일반적인 독서광다운 짜증을 냈다. 그녀는 제임스 조이스의《율리시스》를 200페이지 정도 읽어 내려가고 있었다.

2년 전 울프는 〈현대 소설Modern Fiction〉에서 잘 알려지지 않은 어느 아일랜드 작가의 "정신적"인 글쓰기에 관해 조심스레 찬사를 보냈다. 조이스는 분명하고 객관적인 세상을 그리길 거부했으며 대신 끊임없이 변하는 몽롱함을 밝혀냈다. 울프는 이에 고무되었지만 조이스의 사소함과 상스러운 성질에 애통해하기도 했다. 울프는 조이스의 인상주의를 좋아했지만 그가 그린 인상은 좋아하지 않았다. 이제 울프의 경계심은 적개심이 되었다. 그녀는 소설은 시작은 좋았으나 곧 "불안한 대학생이 여드름을 긁는 모습"을 보는 것 같았다고 자신의 일기에 적었다. 얼마 후 울프는《율리시스》가 적절하지 않다고 선언했으며 그 작품에 관한 글을 쓸 의무가 없어 기쁘다고도 말했다. 작품이 너무나 이해하기 힘들었기 때문이다. 9월에 소설을 다 읽은 울프는 그 소설이 "제대로 쓰이지 않았다"라고 말했다.《율리시스》는 어린애같이 으스대며 품위 없고 가식적인 작품이었다. 그 작품에는 가능성이 있었지만 그 가능성은 조이스의 "미숙한 기숙학교 소년"의 관점 탓에 약화되었다. 울프는 예술가이자 비평가이며 친구인 로저 프라이에게 보내는 편지에《율리시스》를 고통스러운 짐으로 묘사했다. 그녀는 마르셀 프루스트의《잃어버린 시간을 찾아서》를 즐겁게 읽었지만 조이스의 작품은 의무감으로 읽었다. 울프는 "화형대에 매인 어느 순교자처럼" 그 작품에 묶여 있었다. 울프는 단순히 조이스의 작품 때문에 지루해하거나 안달이 난 것이 아니었다. 그녀의 반응은 본능적이었다.

서서히 퍼지는 적들

〈책은 어떻게 읽어야 하는가?〉에서 울프는 이와 같은 방종한 작품들에 대한 독자의 경멸과 정의로운 분노에 관해 적었다. 울프는 "시간과 공감력을 낭비하게 하는 책들은 범죄자들 아닌가? 사회를 부패시키고 더럽히는 사람들뿐만 아니라 거짓, 위조, 타락, 질병의 분위기가 감도는 책을 쓴 작가들 또한 서서히 퍼져 나가는 사회의 적들 아닌가?"라고 물었다.

울프는 조소하거나 투덜대라고 권하지는 않았다. 그녀는 문학에는 마땅히 엄격한 검토가 뒤따라야 한다고 믿었다. 제인 오스틴의 《엠마Emma》나 대니얼 디포의 《로빈슨 크루소Robinson Crusoe》 같은 명작과 나란히 놓고 작품 전체를 살펴봐야 한다는 것이다. 울프는 〈서재에서 보낸 시간들Hours in a Library〉에 걸작들은 완전하며 "관련 없는 여러 생각으로 독자를 애태우는 어떤 징후도 보이지 않는다"라고 적었다. 이런 시각은 작품을 평가하는 문학적 기준을 제공해 주어 예술 자체에 생기를 불어넣는다. 소설가이자 애서가인 울프는 독자들이 말하는 중에도 자신의 의견을 대기 속에 내뿜고 저자들은 이를 들이마신다고 믿었다. 작가들은 이 숨결을 보지 못할 수도 있지만 그들 안에 독자들의 대기가 있다. 울프는 "비록 그 대기가 활자로 향하는 길을 찾지 못하더라도 작가들에게 말을 걸게 된다"라고 적었다. 그러니 독자들에게는 그들 자신의 세상뿐만 아니라 글자들의 세상에서도 매우 중요한 임무가 주어진다.

그러나 울프는 조이스를 잔혹하게 평했다. 그녀는 조이스의 언어나 논리를 분석하는 것을 넘어 성격과 품격까지 폄하했다. 〈베넷 씨와 브라운 부인Mr Bennett and Mrs Brown〉에서 울프는 《율리시스》를 "필사적인 한 인간의 의식적이고 계산된 외설"로 묘사했다. 그녀는 일기에 작가를 "프롤레타리아 계급의 독학자"라고 묘사한다. 계속해서 "우리 모두 그들이 얼마나 이기적이고, 고집스럽고, 날카롭고, 눈에 띄고, 궁극적으로는 구역질이 나는지 알고 있다"라고 적었다.

울프에게 조이스는 고상한 계층의 교육과 함양이 부족하며 성장을 저해당한 예술가였다. 울프는 T. S. 엘리엇과 같은 파탄에 이른 약골은 이런 원시적 힘을 탐낼 테지만 버지니아 울프 자신과 같은 "보통의" 중산층은 그러지 않을 것을 암시했다.

울프에게 노골적인 계층 우월 의식을 지녔다는 혐의를 제기하기는 쉽지만, 그녀의 사회적 위치를 살펴보면 이는 조금은 정당화된다. 그녀는 여러 에세이와 대화에서 대학 교육은 차치하고 학교 교육이라는 특권 또한 부여받지 못한 "일반적인 독자"들과 자신을 동일시했다. 전기 작가 제임스 킹은 울프와 그녀의 언니가 "아버지와 남자 형제들이 가져간 후에 약간 남은 것들"과 같은 교육을 받았다고 묘사했다. 〈기울어 가는 탑The Leaning Tower〉에서 울프는 부유한 이들의 오래된 사유지를 무단으로 출입하면서 잔디를 짓눌러야만 하는 외부인들에 자신을 포함했다. 울프의 수사법에는 소수의 부유한 소년들 대신 무엇을 배우고 생각하고 읽을지 결정할 "우리"에 관해 이야기하는 민주주의적인 음색이 깃들어 있다. 비평가 데즈먼드 매카시가 마땅히 그녀 가족의 부와 지위를 지적하면서 이것이 나쁜 신념임을 시사했을 때 울프는 화를 내며 답했다.

"아니요, 그렇지 않아요! 친애하는 데즈먼드 씨, 나는 항의해야만 합니다."

울프는 그에게 사적으로 편지를 썼다.

"나는 탑의 정상에 앉은 적이 없어요. 내가 받은 가련한

150파운드짜리 교육을 당신이 받은 교육과 비교해 보세요."

남편인 레너드는 물론이고 자신의 남성 친구 모두 옥스퍼드 대학교 혹은 케임브리지 대학교에서 교육받은 환경에 놓인 중산층 여성으로서 글을 쓰며 울프는 그녀가 가르친 노동자 계급 사람들에게 연대감을 느꼈다.

그러나 매카시의 화살과 같은 말은 성차별적 우월감으로 더럽혀져 있음에도 정확히 과녁에 들어맞았다. 울프는 동료들보다 교육도 덜 받고 공적인 지위도 낮았다. 그러나 영국 대부분의 사람과 비교해 보면 그녀는 엘리트 계층에 속해 있었다. 이 소설가는 빅토리아 시대 중상류층 가정에서 태어났다. 그녀의 남편 레너드 울프는 《다시 시작Beginning Again》에 "그들의 구좌에는 …… 늘 수백 파운드의 잔액이 있었고 그 잔액이 바닥나기 전에 하늘과 정의가 모두 무너지는 일이 벌어질 것이다"라고 적었다. 울프의 아버지는 저명한 19세기 비평가 레슬리 스티븐이었다. 울프가 10대 시절 문학적 모험을 시작한 장소인 가족 서재는 가득 채워져 있고 늘 열려 있었다. 전기 작가 허마이어니 리가 표현했듯이 울프는 책장들 사이에서 "그곳에 중독되어 현실에서 도피하고 야심을 품게 되었다". 이는 아버지가 폭력적인 술꾼 광부이던 동시대 노동자 계급 작가인 D. H. 로런스의 유년기와는 동떨어진 세상이었다. 남성의 특권에서 추방당한 상태에서도 버지니아 울프는 경제적·사회적·문화적 자본의 보상을 누렸다. 그녀는 프롤레타리아 계급과 함께하는 사람이 아니라 그들을 고용하는 위치에 있는 사람이었다.

《율리시스》를 "상스러운" 책으로 묘사하면서 울프의 계층이 드러났다. 그녀가 볼 때 이 아일랜드 소설가는 하녀들만큼 따분하지 않았고("하인들에게 아침나절 동안 얘기하는 일은 …… 너무나 지루했다"), 그 소설가의 프롤레타리아 계급의 동료들만큼 멍청하지도 않았다("하층 계급 사람들은 모두 천성적으로 멍청하다고 생각하나요?"). 그러나 그의 출신 배경이 울프의 신경을 곤두세우게 한 것처럼 보인다. 이는 마치 울프가 평민들의 악취에 움찔한 것만 같다. 울프가 날고기, 고름, 메스꺼움에 관해 말한 것만 보아도 알 수 있다. 이런 함축 없이도 울프가 조이스를 향해 내린 응답은 귀족적이었다. 울프는 빅토리아 시대의 남자들이 자신을 대한 것처럼 뛰어난 재능은 있으나 규율이 부족한 측은한 생명체로 조이스를 대했다. 조이스는 "아직 나오지 않은 천재 중 한 명"이고 그의 작품에는 오랜 산파술 같은 분석과 추측이 필요했으나, 울프는 이와 같은 수고를 감수하지 않았다.

함부로 다루어진 미덕

그럼에도 울프가 이룬 업적이라면 자신이 편견에 사로잡혀 있음을 알았다는 것이다. 그녀는 일기에 자신이 《율리시스》를 세심하게 살피지도 너그럽게 보지도 않았음을 인정하는 글을 썼다. 울프는 그 작품을 한 번 읽었고, 이해하지 못한 "모호한" 소설이었다고 적었다. 하지만 그녀는 곧바로 그 소설에 매료되지 않았다는 이유로 자신의 판단을 변경하지는 않았다. 울프는 조이스는 무턱대고 총알을 날리지만 톨스토이는 얼굴에 불어닥치는 돌풍 같았다고 썼다. 하지만 그녀는 자신의 결론이 결정적이거나 최종적인 것이 아님을 알고 있었다. 울프는 《미국인의 나라American Nation》에 실린 《율리시스》 리뷰를 읽고 작품의 중요성을 더욱 확고하게 이해했다. 그녀는 그 리뷰를 읽은 후 일기에 자신이 의도적으로 조이스에 반대한다고 적었다. T. S. 엘리엇의 찬사에도 (어쩌면 그 찬사 때문에) 울프는 "의도적으로 자신을 화나게 했다".

이는 정확히 울프가 하지 '말아야' 할 일이라고 말한 행동이다. 울프는 〈책은 어떻게 읽어야 하는가?〉에서 너그럽게 읽을 것을 권한다. 이는 곧 냉담하거나 조심스러운 태도를 버리고 작품에 몸을 맡기라는 것이다. 그녀는 독자는 작가의 동료이자 협력자라고 주장했다. 비평 작업이 시작되기 전에 독자와 작가는 반드시 언어로 우주를 만들고자 함께 일해야 한다. 울프는 "당신이 머뭇거리며 결정을 보류하고 비평부터 시작한다면 읽고 있는 책에서 얻을 수 있는 최대의 가치를 얻지 못하게 된다"라고 주장했다. 독자는 집중하고 공감해야 한다. 할 수 있는 한 기꺼이 저자가 될 준비가 되어 있어야 한다. 울프가 솔직하게 말한 바로 미루어 보아 그녀는 이런 방식으로 조이스가 되려는 의지가 없었거나 그럴 만한 능력을 지니지 못했음을 알 수 있다. 이는 부분적으로는 그녀 자신의 계층적 우월 의식과 불안 때문이었다. "정신적"인 소설가인 조이스는 울프의 경쟁자였다. 울프는 질투심을 누그러뜨리려 경쟁자인 캐서린 맨스필드를 조롱한 것과 마찬가지로 아일랜드 소설가에게는 한 발짝 떨어진 채 더는 가까이 다가가지 않았다.

그렇다고 《율리시스》가 완벽한 예술 작품이라거나 울프가 조이스의 객기에 경의를 표했어야 한다는 의미는 아니다. 개인적인 의견을 말하자면 인간의 연약함과 친밀함(또는 그 부족함)에 대한 미묘하고 탐색적인 초상화인 《댈러웨이 부인》이 《율리시스》보다 더 마음을 움직이는 작품이다. 울프가 저지른 중대한 실수라면 조이스가 성취한 업적을 즐기거나 심지어는 인식할 기회조차 스스로에게 허락하지 않았다는 점이다. 울프는 머뭇거렸다. 그녀는 박식하고 현명하며 통찰력을 지녔음에도 《율리시스》를 경시하며 일기에 다음과 같이 적었다.

"나는 부당할 정도로 그것의 미덕을 함부로 다루었다."

작은 조짐에 이끌리어

울프는 조이스의 소설을 세심하게 읽지 않고 조롱함으로써 그에게 불의를 행했다. 이는 마치 그러브가의 경찰이 울프를 범죄 혐의로 기소하는 것처럼 지나치게 형식적이거나 법적으로 보일 수 있다. 그러나 정의는 법 이전에 윤리적 충동이었다. 알래스데어 매킨타이어가 지적했듯이 정의는 전통에 따라 달라진다. 호메로스와 플라톤이 다르듯 아리스토텔레스와 아우구스티누스도 다르다. 정의뿐만 아니라 우리가 이해하는 데 사용하는 논리와 그 논리를 지지하는 가치들도 그러하다. 허버트 조지 웰스와 울프의 관계처럼 겨우 한 세대를 중간에 두고 있는 에드워드 시대와 조지아 시대 작가들의 격렬한 미적 논쟁을 생각해 보자. 수백 년이라는 시간과 수천 킬로미터의 거리는 정의에 대한 인식을 깊은 곳에서부터 바꿔 놓을 수 있다.

그러나 정의는 가장 기본적인 의미에서 다른 이에게 마땅히 주어져야 하는 것을 기꺼이 주려는 의지와 능력이다. 이런 의미에서 정의는 자기 자신보다 다른 이를 더욱 염려하는 분명한 사회적 미덕이다. 아리스토텔레스는 "자기 자신을 부당하게 대하는 것은 불가능하다"라고 적었다.

아리스토텔레스의 요점은 자기 자신을 결코 과소평가하거나 저평가할 수 없다는 뜻이 아니다. 그는 때로 자신의 재능이나 업적을 칭찬하는 데 실패할 때 우리가 소심해진다고 꽤나 분명하게 설명했다. 버지니아 울프가 남편의 찬사에도 아랑곳하지 않고 자기 소설들에 대해 가슴 아플 정도로 의심하는 모습을 예로 들 수 있다[울프는 《세월The Years》에 관해 "나는 죽은 고양이와 같은 증거들을 레너드에게 가져갔고 읽지 않은 채로 그것들을 불태우라고 말했다"라고 적었다]. 이런 울프의 행동은 아리스토텔레스의 관점에서는 악덕이었지만 엄밀히 말하자면 불의는 아니었다. 정의는 다른 이들을 대하는 방식과 관련되어 있기에 자신의 정신적 부조화는 이 문제에 속하지 않는다.

아리스토텔레스는 값싼 장신구를 두고 영광을 훔칠 수 있다고 언급했다. 육체를 곁에 두고 지위를 상처 입힐 수 있다는 뜻이다. 그러나 정의의 문학적 측면을 이해하기 쉽게 말한 이는 아퀴나스이다. 그는 문학적 정의를 "인간이 각자에게 마땅히 주어져야 하는 것을 끊임없이 빈번한 의지로 제시하는 습관"이라고 일컬었다. 《신학 대전》에서 아퀴나스는 몸에 입는 상처뿐만 아니라 명성에 난 상처에 대해서도 다루었다. 최악의 죄는 조잡한 증거를 들이밀며 누군가를 공개적으로 규탄하는 일이다. 그 다음가는 죄는 자신의 죄책감에 대한 독단적인 확신이다. 아퀴나스에게는 심지어 입 밖에 내지 않은 의심조차 악덕이었다. 그는 "충분한 이유 없이 다른 이에 대해 나쁘게 생각한다는 사실만으로도 그를 지나치게 경멸하는 것이며 그에게 상처를 입히는 셈이다"라고 적었다. 울프는 에세이와 친구들에게 보내는 편지에서 자신의 의혹을 소리 내 말했지만 조이스를 향한 가장 잔인한 비방은 사적인 곳에서 행했다. 그녀가 편지에 적은 모욕은 누군가의 이름에 먹칠하면서도 그것을 공개적으로 드러내지는 않는데, 아퀴나스는 이를 "험담"이라고 일컬었다.

버지니아 울프가 《율리시스》를 이처럼 읽은 것은 확실히 조이스에게 부당했다. 그러나 울프가 완전히 부정직하지는 않았다. 아리스토텔레스는 불의를 네 가지로 나눴는데, 이는 실수와 태만, 부당한 행위와 부당한 사람이다. 가장 덜 불쾌한 불의는 단순한 실수이다. 누군가 어떤 점을 놓쳤고 자신도 모르게 난데없이 그렇게 되는 것이다. 태만은 무지에서 야기되지만 예측할 수 있기에 죄를 지은 쪽이 더 잘 알

앗어야 한다. 아리스토텔레스는 열정적인 범죄에는 자만심이나 분노로 인한 죄가 포함된다고 말했다. 우리가 합리적으로 그 단순한 결과를 택하는 것은 아니다. 아리스토텔레스는 "누군가 그토록 해롭고 잘못된 행동을 할 때 그 행동은 부당하지만 그렇다고 해서 행위자가 반드시 …… 사악하다는 뜻은 아니다"라고 적었다. 그는 이어서 진정으로 타락한 영혼은 냉담하다고 말했다. 그런 자는 그 영향을 낱낱이 인식하면서도 누군가에게 마땅히 주어져야 할 것을 빼앗는다. 울프는 이런 식으로 성미가 고약한 이는 아니었다. 그녀는 그저 부당한 행위를 저질렀다. 의식적으로 잔혹하게 행한 일이 아니라 분노와 자만심으로 한 일이었다. 재능은 있으나 불안한 예술가가 평민의 대담성에 분한 나머지 갖게 된 오만함 때문이었다. 이는 아리스토텔레스의 뒤를 이어 아퀴나스가 영혼의 비이성적인 부분의 탓으로 돌린 마음이다. 아퀴나스는 "한 사람이 다른 이를 싫어하거나 경멸하거나 화가 날 정도로 부러워할 때면 그 사람에게 나쁜 일을 행하는 작은 조짐에 이끌린다"라고 적었다. 울프는 자신의 소설 세계를 만들어 나가느라 분투하는 중이었기에 조이스의 세속적이고도 너무나 조심성 없는 소재를 예술적으로 저속하다고 여긴 것이다.

강직함

　1941년 1월 제임스 조이스는 천공성 궤양으로 취리히에서 생을 마감한다. 울프는 《율리시스》를 처음 읽은 후로 수십 년이 흐를 때까지 조이스에 관한 글을 거의 쓰지 않았다. 울프는 일기에서 아일랜드 작가의 나이를 되돌아본다. 울프와 조이스는 동시대의 인물이었다. 마치 어느 문학적 동료를 적의를 덜 품고 돌아보는 것처럼 울프의 글에서는 연대감이 조금 묻어난다. 그녀는 그 책이 "난잡한" 탓에 서랍에 넣어 두었다가 캐서린 맨스필드가 찾아온 이후에 다시 꺼낸 일을 회상했다. 가장 예리한 부분은 울프가 그 소설에서 느낀 황홀감과 따분함을 생생하게 묘사한 대목이다. 울프는 "나는 그 푸른색 책을 산 뒤 어느 여름에 이곳에서 그 책을 읽었으며 경이를 느끼고 무언가를 발견했다는 격정적인 느낌에 빠지다가도 기나긴 지루한 시간을 보내기도 했다"라고 적었다. 울프의 목소리에 깔려 있던 혐오와 경멸의 기색은 사라지고 놀라움과 지루함이 기묘하게 섞인 태도가 그 자리를 대신했다. 그녀는 소설에 관해 숙고한 후에 내놓은 자신의 반응에 관해서만 되돌아볼 뿐 조이스의 결점에 관해서는 침묵했다. 비평가들은 《율리시스》를 읽으며 싫증을 내기는커녕 황홀해하면서 소설의 결점들에 관해 이의를 제기할지도 모른다. 비트겐슈타인이나 프루스트 저작의 모든 페이지에서 뚜렷한 이유 없이 황홀해하는 이들과 마찬가지로 말이다. 그러나 이것이 사실이라면, 이는 울프가 부당하지 않았으며 그저 너무 성급했거나 자존심이 강했음을 의미한다. 버지니아 울프는 죽음을 맞이하기 석 달 전에 조이스를 향한 평정심을 되찾았으며 이는 공정한 처사였다. 울프는 너무나도 가깝던 경쟁자를 안전할 정도로 떨어져 있는 협력자로 바꾸어 놓았다.

그녀가 공정하게 행동하고자 반드시 조이스를 숭배할 필요는 없었다. 울프는 자신의 창조적인 고뇌와 콧대 높은 중산층의 오만함을 상쇄해야 했다. 이 상쇄는 노력을 기울여서가 아니라 시간이 흐르며 이루어졌다. 그러나 오랜 세월이 흐르자 본래 존재하던 것만이 뚜렷하게 드러났다. 바로 뛰어난 문학을 향한 아낌없는 관심이다. 울프는 산문과 작품, 명민함에서 지속적으로 자신이 탁월하기를 갈망했다. 그녀의 모든 작품에서는 광휘가 뿜어져 나왔지만 울프 자신은 열렬한 독자이기도 했다. 예를 들어 울프가 프루스트를 향해 보인 반응은 세심하면서도 폭발적이었다(울프는 로저 프라이에게 보내는 편지에 "책을 내려놓고 숨을 몰아쉴 수밖에 없었다"라고 적었다). 그녀의 습관적인 공정성 뒤에는 작품을 향한 헌신, 즉 〈책은 어떻게 읽어야 하는가?〉에서 지지하던 글에 자신을 기꺼이 바치려는 의지가 있었다. 그러나 정의에는 좀 더 폭넓은 관심이 필요하다. 이 관심은 그저 특정한 소설이나 에세이를 향한 것이 아니라 그것들의 공통점을 향해야 한다. 울프는 "그러므로 우리를 인도해 줄 취향을 가지고 여러 책을 하나로 묶는 특성들을 찾아 특정한 책 너머로 발을 내디딜 것이다"라고 적었다. 독자는 책을 읽으며 만족감뿐만 아니라 기준까지 얻게 되는 것이다.

울프는 이런 점에서 아퀴나스가 "이성의 강직함"으로 통제되는 공정한 의지라고 일컬은 태도를 지니고 있었다. 이 공정한 의지는 아퀴나스가 "합리적 욕구"라고 일컬은 갈망으로 그 욕구 자체가 원하는 것을 이해하고 되돌아볼 수 있는 그런 열망이다. 아퀴나스는 인간이 이런 점에서 독특하다고 여겼다. 동물과 식물도 성향과 충동을 지니고 있지만 논리적이지는 않다. 그러나 인간은 수단과 목적뿐만 아니라 그 목적이 왜 가치 있는지, 어떤 더 높은 가치를 옹호하거나 훼손하는지에 관해서도 생각한다. 꼭두각시 인형을 부리는 사람처럼 의지가 욕망과 육체를 움직인다고 생각하는 이는 여전히 많지만, 이런 생각은 의심스럽다. 그러나 약간의 관용이 더해지면 아퀴나스의 개념은 도움이 된다. 의지가 기꺼이 숙고하려 하기에 정의는 가능해진다. 독자로서 우리는 멍에와 지도를 가지고 우리의 작은 열망을 조종할 수 있기 때문이다.

이런 정의에 보편적이고 영원하며 탁월한 법령이 필요하지는 않다. 아리스토텔레스가 언급했듯이 우리는 구체적인 상황에 맞는 유연한 가치 개념이 때로 정신을 통치하게 해야 한다. 버지니아 울프는 이런 방식을 통해서 "책과 접촉함으로써 끊임없이 깨지게 될 때만 남아 있는 규칙"인 문학적 선에 대한 개념을 풍부하게 만들었다. 텍스트를 이처럼 예민하게 다루려면 자기중심성이나 쉬운 일반화를 향한 갈망을 극복해야만 한다. 우리는 자신의 황홀감이나 권태, 각성이나 공포를 인정하지만, 작품의 분류, 미적 전통, 작품에 쓰인 기법 등을 포함하는 작품의 기원을 이해하려고도 한다. 독자는 저자를 판단하려 할 때면 자신의 별난 점들과 좋아하는 화제들을 저자의 별난 점과 좋아하는 화제에서 떼어 내야 한다. 자신의 가정을 저자가 의도한 바에서 떼어 놓아야 하고 자신의 잠재적 업적을 저자의 실제 업적과 분리해야 한다. 울프의 경우에는 조이스를 향한 정당한 불만과 악의적인 경멸을 구분했어야 한다. 조이스가 존재적 위협이 될지 역사적 협력자가 될지를 구분했어야 하고, 조이스의 계층의 표지와 미적 단점들을 나누어 보았어야 한다. 울프는《율리시스》에서는 이를 성취하는 데 실패했지만 텍스트를 향한 전반적인 접근은 공정했다. 그리고 이런 접근에 대한 울프의 묘사는 경험에서 조사에 이르기까지 그녀의 신중한 취향과 연관되어 있다.

"책을 앞에 두지 않고 계속해서 읽어 나가고 어느 하나의 그림자 모양을 다른 그림자 모양과 비교하며 그런 비교를 생생하고 분명하게 하고자 충분히 폭넓게 이해하며 읽는 일은 어렵지만, 그보다 더 나아가 이 책은 이런 종류일 뿐만 아니라 이런 가치가 있고 실패한 점은 무엇이며 성공한 점은 무엇이고 이건 좋고 저건 나쁘다라고 말하는 일이 더 어렵다."

그렇다고 해서 울프와 아퀴나스가 궁극적인 문학적 정의의 이해를 공유했거나 아퀴나스의 정돈된 신성한 궁극성이 가능하다는 뜻은 아니다. 그보다는 이와 같은 정의에 대한 단순한 개념은 글에 대한 지향점, 자만심, 두려움, 질투심 등으로 인해 실패하곤 하는 울프의 교양 있는 취향을 쉽게 이해하게 해 준다.

탁월함의 전체

독자의 정의에는 또 다른 종류가 있다. 이 정의는 한 가지 종류의 공명정대함보다는 폭넓은 문학적 이상을 제공한다.

아리스토텔레스는 《니코마코스 윤리학》에서 법률의 제정이 모든 미덕을 발전하도록 독려한다고 주장했다. 바람직한 시민은 의무와 책임을 회피하거나 다른 시민을 모욕하지 않으며 용기와 인내, 긍지를 드러낼 것이다. 아리스토텔레스의 요점은 어느 공동체가 잘 작동하려면 모든 일에서 모두에게 마땅히 주어져야 할 것들이 주어지도록 하는 탁월한 배치가 필요하다는 것이다. 그는 "이런 의미에서 정의는 탁월함의 일부가 아니라 탁월함의 전체이다"라고 적었다.

《율리시스》를 예로 들어 보자. 조이스의 걸작을 공정하게 다루려면 나에게는 미덕이 필요하다. 열한 번째 장에서 블룸은 어느 아일랜드 공화당 지지자와 만난 일을 이야기한다. 이 주인공은 무언가 새겨진 바닷가의 돌들이 붙은 허리띠를 두른 채 불길하게 앉아 있는 외눈의 캐리커처를 묘사한다("많은 아일랜드 영웅과 고대 여주인공의 부족 이미지"이다). 목록은 계속 이어진다. 켈트족 전설에 나오는 백전백승의 콘으로 시작해 단테, 무함마드, 베토벤에 이르기까지 아흔 명이 넘는 인물이 등장한다. 인내심이 없다면 이름을 건너뛰거나 구절이 흐릿하게 보일 수 있다. 조이스가 말하려는 요점은 문장을 일일이 읽지 않아도 파악할 수 있다. 그러나 이 장의 재미는 부조리함이 천천히 쌓여 가고, 합리성이 어리석음으로, 평범한 사실이 터무니없는 웅장함으로

점철되는 방식에서 비롯된다. 또한 이 대목에는 억양과 내용에서 스튜어트 리의 코미디를 연상시키는 희극적 리듬도 가미되어 있다. 급하게 읽으면 조이스 특유의 유머 감각을 놓쳐 버리게 된다.

《율리시스》는 호기심으로의 초대장이기도 하다. 울프가 남학생의 허세라고 생각한 것은 남학생의 허세일 수도 있다. 그 예로 스티븐 데덜러스가 의식의 흐름대로 말하는 세 번째 장을 보자. 조이스의 대역이라 할 수 있는 스티븐은 '프로테우스'와 관련된 이 장에서 자신의 배움을 양피지에 흩뿌린다. 처음 몇 페이지만 해도 아리스토텔레스, 그리스도교 신화와 신학, 독일 예술 비평이 언급되어 있으며, 조이스의 서정적인 방식으로 영어에서 독일어로 프랑스어에서 라틴어로 화제가 전환된다. 이는 조이스가 받은 교육의 다양한 원천뿐만 아니라 주인공의 배움과 열망 사이의 차이점 또한 드러낸다. 교육에 대한 허세를 부림에도 스티븐은 의심과 비탄의 상태에 가깝다. 그는 자신의 문학적 야망을 조롱하면서 부성에 대한 양면적 감정을 드러낸다. 스티븐은 신중함으로 사실과 이론을 마주하지만 사물의 비현실성에 집착한다. 그리고 이런 주제들은 학문적 언급 대상들 '속'에서 나타난다. 아리우스주의는 성부와 성자의 분리를 가르쳤지만("가련한 아리우스는 어디에서 승부를 지으려 할까?")

스티븐은 아버지의 존재를 떨쳐 버리지 못하는 것처럼 보인다. 조이스는 "죄악의 어둠 속에서 잉태된 나 역시 나의 목소리와 눈을 지닌 남자와 숨결에 재가 묻은 어느 유령 부인에게서 잉태되지 못했다"라고 적었다. 독자가 소설을 둘러싼 가능성의 우주를 눈치채지 못하고 읽는다면《율리시스》는 뛰어난 예술성을 잃게 된다.

이 소설을 읽으려면 일종의 용기가 필요하기도 하다. 끝에서 두 번째 장은 귀가에 관한 내용이다. 스티븐 데덜러스와 리어폴드 블룸이 블룸의 집에 이른 아침에 도착한다. 《율리시스》의 많은 부분과 마찬가지로 이는 독특한 방식으로 쓰였는데 이 경우에는 교리 문답서의 형식이다. 울프 자신의 용어를 빌리자면 상류층 독자 혹은 저급한 독자들에게 더욱 친숙하도록 시적이거나 기사문 같은 산문 대신 조이스는 과학과 신학의 추상적인 전문 용어들을 사용한다. 나는 소설에 신뢰성을 부여하는 사실들의 균형을 잡아 주는 소설 자체에 대한 정보를 익힌다. 그러나 이는 풍자적인 정밀성과 함께 주어진다. 이 장이 시작될 무렵 열쇠 챙기는 것을 잊어버린 리어폴드는 벽을 뛰어넘어 부엌방을 거쳐서 주방에 들어선다. 그동안 스티븐은 밖에서 기다리고 있다.

"그동안 스티븐은 어떤 연속적인 이미지를 감지했을까? 그 구역 울타리에 비스듬히 기댄 채 그는 안이 훤히 들여다

보이는 주방의 판유리를 통해 가스 불을 14촉광으로 조정하는 남자, 양초를 켜는 남자, 양쪽 부츠를 차례로 벗는 남자, 1촉광의 양초 불을 들고 주방을 떠나는 남자를 감지했다."

조이스가 쓴 이런 구절들은 재미있지만 전통적 소설의 기반을 약화시킨다는 점에서 충격적이기도 하다. 소설은 독자들이 그것이 소설임을 잊도록 하는 방식인 핍진성으로 정의되곤 한다. 조이스는 한 가지 산문 방식을 고집하지 않고 끊임없이 자신의 스타일을 선보였다. 《율리시스》는 개념, 주제, 구조가 통일성을 지녔음에도 독자들에게 다양한 언어로 다양한 인상을 맞닥뜨리게 하는 분열된 작품이다. 《율리시스》에서 유독 인상적인 점은 조이스가 굉장히 인간적인 이야기를 하는 동시에 이런 업적을 이루었다는 것이다. 나는 여전히 조이스의 책을 고전에 대한 진실을 믿지 않은 채로는 읽을 수 없다. 이 소설에서 드러나는 조이스의 야망은 압도적이다. 이 소설 이후에는 어떻게 써야 할 것인가? 이는 울프에게 《율리시스》를 추천한 T. S. 엘리엇이 그토록 단호하던 이유이다. 전하는 바에 따르면 엘리엇은 울프에게 "그 책은 19세기 전체를 파괴했기 때문에 랜드마크가 될 것"이라고 말했다. 만약 그 소설이 《댈러웨이 부인》의 심리적 복잡함을 제공하는 데 실패했다면 문학적 맹신이라는 질병에 대한 해독제로서는 성공한 것이다. 그리고《율리시스》를 읽기 위해서는 다 읽고 난 뒤 성실한 애서가의 망상에 비통해할 기개와 용기가 필요하다. 조이스를 정당하게 대하려면 그에게 주어져야 할 대가를 인식할 만큼 용감해야만 한다.

이는 그저 하나의 소설이지만 그 중요성은 분명하다. 완벽한 독자는 한 가지 탁월함에 안주할 수 없으며 최대한 많은 탁월함을 구축해야 한다. 다른 작품에는 다른 미덕들이 필요하다. 조이스는 나의 절제력을 시험에 들게 하지 않았으며, 울프의 〈소설 다시 읽기On Re-Reading Novels〉라는 매혹적인 산문을 읽는 일에는 그녀가 인용한 빅토리아 시대 작품들을 읽을 때보다 훨씬 적은 인내심이 필요했다. 그러나 폭넓고 정당하게 읽으려면 아리스토텔레스의 이상에 접근해야만 한다. 이는 보폭이 크고 목소리가 낮은 아리스토텔레스의 '메갈로프시코스megalopsychos', 즉 '영혼이 위대한 사람'은 아닐 테고 그보다는 끊임없이 자신의 여러 가치를 개발하고자 분투하는 독자이자 메갈로프시코스의 덜 냉담한 문학적 도플갱어일 것이다.

마땅히 주어져야 하는 것에 대한 열망

울프나 조이스처럼 그 저작이 고전으로 여겨지는 작가들에게는 위엄이 따른다. 이런 위대한 자들을 위한 정의가 따로 존재하는 것처럼 느껴질 수도 있다. 그러나 정의는 의미상 모두에게 적용된다. 비록 어떤 작가들은 더 적은 갈채를 받아 마땅하지만 이는 독자가 너무 이른 판단을 내렸기 때문이다. 과찬의 경우에도 마찬가지이기에 이런 관점은 우리가 좋아하는 작품에도 적용된다.

예를 들어 H. P. 러브크래프트의 이야기들은 염세적인 오싹한 분위기로 독자에게 재미를 선사하는 고전적인 서브컬처 소설이다. 산문은 과장되어 있고, 놀랄 일은 적은 데다 그 정도가 약하며, 분위기는 단조롭다. 그는 〈냉기Cool Air〉에 "그러고 나서 10월 중순에 공포에 대한 공포가 깜짝 놀랄 만큼 갑작스럽게 찾아왔다"라고 적었다. 역설적이게도 이런 구절들은 그 내용의 정확히 반대 지점에서 성취를 이룩했다. 러브크래프트의 편협성 역시 순진무구한 즐거움을 망친다. 그의 작품들은 사적으로나 공개적으로나 다른 인종과 문화를 업신여기는 태도에 젖어 있다. 그 다른 인종과 문화에는 아프리카계 미국인, 유대인, 그리고 그가 뉴욕의 차이나타운에서 본 "지적 능력이라곤 없으며 후덥지근한 공기에 고통받는 지저분한 잡종 인간들"이 포함된다. 또한 그는 성과 생식을 혐오했다. 러브크래프트는 세속적인 청교도주의자였으며, 그의 산문은 그의 의견보다 조금 더 교양이 있었다. 이 작가를 제대로 다루려면 그의 추악한 의견, 만성적인 소외감, 제한된 기교 등을 인식해야 한다.

그러나 러브크래프트를 제대로 다루려면 그가 누린 인기 또한 마주해야 한다. 수백만 명의 독자가 그의 맹목적 애국심이나 문화적 소외에 관심을 두지 않고 그의 소설을 즐겼다. 말만 하고 보여 주지는 않는 어설픈 클라이맥스("그러니까 나는 18년 전에 죽었다"), 정신적 편협함과 모호함, 세부 사항 사이의 어정쩡한 불균형 등 이 모든 단점에도 때로 독자들은 러브크래프트가 그린 암울한 뉴잉글랜드와 함께 저녁을 보내는 일만큼 마음을 사로잡고 기묘하게 행복해지는 일도 없다고 느꼈다. 특히 삶을 향한 구제할 길 없는 혐오감을 제공하는 그의 크툴루 신화(Cthulhu Mythos : 러브크래프트의 저작물을 기반으로 후대의 작가들이 보충한 일련의 신화 체계-옮긴이)에서 살펴볼 수 있듯이 그의 이야기에는 진정한 예술이 담겨 있다. 이는 잊을 수 없는 것이다. 장식이 너무 많은 표현이 계속되면서 기분 나쁜 느낌의 축축한 체념을 야기한다. 그의 작품은 애써 보지만 자신 너머의 힘에 대처하는 데 실패하는 인간을 그린 것이다. 이와 동시에 러브크래프트는 흉측한 것들을 평범하게 보이도록 한다. 그가 그려 내는 주마등처럼 스쳐 지나가는 장면은 어느 사무원의 것일 뿐 신이나 전사인 왕자의 것이 아니다. 그리고 어쩌면 가장 중요한 것은 그는 인간 자체를 다루지 않고 바글거리며 잔혹하고 완전히 이질적인 무한성인 인간의 우주를 다룬다는 점이다. 프랑스 소설가 미셸 우엘베크는 "러브크래프트의 작품에서는 진정한 인간의 표본을 마주할 수 없다"라고 적었다. 러브크래프트의 관심은 설명할 수 없는 항아리에 있을 뿐 그 안에 사는 연약하고 현혹된 인간의 표본에 있지 않다고 말해도 그에게는 부당하지 않다. 단편 소설 작가로서 그는 헤밍웨이나 (러브크래프트 작품을 서투르게 패러디한) 보르헤스와 비교했을 때 품위와 미묘한 차이에서 부족했다. 그러나 그의 소설은 말 그대로 끔찍했다.

에릭 밴 러스트베이더는 내가 10대 시절 흥분하며 맹목적으로 읽어 내려간 《밤의 제왕 닌자》를 포함한 여러 베스트셀러를 썼다. 그의 소설에는 굳은살이 박인 주먹에다 이국적인 감성을 지녔으며, 국제적 음모에 휘말리고, 아시아의 무술 마법을 사용하며, 다수의 관능적인 비유로 표현되는 잘생긴 주인공들이 나온다.

"그녀는 자신의 안으로 그를 이끌었고 잠자리는 용광로처럼 느껴졌다. 그녀는 그가 칼자루에 몰두하고 있을 때 자신의 배를 그의 배에 갖다 대었다."

《밤의 제왕 닌자》에 나오는 구절들이다. 어째서 잘 드는 칼을 용광로에 집어넣는 것일까? 신경 쓰지 말자. 그녀는 뜨거웠고 그는 깊이 들어왔다. 러스트베이더의 산문은 여러 비평가에게 마땅히 맹공격을 받았다. 《뉴욕 타임스The New York Times》는 "러스트베이더는 특히 고문하는 것과 같은 장면들을 좋아하지만 진정한 고문은 그의 문장들을 헤쳐나가는 일이다"라고 평했다. 《뉴욕 타임스》는 또한 러스트베이더의 문체에 관해서는 퉁명스럽게 "편지로 글쓰기를 가르치는 기관에서 소중하게 여길 만한 종류의 과장됨을 보여준다"라고 언급했다. 비평가들은 이 소설가가 고대 동양의 신비주의, 성에 관한 설화, 전투의 기량 등에 대해 품은 동양적 환상 역시 포착했다. 일본 여성은 "무한한 주의 및 신중함"과 "절묘한 유연함 및 교묘한 폭력으로 가득 찬" 위험한 종이접기 도전과 같았다. 사실 러스트베이더의 여성 등장인물은 대체로 가냘프고 약했다. 이는 깊이나 활력이 없는 페르소나들이다(레밍턴 리볼버를 남성의 성기로 사용하는 학대당한 레즈비언 성 노동자 젤다처럼 말이다).

러스트베이더의 작품을 대량 출판되는 싸구려 표현의 저속한 읽을거리에서 성적 쾌감을 얻는 독자들을 위한 것이라고 경시하는 일은 쉽다. 그는 학문을 연구하거나 섬세함을 드러낸 소설가는 아니었다. 그러나 나는 10대 소년으로서 《밤의 제왕 닌자》와 그 속편들을 읽으며 새로운 산문 스타일과 철학으로 진입했다. 러스트베이더는 밋밋한 저널리즘 표현을 거부하고 고등학교 문법 규칙을 어겼으며(절대 접속사로 문장을 시작하지 않음) 직유법을 자유롭게 사용했다. 그는 "이야기꾼에게 스타일이 없는 것만큼 최악인 일도 없다"라고 적었다. 《밤의 제왕 닌자》를 처음 읽은 지 20년이 지난 지금, 나는 러스트베이더의 스타일이 인상적이라고 말할 수는 없다. 그러나 그의 이야기들은 마치 연기자들처럼 사뭇 진지하고 독특했다. 러스트베이더는 일본 문화에서의 '얼굴'의 의미에서 시작해 무사도, 하이쿠에 이르기까지 일본의 윤리, 정치, 역사, 미학을 설명하는 긴 글을 쓰기도 했다. 그의 분석은 지나치게 단순화하는 경향이 있었지만, 이 소설가 덕분에 나는 문화와 역사에 대해 더욱 조심스럽게 접근하게 되었다. 이로써 러스트베이더는 교육적인 소설을 출간하고 싶다는 자신의 이상을 성취한 셈이다. 저자를 공정하게 대하기 위해 움츠러드는 마음을 극복하고 고백해야 한다. 나는 성과 폭력 때문에 그 책을 집어 들었으나 교육을 받고자 머물렀다.

고백과 정정

독자에게 정의는 열망이며, 이것이 실패했을 때는 정정하게 된다. 어느 쪽이든 그 작품에 세심하고 신중하게 헌신함으로써 저자의 노동을 인식하면서 그를 기꺼이 진지하게 받아들이려는 의지가 필요하다. 저자는 작품 뒤편(때로는 그 안)에서 상상되는 존재이기 때문에 독자는 저자를 부분적으로만 받아들일 수 있다. 이는 저자가 전설과도 같은 호메로스이든 수다스러운 축제의 토론자이든 모두 적용된다. 우리는 저자를 발명해 낸다. 이는 저자의 현실을 노골적으로 거부하는 것이 아니다. '모든' 관계에는 어느 정도의 추측이 수반된다. 우리는 '내면의 삶'을 타인에게 투영하면서 자신에 대해 그러하듯이 많은 실수를 범한다. 투명성은 비인간적이다. 그렇다고 해서 우리가 타인의 업적을 이해하고 판단하기를 멈추지는 않는다. 우리는 매일 실패와 정복, 기여와 훼손, 대가와 초보자에 관해 쉽사리 말한다. 텍스트의 경우에도 이는 마찬가지이다. 저자는 그에게 마땅히 주어져야 할 것을 받아 마땅하다. 설사 그로 인해 저자의 동기에 의문이 제기되거나 재능의 한계가 드러난다고 해도 말이다.

어떤 존재로서나 독자로서나 아리스토텔레스가 말한 "완전한 탁월함"을 갖추기는 어렵다. 우리는 성급하거나 옹졸하거나 거만할 수 있다. 우리를 위해 쓰이지 않은 작품들, 즉 감수성이나 성숙함, 분위기가 다른 독자들에게 속한 작품들에 신음 소리를 내며 악담을 퍼부을 수도 있다. 다른 곳에 정신이 팔리거나 우울한 탓에 저자의 작품을 조각조각 끊어 읽을 수도 있다. 이는 정의가 특정한 미덕으로서 중요한 이유이다. 정의는 우리의 다른 결함들을 보충해 준다. 다시 말해 우리가 자만심을 가지고 칭찬하거나 비난하기 전에 최소한 멈출 수 있도록 해 준다. 공정한 독자는 감정과 판단을 구분한다. 판단과 선언 사이에서 멈춘다. 그런 독자는 언제나 완벽하게 해석함으로써 그렇게 하는 것이 아니라 저자에게 마땅히 주어져야 할 것이 부족함을 고백함으로써 그것들을 저자에게 부여한다. 그렇다. 울프는 조이스를 부당하고 심술궂게 대했다. 그러나 정의를 향한 지속적인 연대감은 울프가 고백하고 정정하도록 독려했다.

그리고 나 역시 그런 연대감으로 읽기를 소망한다.

잡동사니 방

셜록 홈스는 기이한 인물이었지만 한 가지 면에서는 평
범했는데, 책을 주로 유용한 것으로 보았다는 점에서 그렇
다. 홈스는 〈다섯 개의 오렌지 씨앗The Five Orange Pips〉에
서 "누구나 자신의 작은 머릿속 다락을 쓸 만한 가구들로 채
운 다음 나머지는 언제든 원하면 꺼내 볼 수 있는 서재의 잡
동사니 방에 집어넣어야 한다"라고 말했다. 잡동사니 방은
오래된 땅에 마련된 편리한 저장고로 탁자, 의자, 서랍장 등
을 두는 데 쓰인다.

홈스에게 독서는 단순히 정보를 찾는 전문적인 기술이었
다. 그는 ("늘 유익한") 범죄 보도와 고민 상담 칼럼을 골라
읽었으며 이는 그의 법의학적 기술에 필요한 전부였다. 여
기서 독자는 순전히 명백한 것들의 수집가이며 유일한 의

문은 연역적이다. 텍스트는 특유의 불안감을 잃고 실용적인 정신의 가구가 된다.

사용 설명서, 요약문, 간판, 명판 등에 적힌 글이 유용한 것은 의심의 여지가 없다. 그러나 서재는 경이로움, 환상, 충격의 별자리이기도 하다. 코넌 도일보다 젊은 동시대 작가 사키는 이 점을 전형적인 풍자 소설 〈잡동사니 방The Lumber Room〉에서 상기시켰다. 재버러라는 가상의 해안 마을을 배경으로 한 이 소설에서는 한 소년이 잘못을 저질러 처벌받게 된다. 빵과 우유가 담긴 그릇에 개구리를 버린 후에 니컬러스는 그의 사촌이 해변으로 떠나는 동안 집에 남겨진다. 고모는 어리석게도 그를 구스베리 정원에 드나들지 못하게 하려 하지만, 니컬러스는 열쇠를 슬쩍해서는 저택 안의 잠겨 있는 잡동사니 방으로 들어간다. 그는 사냥꾼, 개, 수사슴이 색실로 짜여 있는 태피스트리를 찾는다. 둥글게 말아 놓은 아메리카 원주민풍의 늘어뜨리는 장식 위에 앉아서 니컬러스는 백일몽에 젖기 시작한다. 긴 수풀 사이에 쭈그리고 앉아 있는 사냥꾼은 총을 잘못 쏠지도 모른다. 그러나 만약에 그렇다면, 자신과 사냥개들을 숲을 배회하는 늑대들에게서 어떻게 지킬 것인가? 니컬러스는 계속해서 여정을 이어 가고 여전히 고모에게서는 몸을 숨기고 있다. 그는 촛대와 찻주전자, 작은 조각상들이 담긴 상자, 이국적인 새들이 나오는 책을 찾는다. 이는 "그의 주의를 즉각적으로 사로잡는 기쁘고 흥미로운 사물들"이었다.

소년은 절대 잡히지 않았다. 그리고 가족이 앉아 어색한 침묵 속에서 차를 마실 때 니컬러스 역시 입을 다물었다. 사키는 "니컬러스는 사냥꾼이 사냥개들과 달아날 수 있던 것은 늑대들이 나이 든 수사슴으로 배를 채우고 있는 와중이어서라고 생각했다"라고 적었다. 상상은 계속된다.

어린 시절에 이야기를 지어내도록 자극하는 사물의 발견, 가족과 멀리 떨어져 있을 때 은밀하게 마주하는 위험에 대한 암시, 저녁을 먹으며 안절부절못하는 동안 뼈다귀처럼 씹어 먹게 되는 환상 등이 바로 페이지들에서 얻는 황홀감이다.

《독서의 태도》에 영향을 미치고 영감을 준 나의 서재에 관해 적는 일은 셜록의 것보다는 니컬러스의 것에 더 가까운 어느 잡동사니 방을 묘사하는 것과 같다.

자유롭게 하는 페이지들

《이솝 우화》는 종종 고뇌와 굴욕으로 의식을 고양시키려 하는 모호한 도덕적 이야기들의 개요서이다. 해리 라운트

리가 삽화를 그린 나의 콜린스판(1951년)은 커다랗고 진한 서체로 되어 있어 다루기 힘든 신중함에 관한 메시지를 전하기에 완벽하다.

《아라비안 나이트》는 순수한 모험 이야기이다. 처음 출간되었을 때 외설물로 간주된 리처드 버턴의 잘 알려진 번역은 여전히 경이롭다. 아랍어와 아랍 문화에 충실해서가 아니라면, 그의 장난기 어린 영어 때문일 것이다. 내가 소장하고 있는 책은 W. H. 컷힐이 분위기 있는 삽화를 그린 아서 베이커판(1953년)이다. 삽화에는 젖꼭지가 그대로 드러나 있어 어린 시절 나의 눈에는 무척이나 이국적인 왕국으로 보였다.

에니드 블라이턴의《신발 속에 사는 깐깐 여사》는 문체나 내용에 담긴 편견을 보면 이제는 다소 낡은 느낌이 들지만, 아이들이 홀로 커다란 나무를 거쳐 놀라운 땅으로 떠나는 내용은 오늘날 읽어도 여전히 멋지다. 내가 소장하고 있는 조지 뉴스판(1947년)에 수록된 도로시 휠러의 그림은 지금 봐도 단순한 매력이 있다.

그러나 이 그림들이《곰돌이 푸》(머슈언, 1946년)에 포함된 E. H. 셰퍼드의 엉뚱한 스케치를 당해낼 수는 없다. 더군다나 이제는 나만의 이요르(《곰돌이 푸》에 나오는 가상 인물로 비관적이고 우울한 캐릭터-옮긴이)와 티거(《곰돌이 푸》에 나오는 가상 인물로 활발하고 자신감 넘치는 캐릭터-옮긴이)가 있는 만큼 A. A. 밀른의 시리즈가 품은 황홀감, 활기, 우울감은 여전히 나에게 와닿는다. 니코스와 소피아(작가의 아들과 딸-옮긴이)에게 들어 줘서 고맙다고 전하고 싶다. 이런 어린이책들은 다양한 곳에서 여러 번 출간되며, 새 책이나 중고 책 혹은 무료 전자 도서 형태로 읽을 수도 있다.

코넌 도일의 이야기들도 이 점에서 마찬가지이다. 《셜록 홈스 걸작선》(악터퍼스, 1986년)은 페이지 가장자리에 모조 금박이 새겨져 있고 표지는 인조 가죽이다. 그러나 그의 작품들은 온갖 형태로 저렴하게 이용할 수 있다. 이런 탐정 이야기들은 현대 범죄 소설들의 미묘한 심리적 차이라든가 법의학적 정확도에는 뒤처지지만, 셜록 홈스는 그 천재성만큼이나 특이한 성격 덕분에 여전히 뛰어난 영웅으로 남아 있다. 100년이 지난 도일의 문체는 원기 왕성하고 신뢰할 수 있으며 발끈 성을 내기도 하는 왓슨과 닮았다.

블라디미르 나보코프의 《말하라, 기억이여》(펭귄, 2000년)는 기억, 혁명 전 러시아, 나비들, 망명 등에 대한 성찰뿐만 아니라 세련된 등장인물들의 묘사로 가득 차 있다.

저메인 그리어의 문학적 갈구에 대한 기억은 앤토니아 프레이저가 편집한 《독서의 즐거움The Pleasure of Reading》(블룸즈버리, 1992년)에서 가져왔다.

마이클 셰이본의 《지도와 전설Maps and Legends》(맥스 위니, 2008년)에는 저속한 읽을거리, 만화, (특히 유대인의) 정체성에 대한 전형적인 사려 깊은 관찰 등이 담겨 있다. 나는 슈퍼히어로의 황금기 시절 미국을 배경으로 하는 그의 뛰어난 저작 《캐벌리어와 클레이의 놀라운 모험The Amazing Adventures of Kavalier and Clay》(포스 에스테이트, 2002년)을 인용하지는 않았다. 그러나 나는 이 작품에서 자극을 받아 대중문화에 대한 셰이본의 생각을 찾아보게 되었는데, 그는 나를 실망시키지 않았다. 배트맨, 고스트 라이더, 그린 랜턴에 관한 나의 의견에 미소를 지었거나 궁금해졌다면 셰이본의 소설을 집어 들어라.

내가 처음 접한 오르한 파묵의 책은 오스만 제국을 배경으로 펼쳐지는 황홀한 이야기 《내 이름은 빨강My Name is Red》(파버 앤 파버, 2011년)이었다. 이 책에서는 동전과 나무, 시체와 같은 사물들의 시점에서 이야기가 서술되기도 한다. 예술과 문학, 삶에 대한 파묵의 에세이집 《다른 색들》(파버 앤 파버, 2007년)에서는 앞서 말한 소설에 어려 있는 초현실적인 광채는 부족하지만, 그의 작법과 분열된 세상을 섬세하게 논의해 보인다.

이디스 워튼은 사고방식과 감각에서 탁월했을 뿐만 아니라 산문에서도 빼어난 문장을 선보였다. 《뒤돌아보며》(센추리, 1987년)에서는 워튼의 삶과 그 시대를 엿볼 수 있을 뿐만 아니라 아무리 읽어도 질리지 않는 문단이 넘쳐 난다. 워튼의 여러 작품이 같은 출판사에서 출간되었으며, 중고 책으로 손쉽게 읽을 수 있다.

장 자크 루소에 대한 나의 의견은 《정원에서 철학을 만나다Philosophy in the Garden》(멜버른 대학교 출판부, 2012년)에 기록되어 있다. 그의 《고백록》(펭귄, 1953년)은 뛰어난 재능으로 근대의 정신 자체를 드러내고 (또한 감추는) 영원한 기록이라고만 말해 두자.

《파리 리뷰》의 모든 호에는 소설가에서 극작가, 전기 작가에 이르는 여러 저자의 인터뷰가 수록되어 있다. 문학적 지성의 기원에 관심이 있는 이에게 《파리 리뷰》는 요긴한 계간지이다. 윌리엄 깁슨의 인터뷰는 197호(2011년)에 수록되어 있는데, 이 책에 언급된 여러 다른 저자도 이 계간지의 아카이브에 특별히 포함되어 있다. 데니스 넉시의 〈읽는 법 익히기Learning to Read〉 속 구절은 213호(2015년)에서 가져왔다. 구독료가 너무 비싸게 느껴진다면 여러 공립 도서관에서 근래에 나온 호와 이전 호를 찾아볼 수 있을 것이다.

나는 장 폴 사르트르의 철학과 그의 됨됨이에 관해서는 판단을 유보하고 있는데, 《정원에서 철학을 만나다》에 이에 관해 자세히 적어 두었다. 그러나 사르트르의 글쓰기와 독서에 관한 글들은 탁월하다.《문학이란 무엇인가》(필로소피컬 라이브러리, 1949년)는 사르트르 자신이 찬양한 분명한 산문체로 문학의 두 가지 자유에 관해 대담하게 서술한 저작이다. 그의 소설《말Words》(해미시 해밀턴, 1964년)은 이 철학자의 어린 시절과 성인이 되어 가는 과정을 심오하면서도 빼어나게 그려 낸다. 이는《구토Nausea》와 마찬가지로 그 자신의 인상들을 소설화한 사르트르의 최고의 작품이다.

아내의 책인 시몬 드 보부아르의《얌전한 처녀의 회상》(펭귄, 1972년)은 여러 권으로 이루어진 자서전 가운데 첫 번째 책이다. 사르트르의《말》보다 덜 거창하지만 보다 감동적인 이 책에는 전쟁 이전 프랑스의 모습이 풍부하게 기록되어 있다.

허버트 마르쿠제는《예술의 미학적 차원The Aesthetic Dimension》(비컨 프레스, 1978년)에서 "휴가 같은 현실"을 논했다. 여전히 예술의 자주성을 매력적으로 옹호하는 이 책은 오늘날에도 미적으로 도전적인 검은색과 붉은색, 진한 주황색으로 이루어진 초판본 표지로 읽을 수 있다.

디킨스의 사색과 관련한 내용은 그의 어린 시절과 깊이 연관된《데이비드 코퍼필드David Copperfield》에서 가져왔다. 중고 서점에서 수년간 일한 나는 디킨스의 책은 어디에나 있고 아주 싸게 얻을 수 있다고 지루해하며 말할 수 있다.

셰이머스 히니의 〈책장〉은 그의 대표적인 시 전집 《전깃불Electric Light》(파버 앤 파버, 2001년)에 수록되어 있다. 밝은 다홍색 표지를 찾으면 된다.

스쳐 지나가는 단어를 낚아채는 시에 관한 묘사는 한스 게오르크 가다머가 쓰고 로버트 베르나스코니가 편집한 《미의 관련성The Relevance of the Beautiful》(케임브리지 대학교 출판부, 1996년)에 수록된 〈철학과 시Philosophy and Poetry〉라는 글에서 가져왔다.

객체에 관한 나의 생각은 레비 R. 브라이언트의 《객체들의 민주주의The Democracy of Objects》(오픈 휴매너티스 프레스, 2011년)에 메아리치듯 나타나 있다. 브라이언트는 종종 사변적 실재론으로 불리는 성장하는 철학적 추세에 속해 있다. 이 철학적 동향은 초자연주의나 소박실재론에 빠지지 않으면서 인간 의식 너머의 우주를 온당하게 다루려고 한다.

마르셀 프루스트의 《독서에 관하여》(슈버니어 프레스, 1971년)는 잃어버린 과거의 저장고가 되는 책이라는 점에서 전형적인 프루스트풍의 저작이다. 그리고 1971년판은 에메랄드빛 반점 무늬가 돋보이는 자주색 표지가 매우 아름답다.

한나 아렌트는 글로 쓰인 이야기에 관해 아주 짧게 논

했지만, 《인간의 조건The Human Condition》(더블데이 앵커, 1959년)은 현대의 삶과 자유의 상실을 분석한 고전이다. 나는 가지고 있는 책에 테이프를 붙여 읽고 있지만, 시카고 대학교 출판부의 개정판(1998년) 역시 구할 수 있다.

스토파드의 재담은 《독서의 즐거움》에서 가져왔다.

치매와 독서에 대해서는 다음과 같은 연구를 참고했다. 《미국 역학 저널American Journal of Epidemiology》 155권 12호(2002년)에 실린 왕 후이신, 어니타 카프, 벵트 원블라드, 라우라 프라티리오니의 〈노년기 사회 여가 활동 참여와 치매 위험성 감소와의 연관성Late-Life Engagement in Social and Leisure Activities Is Associated with a Decreased Risk of Dementia〉, 《뉴잉글랜드 의학 저널New England Journal of Medicine》 348권(2003년)에 실린 조 버기스, 리처드 B. 립턴, 민디 J. 캐츠, 찰스 B. 홀, 캐럴 A. 더비, 게일 쿠슬란스키, 앤 앰브로스, 마틴 슬리윈스키, 헤르만 부슈케의 〈여가 활동과 고령층의 치매 위험성Leisure Activities and the Risk of Dementia in the Elderly〉, 《치매와 노인 인지 장애Dementia and Geriatric Cognitive Disorders》 21권 2호(2006년)에 실린 어니타 카프, 스테파니 팔리야르드-버그, 왕 후이신, 메릴 실버스타인, 벵트 원블라드, 라우라 프라티리오니의 〈여가 활동 중 정신적, 신체적, 사회적 요소들의 치매 위험성 감소에 대한 균등한 기여Mental, Physical and Social Components in Leisure Activities Equally Contribute to Decrease Dementia Risk〉 등이다. 마지막 논문에서는 다양한 종류의 신체적·사회적·지적 여가 활동이 함께 이루어질 때 더욱 효과적이라고 전한다. 좀 더 신중한 연구 결과는《분자적 질병 기초 저널BBA Molecular Basis of Disease》1822권 3호(2012년)에 수록된 왕 후이신, 웨일리 쉬아, 진징 페이브의〈여가 활동, 인지, 치매Leisure Activities, Cognition and Dementia〉에서 찾아볼 수 있다. 이런 다양한 연구 결과를 검토하면 연구 방식이 좀 더 구체적으로 표준화되어야 한다는 결론에 이른다. 예를 들어 독서를 포함한 '정신적 활동'의 종류, 강도, 지속 기간 등이 명시되지 않은 점만 보아도 그렇다.

나는《인생학교 : 지적으로 운동하는 법How to Think About Exercise》(팬 맥밀런, 2014년)에서 무라카미 하루키의 뛰어난 저작《달리기를 말할 때 내가 하고 싶은 이야기 What I Talk About When I Talk About Running》(빈티지, 2009년)를 논한 바 있다.

앤 E. 커닝햄과 키스 E. 스타노비치의〈독서가 마음에 미치는 영향What Reading Does For the Mind〉은《미국 교육자 American Educator》22권(1998년)에 실려 있다. 뇌의 연결성에 관한 연구는《뇌 연결성Brain Connectivity》3권 6호

(2013년)에 실린 〈뇌 연결성에 미치는 소설의 장단기 효과 Short-and Long-Term Effects of a Novel on Connectivity in the Brain〉에서 가져왔다. 연구자는 그레고리 S. 번스, 크리스티나 블레인, 마이클 J. 프리에툴라, 브랜던 E. 파이이다. 마음 이론에 관한 연구는 《사이언스Science》 342권 6156호 (2013년)에 실린 데이비드 코머 키드와 에마누엘레 카스타노의 〈문학 소설 읽기의 마음 이론 향상Reading Literary Fiction Improves Theory of Mind〉에서 가져왔다. 마지막 두 연구는 독서에 관한 연구에 흥미로운 기여를 했지만, 이 연구의 결론을 과장되게 다룬 대중 매체의 보도는 미심쩍다.

존 듀이의 《경험으로서의 예술》(민턴, 볼치 앤 컴퍼니, 1934년)은 관념론적 공상이나 물신 숭배, 모호한 전문 용어 없이 미적 경험에 관한 이론을 제시한다. 내가 소장하고 있는 천으로 장정된 초판도 여전히 상태가 좋지만, 새로 나온 책들도 찾아볼 수 있다.

역시 내가 소장하고 있는 호메로스의 《일리아드》(더 폴리오 소사이어티, 1996년)는 헌책방에서 '젤리 빈'으로 불리는데, 화려하게 장식되어 있고 비싸며 약간은 겉치레에 치중한 느낌이 들기 때문이다. 그렇지만 로버트 페이글스가 본능적으로 적어 내려간 번역문은 현대적이며 근사하다. 그레이엄 베이커 스미스가 그린 삭막한 삽화도 신화적 분위기를 더해 준다. 페이글스의 번역본은 펭귄사의 페이퍼백(종이 한 장으로 표지를 장정한, 싸고 간편한 책-옮긴이)으로도 읽을 수 있다. 운율감이 있는 《일리아드》를 찾는다면 18세기 알렉산더 포프의 번역본에서 노래와 같은 글을 읽을 수 있다.

데버라 레비의 소설 《헤엄치는 집》(파버 앤 파버, 2012년)은 정신적으로 기민하게 서술되어 있어 읽는 동안 내가 작은 조각으로 갈라지는 것만 같았다. 공업용 다이아몬드와도 같은 산문이다.

조지 오웰의 《엽란을 날려라》(펭귄, 2010년)는 《1984》에 비하면 세련미와 긴 안목이 다소 부족하지만, 문학적 저널리즘과 르상티망(원한, 증오, 질투 따위의 감정이 되풀이되어 마음속에 쌓인 상태-옮긴이)의 묘사는 훌륭하다.

프랭크 밀러의 《배트맨 : 다크 나이트 리턴즈》(DC, 2002년)는 《배트맨 : 이어 원Year One》(DC, 2005년)과 마찬가지로 암울한 분위기의 세련된 그래픽 노블로 가지각색의 글과 시각적 양식으로 배트맨의 이야기를 서술한다. 스콧 스나이더가 글을 쓰고 그레그 카풀로가 그린 최근 작품들은 다크 나이트의 모티프를 심화시켰지만, 밀러의 작품이 지닌 원형으로서의 영향력은 전혀 사라지지 않았다. 프랭크 밀러의 작품은 무정부주의자인 앨런 무어의 저작과 함께 읽으면 그 파시스트적인 경향을 상쇄할 수 있다. 그 시대의 전형적

만화인 론 마즈의《그린 랜턴 54화》(1994년)에서는 피상적인 잔혹함을 심리적 리얼리즘으로 착각한다.

내가 소장하고 있는《니코마코스 윤리학》은 조너선 반스가 편집한 두 권의《아리스토텔레스 전집The Complete Works of Aristotle》(프린스턴 대학교 출판부, 1984년) 중 한 권이다. 아리스토텔레스는 '헥시스'를《영혼에 관하여On the Soul》에서도 논한다. 아리스토텔레스의 모든 강론은 서점이나 중고 책방에서 저작을 구입하거나 인터넷상에서 다운로드해서 읽을 수 있다. 대학교 출판부에서 출간한 책들이 더욱 세심하게 번역되었고 해석이 포함되어 있다. 독일 철학자 페터 슬로터다이크는《너는 너의 삶을 바꿔야 한다You Must Change Your Life》(폴리티 프레스, 2013년)의 '태도와 관성'이라는 장에서 헥시스에 관해 짧지만 명료하게 논했다.

아리스토텔레스를 훌륭하게 해석한 현대 철학자 중에는 덕 이론가이자 공동체주의자인 알래스데어 매킨타이어가 있다.《덕의 상실》(더크워스, 1984년)은 현대 윤리학 논쟁에 필요한 막대한 기여를 했다. 자연과 윤리적 논쟁 자체의 가치 등을 다룬 매킨타이어의 에세이들은《철학의 과업The Tasks of Philosophy》(케임브리지 대학교 출판부, 2006년)과《윤리와 정치Ethics and Politics》(케임브리지 대학교 출판부,

2006년)에 수록되어 있다. 매킨타이어의《윤리의 역사, 도덕의 이론A Short History of Ethics》(라우틀리지, 1998년)은 윤리 철학의 역사에 대한 간결하고도 비판적인 입문서이다. 그의 다른 저작《누구의 정의이고, 어떤 합리성인가?Whose Justice? Which Rationality?》는 정의의 또 다른 경쟁적 전통에 관한 훌륭한 입문서이다.

매킨타이어와 마찬가지로 길버트 라일의 사상 또한 여러 세대의 영어권 철학자들에게 영향을 끼쳤다.《마음의 개념The Concept of Mind》(펭귄, 1973년)은 심리학적으로 케케묵은 여러 생각을 정정하는 데 필요한 작품으로 남아 있으며 케임브리지 대학교 출판부에서 재발간되었다.

팀 팍스의《나는 어디에서 읽는가Where I'm Reading From》(하빌 세커, 2014년)에는 문학적 기술, 해석, 비평, 문학 시장 등에 관한 명쾌하고도 도발적인 에세이 모음집의 일부인〈작가의 일The Writer's Job〉이라는 글이 수록되어 있다.

플래너리 오코너가 문학, 문화, 종교에 관해 심사숙고한 글은 샐리와 로버트 피츠제럴드가 편집한《미스터리와 매너Mystery and Manners》(파버 앤 파버, 2001년)에 수록되어 있다.

"열 명 중 여덟 명꼴로" 답한 놀라운 설문 결과는 젱킨스 그룹이 실시한〈대다수의 미국인은 마음속에 책 한 권을 품고 있다Most Americans Think They Have a Book in Them〉(PR 뉴스와이어, 2002년)라는 글에서 가져왔다. 퓨 리서치 센터의 보도는 홈페이지에서 찾아볼 수 있다.

마르티알리스의 하소연은 D. R. 섀클턴 베일리가 편집한 그의 저작《에피그램집 1권 : 장관들Epigrams 1 : Spectacles》 (하버드 대학교 출판부, 1994년)의 1~5장에 나오는 구절이다. 유베날리스의《열여섯 개의 풍자The Sixteen Satires》 (펭귄, 2004년)는 평범한 로마를 생생하게 되살려 낸 문학 작품이다(각주는 역사적인 격차를 메우는 데 도움을 준다). 역설적이게도 저자인 유베날리스 자신은 뒤편에 머물러 있어 독자는 그의 삶에 대해 잘 알 수 없다. 이는 덜 훌륭한 유산이다. "끝없는 집필욕"이라는 문구는 일곱 번째 풍자시에서 가져왔다.

R. G. 콜링우드는《예술의 원리Principles of Art》(옥스퍼드 대학교 출판부, 1938년)에서 신중하게 예술을 옹호한다. 그는 정서적 정직과 이해력을 촉진하는 예술의 역할을 강조한다. 미학에 관한 그의 저서는 이론의 편협성에도 불구하고 오늘날 관련된 논의에서 여전히 중요한 역할을 한다.

괴테와 실러가 기획한 작품을 위해 적은 메모인〈딜레탕티슴에 관하여On Dilettantism〉는 존 기어리가 편집한《예술과 문학에 관한 에세이들Essays on Art and Literature》(프린스턴 대학교 출판부, 1986년)에 수록되어 있다.

신경학자 올리버 색스의 후기작들은 모두 명쾌하고 인간적이며 호기심에 차 있다. 《마음의 눈》(피커도어, 2011년)도 예외는 아니다.

알베르토 망구엘의 《독서의 역사》(펭귄, 1997년)는 학문적 기록이나 단순한 회고록이 아니라 학문, 자서전, 문학 비평이 혼합된 저작이다. 글에 대한 그의 헌신은 분명해 보인다.

마르틴 하이데거의 《존재와 시간》(배설 블랙웰, 1989년)은 20세기의 주요한 철학 저작 중 하나이다. 나는 《흐트러짐Distraction》(멜버른 대학교 출판부, 2008년)을 포함한 여러 곳에서 하이데거의 사상을 논했다. 간단히 말해, 일상적 존재의 구조에 대한 그의 분석은 편협한 합리주의와 개인주의적 인간상에 대한 강력한 대응이다.

미셸 푸코의 〈저자란 무엇인가?What is an Author?〉는 《미학, 방법, 인식론Aesthetics, Method, and Epistemology》(펭귄, 2000년)에 수록되어 있다. 이는 1954년에서 1984년 사이 푸코의 주요 작품 모음집의 두 번째 권으로 제임스 D. 포비온이 편집했다. 같은 컬렉션에 쥘 베른을 다룬 탁월한 에세이 〈우화 뒤편에서Behind the Fable〉 역시 수록되어 있다. 롤랑 바르트의 구절은 스티븐 히스가 편역한 《이미지, 음악,

텍스트Image, Music, Text》(힐 앤 왕, 1978년)에 수록된 그
의 유명한 에세이 〈저자의 죽음The Death of the Author〉에
서 가져왔다.

아우구스티누스의 《기독교 교양》(옥스퍼드 대학교 출판
부, 2008년)은 《성서》가 전하는 '그' 메시지를 매우 분명하
게 전하려고 세심하게 시도했다.

나는 자크 데리다를 잠시 언급하고 지나갔지만 그의 저작
《그라마톨로지》(존스 홉킨스 대학교 출판부, 1976년)는 이
책을 쓰는 내내 염두에 둔 책이다. 데리다의 글에 관한 이론
을 이 책에 가져와 사용하기 위해서가 아니라, 그의 섬세한
해석을 떠올린 것이다. 데리다는 인습 타파주의적이며 글을
모호하게 쓴다. 데리다를 읽는 일은 까다롭고 경계심에 차
있으면서도 겸허한 독서 자체의 관찰이나 다름없다. 그는
진정으로 자신의 글에 관심을 기울였으며 이런 그의 면모
는 인정받아 마땅하다. 데리다에 관해 사색하는 부분은 초
고에서는 더욱 길었다. 그중 많은 부분을 생략했기에 대신
이 메모를 남긴다.

문학 평론가 조르디 윌리엄슨의 우아한 구절은 《더 먼슬
리The Monthly》 2013년 4월호에 수록된 클라이브 제임스의
비평에서 가져왔다.

"예술 작품과 관중 사이에서 반응을 유발하는 것이 평

론가의 일이다"는 헨리 루이스 멩켄의 《멩켄의 편견집 Prejudices》(빈티지, 1958년)에 등장한다. 첫 장의 제목인 "비평의 비평의 비평"은 말이 된다. 멩켄은 엘리트주의적이고 편협하며 (비록 유럽의 유대인 난민을 도울 것을 강력히 권고하기는 했지만) 반유대주의적이었다. 그는 뛰어난 비평가이며 (일관성 있는 엘리트주의자로서) 자부심 가득한 니체 철학자이자 영향력 있는 저자였다. 그는 에세이 전반에 걸쳐 경구적 재능을 드러낸다. 멩켄은 침울하면서 스스로를 가두는 독자들에게 그들에게 걸맞은 구절로 웃음을 선사하기도 한다.

"만 가지의 삼단 논법보다 큰 소리로 한 번 웃는 것이 더 가치 있다. 웃음은 더욱 효과적일 뿐만 아니라 대단히 지적이기도 하다."

무한한 도서관

보르헤스는 광대함과 무한성을 세밀하게 그려 냈다. 그의 이야기를 처음 접한 사건은 나에게는 계시였다. 〈바벨의 도서관〉은 도널드 A. 예이츠와 제임스 E. 어비가 편집한 《미로Labyrinths》(펭귄, 1970년)에 보르헤스의 다른 유명한 작품들과 함께 수록되어 있다. 보르헤스의 여러 에세이와 다른 논픽션 작품들은 엘리엇 와인버거가 편집한《완전한 도서관》(펭귄, 2001년)에 수록되어 있다. 재독에 관한 그의 말은 리처드 버진이 편집한《호르헤 루이스 보르헤스 : 대화들Jorge Luis Borges : Conversations》(미시시피 대학교 출판부, 1998년)에서 가져왔다. 보르헤스는 알라스테어 리드, 존 콜맨과 나눈 대화에서 에밀리 디킨슨을 지목했으며, 이는 윌리스 반스톤이 편집한《보르헤스의 말-언어의 미로 속에서, 여든의 인터뷰Borges at Eighty》(뉴 디렉션스, 2013년)에 기록되어 있다. 반스톤 그 자신도 재능 있는 시인이자 번역가이며 관대하고 매력 있는 재담가이다.

전기 작가 에드윈 윌리엄슨은《보르헤스의 삶Borges : A Life》(바이킹, 2004년)에서 보르헤스의 가족과 문화, 그가 위치한 문화적 지형에 관해 상세하게 서술한다. 제임스 우달의《보르헤스의 삶Borges : A Life》(베이식 북스, 2004년)은 그보다 단순하고 덜 학문적이다. 두 책 모두 보르헤스의 애정 생활을 추측하는 일에 놀라울 정도로 많은 페이지를 할애했다. 더욱 정확한 문학적 전기로는《호르헤 루이스 보르헤스Jorge Luis Borges》(릭션 북스, 2006년)가 있다. 이 책은 보르헤스의 연애에 관한 추측은 상대적으로 적으며 아르헨티나인으로서의 사회적 환경을 집중 조명한다. 알베르토 망구엘의 추억담은 《독서의 역사》에서 가져왔다.

데이비드 흄의 《인간 본성에 관한 논고》는 거의 틀림없이 영어로 쓰인 철학 저작 중 가장 중요한 작품일 것이다. 흄의 영향력은 여전히 폭넓은 분야에서 공고하다. 내가 가진 책(덴트, 1949년)은 두 권짜리 소형 책자인데, 그의 저작은 다양한 곳에서 값싸게 구할 수 있다. 번역은 문제가 되지 않는다. 나는 《인생학교 : 지적으로 운동하는 법》에서 그의 사상에 관해 간략하게 논했다.

소설가 존 업다이크의 비평 에세이는 보르헤스를 다루든 그렇지 않든 즐겁게 읽을 만한 글이다. 〈사서로서의 작가〉는 《주워 들은 조각들Picked-Up Pieces》(안드레 도이치, 1975년)에 수록되어 있다. 시인이자 비평가인 클라이브 제임스의 경우에도 이는 마찬가지이다. 보르헤스에 관한 그의 단상은 《문화적 기억 상실증Cultural Amnesia》(피커도어, 2012년)에 드러나 있다. 움베르토 에코의 〈라만차와 바벨탑 사이에서Between La Mancha and Babel〉는 《문학 강의On Literature》(빈티지 북스, 2006년)에 수록되어 있다.

루트비히 비트겐슈타인의 저작은 단순하지 않으며, 그는 모호하고 혼란스러운 글을 쓰는 것으로 비난을 받아 왔다. 그러나 나는 늘 《철학적 탐구》(배설 블랙웰, 1956년)를 덮을 때면 '생각에 잠긴다'. 그의 관찰과 질문을 따라가다 보면 언어에서나 개념에서나 당연시하던 것들이 갑작스레 이상하게 보인다. 비트겐슈타인에게서 경쟁적 이론을 보아서가 아니라 그가 나를 숙고하도록 자극했기 때문이다.

하이데거의 《형이상학이란 무엇인가》(예일 대학교 출판부, 1997년)는 종종 도발적이며 때로는 독자를 미치게 만든다. 이 책은 하이데거의 사상과 그 열기에 관한 연구 자료로서 대단히 흥미롭다. 하이데거는 《네 번의 세미나Four Seminars》(인디애나 대학교 출판부, 2003년)와 《철학이란 무엇인가?》(비전, 1956년)에서도 소크라테스 이전 철학자들을 논했다. 그중 후자는 짧지만 강렬하게 철학적 경이로움을 기념한다. 하이데거의 자전적 사색이 담겨 있는 〈현상학으로 가는 나의 길My Way to Phenomenology〉은 맨프레드 스태슨이 편집한 《철학적이며 정치적인 글들Philosophical and Political Writings》(컨티뉴엄, 2003년)에 수록되어 있다. 전원적인 목가시가 아닌 척하는 전원적 목가시인 〈어찌하여 나는 지방에 머무르나?Why Do I Stay in the Provinces?〉도 같은 책에 포함되어 있다.

G. S. 커크, J. E. 레이븐, M. 스코필드가 편집한 《소크라테스 이전 철학자들The Presocratic Philosophers》(케임브리지 대학교 출판부, 1983년)에는 소크라테스 이전 철학자들의 기본적인 텍스트들이 도움이 되는 해설과 함께 그리스어

와 영어로 실려 있다.

리처드 울린은 《존재의 정치학The Politics of Being》(컬럼비아 대학교 출판부, 1990년)에서 하이데거의 정치학을 세심하게 분석했다. 하이데거의 칸트 해석에 관련한 발언은 카를 뢰비트의 《니체 철학의 영겁 회귀Nietzsche's Philosophy of the Eternal Recurrence of the Same》(캘리포니아 대학교 출판부, 1997년)에 관한 베른드 마그누스의 서문에 기록되어 있다. "비밀스러운 왕"은 귄터 네스케와 에밀 케터링이 편집한 《마르틴 하이데거와 국가 사회주의Martin Heidegger and National Socialism》(패러간 하우스, 1990년)에 수록된 〈마르틴 하이데거의 여든 번째 생일을 위해For Martin Heidegger's Eightieth Birthday〉에서 가져온 한나 아렌트의 묘사이다. 한스게오르크 가다머는 하이데거의 정치적 실패에 관해 톰 로크모어와 조지프 마골리스가 편집한 《하이데거의 경우The Heidegger Case》(템플 대학교 출판부, 1992년)에 수록된 〈철학의 정치적 무능The Political Incompetence of Philosophy〉에서 심사숙고했다.

제이디 스미스의 특징적이며 세련된 작문과 독서에 관한 글은 《마음 바꾸기Changing My Mind》(펭귄, 2009년)에 수록되어 있다.

미하일 바흐친은 케릴 에머슨과 마이클 홀퀴스트가 편집

한《발화 장르와 후기 에세이들Speech Genres and Other Late Essays》(텍사스 대학교 출판부, 1986년)에서 발화 장르에 관해 적었다. 케릴 에머슨은 바흐친의 저작인《도스토옙스키 시학의 제 문제Problems of Dostoyevsky's Poetics》(맨체스터 대학교 출판부, 1984년)를 편집하기도 했다. 이 책에서 바흐친은 러시아 소설가 도스토옙스키와 그 소설 자체를 탁월하게 분석했다.

피에르 부르디외의 저작은 철학적 도약 아래 자리한 사회적 기반을 조명한다.《파스칼적 명상Pascalian Meditations》(폴리티 프레스, 2000년)도 예외는 아니다.

1988~1989년에 네 권으로 나뉘어 초판이 출간된《배트맨 : 가족의 죽음》(DC, 2011년)은 근대 슈퍼히어로로 역사의 중심축이 되는 작품이다. 이 작품은 배트맨의 심리극에 새로운 트라우마를 더했을 뿐만 아니라 팬들이 2대 로빈인 제이슨 토드의 생사 여부를 투표로 결정했다는 사실에도 의미가 있다(팬들은 잘 선택했다). 짐 스탈린은 황홀하며 때로 감동적인 이야기를 썼으며, 짐 어파로는 연필로 거친 동작과 비애감 사이를 쉽사리 오가는 그림을 그렸다. (컴퓨터화된 채색에 장악되기 전에 이루어진) 아드리엔 로이의 채색은 특히 뛰어났다. 철학자 슬라보이 지제크는《자본주의에 희망은 있는가Trouble in Paradise》(펭귄, 2014년)에 특유의

지각력으로 크리스토퍼 놀란의 배트맨 영화에 관해 적었다.

버킹엄 궁전에서의 권태

앨런 베넷의 《일반적이지 않은 독자》(파버 앤 파버, 2007년)는 꽤나 근사한 소설이다. 베넷은 계층, 영국다움, 후회, 사랑, 독자를 자유롭게 하는 문학의 힘 등을 이 종이비행기에 잘 접어 넣었다. 이런 주제에 관한 베넷의 성찰과 그 밖의 내용은 《말하지 않은 이야기들Untold Stories》(파버 앤 파버, 2005년)에서 확인할 수 있다.

《흐트러짐》의 독자라면 내가 헨리 제임스와 윌리엄 제임스를 따로 또 같이 존경함을 알 것이다. 이 소설가와 철학자 형제는 괴팍하며 도발적인 조합이다. 그들의 대표작 대부분은 공개되어 있으며, 헨리의 장편과 단편 소설은 저렴한 페이퍼백으로 소매 서점 책장에 진열되어 있다. 내가 소장하고 있는 《황금 잔》(바들리 헤드, 1971년)은 열한 권짜리 컬렉션 중 한 권으로 헨리 제임스의 전기를 쓴 리안 에델의 도입부도 수록되어 있다. 나의 아내 루스는 최근에 아름다운 두 권짜리 《황금 잔》(맥밀런, 1923년)을 중고 서점에서 찾아왔다. 서체가 더 선명하고 책이 가벼우며 표지와 책등에 아르 누보 장식이 있고 청색 천으로 제본되어 있다. 재독으로의 초대장인 셈이다. 내가 소장하고 있는《여인의 초상》(옥스퍼드 대학교 출판부, 1958년)은 옥타보 규격으로 휴대하기 편하고 그레이엄 그린의 도입부가 실려 있다. 리안 에델이 편집한《헨리 제임스 전집The Complete Tales of Henry James》(루퍼트 하트-데이비스, 1962~1964년)은 일주일 치 집세의 절반 값을 치르고 구한 것으로 수년이 지난 지금도 내 책장에 꽂혀 있는 사치품이다. 윌리엄 제임스의《심리학의 원리》(노터 데임 대학교 출판부, 1985년)는 쉽게 읽히며 여전히 깨달음을 준다.

플라톤 저작은 읽어 두면 서양 문명을 이해하는 데 도움이 되지만 재미 삼아 읽을 수도 있다. 이 아테네 철학자는 심오한 철학과 타고난 예술성을 보여 준다. 그의 대화편 일부는 문자 그대로 걸작이다. 내가 소장하고 있는《국가》는 이디스 해밀턴과 헌팅턴 케언스가 편집한《대화집The Collected Dialogues》(프린스턴 대학교 출판부, 1961년)에 수록되어 있다. 그러나 그 외에도 무수히 많은 번역본이 페이퍼백과 (두 가지 언어가 모두 실린 근사한 로브판과 같은) 양장본 및 전자책으로 나와 있다. 플라톤 곁에 서면 아퀴나스는 꾸준한 노력파 학자로 보인다. 그러나 아퀴나스의《신학 대전》은 정확하고 집요하며 때로 지혜롭다. 이 저작은 도그

마이지만 교조적이지는 않다. 나는 다섯 권짜리 세트인 전자책(벤지거 브러더스, 1948년)을 소장하고 있다. 아퀴나스를 인용한 모든 구절은 이 책들에서 가져왔다. 아우구스티누스의 《인내론》은 필리프 샤프가 편집한 《니케아 신부와 그 이전 신부들 : 첫 번째 이야기Nicene and Post-Nicene Fathers : First Series》 제3권(코시모, 2007년)에서 인용했다.

《발상에 대하여》는 웅변술에 관한 안내서로 키케로가 젊은 시절 집필했다. 그는 수사법에 관한 일반적인 논의 내에서의 덕목을 다루었다. 이는 두 언어로 적혀 있는 28권짜리 에디션인 《발상에 대하여, 최상의 연설가, 주제De Inventione, De Optimo Genere Oratorum, Topica》(윌리엄 하이네만, 1976년)에서 가져왔다.

단테의 《신곡 : 천국 편》(앵커 북스, 2007년)은 나에게는 《신곡》 중 가장 감동이 적은 작품이다. 그러나 나는 단테가 보여 준 환희에 찬 기묘함에 이끌렸다. 이는 상승에 관한 기하학적 구조와 도덕적 고상함이다. 로버트 홀랜더와 진 홀랜더가 번역한 이 에디션에는 이탈리아어가 맞은편 페이지에 적혀 있어 독자가 원작의 시적 리듬을 조금이나마 엿볼 수 있다. 《신곡 : 천국 편》은 다소 구식이지만 리듬 면에서 덜 고루하게 번역된 소형 책자(옥스퍼드 대학교 출판부, 1951년)로 가지고 있다.

《모비 딕》(펭귄, 1978년)은 영문학 소설을 통틀어 손꼽힐 만큼 비범한 작품이다. 그 방식과 열기, 해양 생물학 지식, 바다에 얽힌 구비 설화, 윤리학, 문학 그 자체에 이르기까지 이 걸작에는 시선을 사로잡는 복수의 서술과 기억에 남을 만한 인상적인 등장인물의 탐구를 비롯한 다수의 것이 포함되어 있다.

제프 존스가 글을 쓰고 앤디 쿠버트가 그린 《플래시포인트》(DC, 2011년)는 위대한 미국 소설이라고 말할 수는 없지만, (브루스의 아버지인) 토머스 웨인의 죽음은 탁월하게 묘사되었으며, 책의 말미에 브루스가 보내는 고요한 순간은 완벽하게 그려졌다.

딜리아 팰커너가 관찰한 대목은 데브라 애들레이드가 편집한 《독서라는 단순한 행위The Simple Act of Reading》(빈티지 북스, 2015년)에 수록된 〈"창문의 경험": 작가로서의 독서〉"This Stuff Tastes of Window": Reading as a Writer에서 가져왔다.

댄 브라운의 《다빈치 코드》(트랜스월드, 2009년)는 광고 문구가 약속하듯이 "시간 그 자체만큼이나 오래된 어느 탐색"은 아니다. 그러나 나는 이 책을 읽는 동안 시간의 흐름을 뚜렷하게 인식하게 되었다.

에벌린 워가 헨리 제임스 양식의 글을 즐긴 순간은 마이클 데이비가 편집한 《에벌린 워의 일기The Diaries of Evelyn Waugh》(펭귄, 1984년)에서 가져왔다. 이 구절은 비판 가운데에서 돋보인다.

피터 포터의 〈임의의 연령주의 시행들〉은 《가디언The Guardian》 2010년 4월 24일 자에 수록되어 있다. 이는 캐럴 앤 더피가 의뢰한 노화에 관한 시리즈의 일부이다.

미완성의 닌자

《복수자!》(버클리 북스, 1988년)는 마크 스미스와 제이미 톰슨이 집필한 여섯 권짜리 시리즈 중 한 권이며 본래 영국에서 먼저 출간되었다(나이트 북스, 1985년). "훈련받지 않은 사용자가" 이 책에 나오는 기술들을 시도하면 "심각한 부상이나 사망에 이를 수 있다"라는 경고문은 즉각적인 권고 사항이었다. 밥 하비가 그린 영국판 표지가 더 근사하기에 나는 그 책들을 판 일을 후회한다.

《어느 결말의 감각》(옥스퍼드 대학교 출판부, 2000년)은 마땅히 현대 고전으로 간주해야 한다. 프랭크 커모드는 영어권 국가의 가장 빼어난 문학 비평가 중 한 사람이다. 그는 자신의 박식함과 지적인 대담함을 명쾌한 산문에 녹여

냈다. 또한 커모드는 그 나름의 방식으로 즉흥적 농담을 건네는 법도 안다. "프루스트의 책은 읽을 때마다 다른 구절을 건너뛰기에 절대 반복되는 종류의 것이 아니다"라는 구절은 《나의 정신 조각들Pieces of My Mind》(패러, 스트라우스 앤 지로, 2003년)에 수록된 〈망각Forgetting〉에서 가져왔다.

앨프리드 화이트헤드의 《사고의 양태》(맥밀런, 1958년)는 과학과 철학 분야에서 정확성과 확실성, 정체 그리고 이와 대비되는 모호함과 의심, 활력 사이에 생기는 긴장감을 전형적으로 간결하게 서술했다. 또한 화이트헤드는 중요성의 중요성을 밝혀냈다. 이는 곧 모든 사실이 중요하지는 않다는 사실이다.

데이브 기번스가 그림을 맡은 앨런 무어의 《왓치맨》(DC, 2014년)은 원숙한 솜씨의 그래픽 노블이다. 이 책은 흥미진진한 슈퍼히어로 이야기를 펼쳐 내는 동시에 장르의 효과를 낱낱이 분석할 뿐만 아니라 등장인물을 세심하게 탐구하며 현실 정책에 관해서도 염세적으로 심사숙고한다. 그에 따르면 (문자 그대로나 비유적으로나) 정직을 망치는 일이 평화의 대가일지도 모른다.

〈이상의 추구〉는 헨리 하디와 로저 하우시어가 편집한 《인류에 대한 올바른 연구The Proper Study of Mankind》(핌리코, 1998년)에 수록되어 있다. 벌린은 현대 자유주의자

중에서 돋보일 만큼 분명하면서도 독자를 사로잡는 매력적인 글을 쓴다.

디오니시우스 아레오파기타에 대한 정보는 거의 알려지지 않았지만, 《신비 신학》(아마존, 2010년)은 추정하건대 5세기의 저작이며 분명히 신플라톤주의적이다. 디오니시우스의 저작은 하이데거보다 1500년 앞서 있지만 글의 분위기는 때로 전통 신학보다는 앞서 언급한 독일 철학자의 후기 작품과 더욱 닮았다. 이는 형이상학적 확실성을 거부한다는 점에서 그렇다(그러나 디오니시우스의 머리 모양은 신학자다웠다).

나는 《정원에서 철학을 만나다》에 시인 알렉산더 포프의 유머 감각과 매력뿐만 아니라 그가 (제인 오스틴을 포함한) 영국 식자층에 끼친 막대한 영향력에 관해 적었다. 유머에 관한 그의 재담은 《알렉산더 포프 시선Collected Poems》(덴트, 1969년)에 수록된 〈비평에 관한 에세이An Essay on Criticism〉에서 가져왔다. J. H. 프린의 〈달 시〉는 《프린 시선Poems》(블러드액스 북스, 2015년)에 수록되어 있다. 저자의 목소리에 관한 그의 발언은 로버트 포츠가 쓴 《가디언》 2004년 4월 10일 자 기사에서 찾아볼 수 있다.

버지니아 울프의 남편 레너드 울프는 보기 드물게 솔직하면서도 대담한 작가였다. 《씨뿌리기》(더 호가스 프레스,

1961년)는 총 다섯 권으로 이루어진 자서전 중 한 권이다. 그는 이 책에서 그의 시대와 삶, 결혼 생활, 경력 등을 독특하게 서술한다.

《고스트 라이더 5권》(1990년)은 하워드 매키가 글을 쓰고 마크 텍세이라가 그림을 그렸는데, 다소 불안하고 저속한 만화다. 이 작품은 내가 생각한 것(혹은 원한 것)보다 섬세한 부분이 많지만, 단순한 폭력과 상투적인 산문, 머리 스타일에서 여전히 1990년대 특유의 과다한 인상이 남아 있다. 그림은 생동감이 넘치고 역동적이다.

나는 《흐트러짐》에서 T. S. 엘리엇의 삶과 세계관을 논했으며 특히 그중에서도 엘리엇의 종교, 노동, 시 사이의 관계를 다루었다. 엄격함과 규율이 무엇인지 잘 보여 주는 그의 삶은 10대 시절에는 낯설어 보였지만 오늘날에는 충분히 이해할 수 있게 되었다. 〈앨프리드 프루프록의 사랑 노래〉는 전집과 온라인 어디에서나 쉽게 찾아볼 수 있다. 《엘리엇 전집Collected Poems : 1909~1962》(파버 앤 파버, 1970년)에서 이 시를 가져왔다.

나는 10대 초반에 《무늬 세계》(하퍼 콜린스, 1987년)를 포함한 클라이브 바커의 소설들을 쌓아 두고 읽었다. 그의 소설의 속도감과 이미지를 즐겼는데 줄거리는 전혀 기억나지 않는다.

A. S. 바이엇의 《정물》(빈티지, 1995년)은 특유의 서정성과 잔혹함을 보여 준다. 나는 젊은 어머니의 죽음 이후 부분부터 읽기를 포기했다. 아내가 중병에 걸리고 얼마 지나지 않았을 때였기 때문이다. 언젠가는 끝까지 읽으리라.

샬럿 우드의 《동물 애호가들》(앨런 앤 언윈, 2011년)은 한 사람의 따분하고 희극적이면서도 끔찍한 권태감을 그려 낸다. 우드는 현대 시드니의 분위기와 인간의 사랑에 대한 연약함을 충실하게 묘사했다.

사르트르가 얼마나 글을 잘 쓰는지 아는 사람이 《존재와 무》(필러사피컬 라이브러리, 1956년)를 읽는다면 엉망인 글을 접하고 크게 실망할 것이다. 그러나 비록 거짓으로 순수하더라도 사르트르의 자유에 대한 옹호는 감동적이다. 그리고 그의 성찰적인 구절들은 탁월하다.

복음서의 거짓

카잔차키스의 구절들은 그의 부인 엘레니가 편집한 《니코스 카잔차키스 : 편지로 보는 삶Nikos Kazantzakis : A Biography Based on His Letters》(브루노 카시러, 1968년)에서 가져왔다. 이는 전통적 의미의 자서전은 아니지만 작가의 개성과 삶의 방식을 선명하게 그려 낸다. 《최후의 유혹》(브루노 카시러, 1960년)이 정교하게 그려 낸 예수 그리스도의 모습은 오늘날에도 깊은 슬픔을 유발한다. 나는 월터 리치가 십자가에 못 박힌 손을 그린 표지의 초판을 소장하고 있지만, 새로 나온 페이퍼백(사이먼 앤 슈스터)은 저렴하며 판형 또한 훌륭하다.

루이스 오언스가 로언 윌리엄스와 인터뷰한 내용은 케임브리지 대학교에서 제공했으며 유튜브에 공개된 적이 있다. 카잔차키스 작품에서 비롯한 그의 고향 그리스 내 갈등에 관해서는 대런 J. N. 미들턴과 피터 비엔이 편집한 《신의 투쟁자(God's Struggler)》(머서 대학교 출판부, 1996년)에 수록된 마이클 안토나케스의 〈그리스도와 카잔차키스에 관한 그리스 내의 논쟁Christ, Kazantzakis, and Controversy in Greece〉을 참고할 수 있다. 카잔차키스와 그리스 정교회의 관계에 관해서는 같은 책에 수록된 데메트리오스 J. 콘스탄텔로스의 〈니코스 카잔차키스는 그리스 정교회 신자인가, 이단인가?Nikos Kazantzakis : Orthodox or Heterodox?〉를 참고하자.

안티오키아의 이그나티우스의 겸손에 관한 발언은 앤드루 라우스가 편집한 《초기 그리스도교 저술 : 사도 교부Early Christian Writings : The Apostolic Fathers》(펭귄, 1987년)에 수록된 트랄리아인에게 보낸 이그나티우스의 서간에서 가져왔다.

블레즈 파스칼의《팡세》(펭귄, 1968년)를 집어 든다면 독자는 마찬가지로 강렬하게 공허하며 우아한 두 번째 우주로 진입하게 된다. 이성이 이처럼 잔인하게 자신에게 등을 돌리는 일은 보기 드물다. 도널드 애덤슨의《블레즈 파스칼(Blaise Pascal)》(세인트 마틴스 프레스, 1995년)은 종교적 탐구와 과학적 연구를 교묘하게 결합한 관점에서 파스칼의 작품을 세심하게 분석한 저작이다. 존 R. 콜은《파스칼 : 그 남자와 그의 두 가지 사랑Pascal : The Man and His Two Loves》(뉴욕 대학교 출판부, 1995년)에서 파스칼의 심리를 면밀하게 분석한다. 좀 더 경쾌한(때론 성급한) 전기로는 제임스 A. 코너의《파스칼의 내기Pascal's Wager》(하퍼 콜린스, 2009년)가 있다.

뤼디거 비트너가 편집한 프리드리히 니체의 후기 노트들(케임브리지 대학교 출판부, 2003년)은 니체 연구자들에게는 필수적인 자료이다. 이 노트들에는 유럽의 이상향을 과감하게 분석한 내용과 그에 관한 재담이 곁들여 있다. 여전히 괄목할 만한 글이다.

앨프리드 화이트헤드의《관념의 모험》(케임브리지 대학교 출판부, 1933년)은 서구 문명의 역사를 서술하는 동시에 문명의 정의와 그 조건에 관한 주장을 펼친다. "어떤 사실도 그 자체로만 존재하는 것은 아니다"라는 구절은 《사고의 양태》에서 가져왔다. 〈대학과 그 기능〉은 《교육의 목적The Aims of Education》(더 프리 프레스, 1967년)에 수록되어 있다. 화이트헤드는 연구와 교육, 강사와 학생, 교수진 간의 상호 작용을 강조했다. 이는 곧 정확하고 엄격한 성찰을 포기하지 않으면서도 호기심과 상상력을 강조하는 관점에서의 교육이다. 이런 그의 교육관은 영어권 전 세계에서 일어나고 있는 관리상의 문제, 직업적 독단주의, 대학이 고가의 저품질 자격증 공장으로 변질되는 것과는 거리가 멀다. 교육과 독학에 관한 내용은 《과학과 철학Science and Philosophy》(리틀필드, 애덤스 앤 컴퍼니, 1964년)에서 가져왔다.

마이클 무어콕의 톨킨을 향한 따끔한 일침은 《마법과 거친 로맨스Wizardry and Wild Romance》(빅터 골란츠, 1987년)에 적혀 있다. 팀 팍스는 《뉴욕 리뷰 오브 북스New York Review of Books》 2014년 12월 3일 호에 실린 〈독자를 위한 무기Weapons For Readers〉에서 독서할 때 메모를 남길 것을 권했다.

이탈로 칼비노는 (때로 장난기 많은) 도발적인 소설가이자 탁월한 문학 연구자이다. 고전에 관한 그의 논평 구절은

《문학의 용도The Uses of Literature》(하코트, 브레이스 앤 컴퍼니, 1986년)에 수록된 〈왜 고전을 읽는가?Why Read the Classics?〉에서 가져왔다.

나의 책장에는 아리스토텔레스, 플라톤, 그리스극, 인간의 민감성을 다룬 탁월한 저작들이 꽂혀 있다. 알래스데어 매킨타이어, 아이리스 머독, 피에르 비달-나케, 존 그레이 등의 사상가들 책이다. 마사 누스바움의 《연약한 선》(케임브리지 대학교 출판부, 1989년)은 이 모든 주제를 망라해 다루었으며, 연구와 철학적 사색, 문체에서 탁월한 작품이다.

아내가 소장하고 있는 보부아르의 《제2의 성》(펭귄, 1972년)은 너무 낡아서 뜯어지고 있지만 그 내용에는 다양한 의견이 일관되게 제시된다. 이 책은 인간을 길들이는 사회적 힘을 향한 일종의 경고로서 표현력이 풍부하며 대담하다.

피터 비엔이 카잔차키스와 여성에 관해 논평한 구절은 그의 꼼꼼한 저작 《카잔차키스 : 영혼의 정치학》Kazantzakis : Politics of the Spirit(프린스턴 대학교 출판부, 2007년)의 부록에서 가져왔다.

흐트러지려는 욕구

나는 앤디 밍걸스와 마이클 A. 마틴의 《붉은 왕》(포켓 북스, 2005년)을 읽느라 계속해서 분주했다. 데이비드 맥의 《운명Destiny》(포켓 북스, 2012년) 역시 탐독했다. 그러나 세 권으로 이루어진 맥의 모험담이 전자보다 이야기를 전달하는 폭이나 심리적 세부 사항에서 훨씬 야심 찬 작품이었다.

형식이나 내용적인 면에서 좀 더 심오한 위험을 무릅쓰는 전통적인 공상 과학 소설을 읽으려면 존 브루너의 《잔지바르에 서서Stand on Zanzibar》(애로 북스, 1971년)나 브라이언 올디스의 《어두운 빛의 시대》(뉴 잉글리시 라이브러리, 1971년)를 시도해 보자. 두 작품 모두 중고 서점에서 쉽게 찾을 수 있다.

아이리스 머독의 〈다른 개념에 대한 선의 군림〉은 《선의 군림The Sovereignty of Good》(라우틀리지, 2007년)에 수록되어 있다. 《도덕 지침으로서의 형이상학》(펭귄, 1993년)도 참고할 수 있다. 머독의 플라톤적 동정론 중 일부는 이질적이지만, 나는 언제나 그녀의 주장을 귀담아듣고 그에 도전할 준비가 되어 있다.

앨프리드 에이어의 논리적 실증주의도 그와 마찬가지로

대응할 준비가 되어 있다. 에이어의 《언어, 논리, 진리》(펭귄, 2001년)는 상쾌한 작품이며 최근에 나온 에디션에는 벤 로저스의 세련된 추천 서문이 실려 있다.

버지니아 울프의 《댈러웨이 부인》(옥스퍼드 대학교 출판부, 2001년)은 내가 무척 좋아하는 소설 중 하나이다. 이 작품은 내가 문학, 분별, 사교성에 관해 생각하는 방식을 바꾸어 놓았다. 그리고 산문 자체도 탁월하다.

라킨의 〈늙은 바보들〉은 《높은 창문들High Windows》(파버 앤 파버, 1974년)에 수록되어 있다.

내가 소장하고 있는 《노생거 사원》(컬렉터스 라이브러리, 2004년)은 여섯 권으로 이루어진 작은 양장본 세트 중 한 권으로 휴 톰슨의 (너무) 귀여운 그림이 그려져 있다. 다양한 에디션을 시중에서 구할 수 있다. 캐서린 몰런드의 이야기는 오스틴의 소설 중 가장 덜 끌린다. 특정한 문체와 개성을 풍자하는 《노생거 사원》은 《오만과 편견Pride and Prejudice》에서 풍기는 활력이 부족하며, 《맨스필드 파크》와 《설득Persuasion》에 포함된 윤리적이고 심리적인 세부 요소들이 빠져 있다.

프랜시스 스콧 피츠제럴드의 〈무너져 내리다〉는 같은 제목의 작품집(펭귄, 1974년)에 수록되어 있다.

《의지와 표상으로서의 세계》(덴트, 2002년)와 마찬가지로 쇼펜하우어의 〈독서와 책에 대하여〉는 공개된 전자책으로 쉽게 접할 수 있으며 실물로는 새로 나온 에디션뿐만 아니라 중고 서적으로도 수집할 수 있다. 나는 소장하고 있는 책인 《쇼펜하우어 에세이 전집Complete Essays of Schopenhauer》(크라운 퍼블리셔스, 1932년)에서 그 글을 인용했다. 이 책에는 〈자신을 위한 사색〉도 수록되어 있다. 목차 페이지가 다소 정돈되어 있지 않으며 색인이 없으므로 검색이 가능한 전자책이 더욱 유용할 것이다. 뤼디거 자프란스키의 《쇼펜하우어와 철학의 광기Schopenhauer and the Wild Years of Philosophy》(바이덴펠트 앤 니컬슨, 1989년)는 철학적으로 예리하며 우아하게 쓰였다.

니체의 저작 대부분은 펭귄 에디션으로 읽을 수 있지만 《인간적인, 너무나 인간적인》(케임브리지 대학교 출판부, 1995년)에는 격언과 의견뿐만 아니라 〈방랑자와 그의 그림자〉가 수록된 부록도 포함되어 있다. 나는 《즐거운 학문》(카우프만스 빈티지, 1974년)도 소장하고 있다. 레지날드 홀링데일의 《니체 : 그의 삶과 철학Nietzsche : The Man and His Philosophy》(라우틀리지 앤 키건 폴, 1965년)은 니체라는 철학자의 삶과 생각을 독자가 공감할 수 있도록 소개한다. 〈니체의 독서와 서재, 1885~1889년Nietzsche's Reading and Private Library, 1885~1889〉에서 토마스 브로비에르는 니체가 소장하고 있던 책과 그의 습관에 관해 논하며 이런 연구의 중요성을 설득력 있게 주장한다. 이 에세이는《생각의 역사 저널Journal of the History of Ideas》58권 4호(1997년)에 수록되어 있다. 나는《정원에서 철학을 만나다》에서 니체의 "생각의 나무"에 관해 논했다.

로베르토 칼라소는 '문학적 기관'으로 불렸다. 이탈리아의 출판인이자 문필가였으며 여러 언어로 신화와 문학을 연구한 그는《열정》(펭귄, 2015년)에서 고대 인도의 의식과 우주론, 윤리와 철학을 어지럽게 분석해 냈다. 이는 어느 유추적인 사고의 계시이다.

아니, 아니라고 했어요

나는 앞에서 버지니아 울프의《댈러웨이 부인》에 찬사를 보냈다. 이제는 환상적인 그녀의 에세이, 편지, 일기를 극찬할 시간이다. 만약 울프의 소설과 수필 중 하나를 골라야 한다면 나는 간발의 차이로 후자를 택할 것이다(실제로 그래 왔다).

버지니아 울프가 말한 "성스러운 유체"의 구절은 S. P. 로즌바움이 편집한《블룸즈버리 그룹 독자A Bloomsbury Group

Reader》(베이식 블랙웰, 1993년)에 수록된 〈오랜 블룸즈버리Old Bloomsbury〉에서 가져왔다.《보그》편집자와의 쇼핑에 관해 적은 일기 구절은 앤 올리버 벨이 편집한《버지니아 울프의 일기, 3권 : 1925~1930년The Diary of Virginia Woolf, Volume 3 : 1925~1930》(펭귄, 1983년)의 1926년 5월 6일 자 일기에서 인용했다. 조이스를 "불안한 대학생"으로 묘사한 구절은 역시 앤 올리버 벨이 편집한《버지니아 울프의 일기, 2권 : 1920~1924년》(펭귄, 1981년)의 1922년 8월 16일 자 일기에서 가져왔다. 〈현대 소설〉, 〈책은 어떻게 읽어야 하는가?〉, 〈서재에서 보낸 시간들〉, 〈기울어 가는 탑〉, 〈소설 다시 읽기〉는 레너드 울프가 편집한《에세이 전집 : 2권Collected Essays : II》(채토 앤 윈더스, 1972년)에 수록되어 있다. 로저 프라이에게 보내는 편지는 나이절 니컬슨과 조앤 트로트만이 편집한《버지니아 울프의 편지, 2권 : 1912~1922년(The Letters of Virginia Woolf, Volume 2 : 1912~1922》(하코트 브레이스 조바노비치, 1972년)에 실려 있다. 〈베넷 씨와 브라운 부인〉은 역시 울프의 남편이 편집한《에세이 전집 : 1권》(채토 앤 윈더스, 1966년)에 수록되어 있다. 데즈먼드 매카시를 향한 울프의 항의 구절은 나이절 니컬슨과 조앤 트로트만이 편집한《버지니아 울프의 편지, 6권 : 1936~1941년》(하코트 브레이스 조바노비치,

1980년)의 1941년 2월 2일 자 편지에서 가져왔다.

레너드 울프의 《다시 시작》(더 호가스 프레스, 1964년)은 그의 탁월한 회고록 가운데 세 번째 책이다. 허마이어니 리의 《버지니아 울프Virginia Woolf》(채토 앤 윈더스, 1993년)는 울프의 생애를 관대한 어조로 서술했다. 리는 울프의 독서에 대한 사실을 밝혀내는 데 특별히 한 장을 할애하기도 했다. 울프의 삶과 일 사이의 관계를 다룬 제임스 킹의 더 짧은 전기인 《버지니아 울프Virginia Woolf》(펭귄, 1995년)도 참고했다.

울프가 하인들에 관해 하소연한 구절은 《버지니아 울프의 편지, 2권 : 1912~1922년》의 1918년 1월 29일 자 편지에서 가져왔다. 하층 계급을 향한 울프의 편협한 질문은 나이절 니컬슨과 조앤 트로트만이 편집한 《버지니아 울프의 편지, 1권 : 1888~1912년》(하코트 브레이스 조바노비치, 1977년)의 1918년 8월 14일 자 편지에서 인용했다. 그녀가 '머뭇거린' 일을 고백한 구절은 《버지니아 울프의 편지, 2권 : 1912~1922년》의 1922년 9월 7일 자 편지에서 가져왔다. 울프는 이전 날에 그 미덕을 "게을리했음"을 자백했다.

울프의 "죽은 고양이" 구절은 벨이 편집한 《버지니아 울프의 일기, 5권 : 1936~1941년》(펭귄, 1985년)의 1936년

11월 3일 자 일기에서 인용했다. 같은 책에는 울프가 조이스에 관해 내린 최종적인 생각이 1941년 1월 15일 자에 담겨 있다.

내가 소장하고 있는 제임스 조이스의 《율리시스》(바들리 헤드, 1960년)는 짙은 녹색을 띠는 자그마한 양장본으로 아버지가 가진 에디션과 동일하다(처음에는 아버지의 책을 빌려 읽었다). T. S. 엘리엇의 조이스에 관한 의견은 울프의 기록인 《버지니아 울프의 일기, 2권 : 1920~1924년》의 1922년 9월 26일 자에서 찾아볼 수 있다.

스튜어트 리의 코미디 예시는 유튜브에서 접할 수 있다.

H. P. 러브크래프트의 이야기는 S. T. 조시가 편집한 《크툴루의 부름과 그 외의 기묘한 이야기들The Call of Cthulhu and Other Weird Stories》(펭귄, 1999년)에 수록되어 있다. 그의 인종 차별적 발언은 L. 스프래그 드 캠프의 《러브크래프트 전기Lovecraft : A Biography》(아셰트, 2011년)에 구체적으로 기록되어 있다. 러브크래프트의 업적을 짤막하게 옹호하는 내용은 소설가 미셸 우엘베크의 《러브크래프트 : 세상에 맞서, 삶에 맞서H. P. Lovecraft : Against the World, Against Life》(바이덴펠트 앤 니컬슨, 2006년)에서 가져왔다.

에릭 밴 러스트베이더의 《밤의 제왕 닌자》는 오래된 페이퍼백으로 대학생 시절까지 소장하고 있었지만 이후 너무 낡

아져서 버렸다. 지금은 더욱 저렴한 전자책(헤드 오브 제우스, 2014년)으로 소장하고 있다. 첫 번째 《뉴욕 타임스》 논평 구절은 1983년 4월 10일 자에 실린 잭 설리번의 글에서 가져왔다. 두 번째 논평 구절은 1981년 6월 7일 피터 앤드루스가 쓴 것이다. 러스트베이더의 스타일에 관한 언급은 그의 웹사이트에서 가져왔다.

잡동사니 방

〈잡동사니 방〉은 헥터 휴 먼로의 《사키 단편 소설 전집 The Collected Short Stories of Saki》(워즈워스, 1999년)에 수록되어 있다(사키는 먼로의 필명이다). 그중 많은 작품을 전자책으로도 무료로 감상할 수 있다. 그는 P. G. 우드하우스와 A. A. 밀른과 같은 작가들에게 크게 영향을 미쳤으나 오늘날 그의 작품을 읽는 독자는 많지 않다. 사키의 아동과 동물을 향한 인내심과 성인의 위선에 시달리지 않으려는 태도는 오늘날에도 전혀 구식으로 보이지 않는다.

감사의 말

열성적으로 도움을 준 스크라이브 UK의 필립 귄 존스, 빼어난 홍보 문구를 적어 준 몰리 슬라이트와 세라 브레이브룩에게 감사의 인사를 보낸다. 우아한 표지를 만들어 준 디자이너 앨리슨 콜포이스에게도 감사를 표한다. 열정적이면서도 세심하게 산문의 어조와 특징을 신중하게 검토해 준 멜버른 대학교 출판부의 원고 의뢰 편집자 샐리 히스에게도 고맙다고 말하고 싶다.

나의 작품을 위해 발 벗고 나서 준 차이트가이스트 미디어 그룹 문학 에이전시의 에이전트 샤론 걸랜터와 베니턴 올드필드에게도 다시 한번 감사 인사를 보낸다.

윌리스 반스톤, 제임스 브래들리, 딜리아 팰커너, 로버트 데세익스, 리베카 긱스, 맷 램, 다이앤 세터필드, 조르디 윌리엄슨은 선뜻 대화 요청에 응해 주었다. 앨리슨 크로곤, 멀리사 해리슨, 데이비드 르베도프, 제러드 우드는 원고 초안 몇 장을 읽어 주었다. 모두에게 감사하다.

마이클 안토나케는 피터 비엔의 도움을 받아 친절하게도 카잔차키스 논쟁에 관한 자신의 논문을 나에게 보내 주었다.

나에게 글을 소개해 주신 부모님 얼라나와 데이비드에게

도 감사하다. 루스 퀴벨은 독서와 글쓰기뿐만 아니라 그 사이 어느 지점에서든 나의 동반자가 되어 준다. 그녀에게 보기 드문 프로젝트에 함께해 줘 고맙다고 전하고 싶다.

독서의 태도

데이먼 영 지음 / 손민영 옮김

초판 1쇄 발행 2024년 9월 16일

교정·교열 신윤덕
디자인 김미연
제작 세걸음
펴낸이 박세원
펴낸곳 ㅇㅣㅂㅣ
출판 등록 2020-000159(2020년 6월 17일)
주소 서울시 종로구 창덕궁4길 4-1. 401호
전화 010-3276-2047 / 팩스 0504-227-2047
전자우편 2b-books@naver.com
블로그 https://blog.naver.com/2b-books
인스타그램 @ether2bbooks

ISBN 979-11-971644-7-7